円環構造の作品論

高行健・黄翔・劉震雲の場合

劉静華
Liu Jing Hua

澪標

円環構造の作品論

高行健・黄翔・劉震雲の場合

目次

Ⅲ　中国文学とその軋轢

Ⅵ 劉震雲と円環構造テクスト

まえがき

人はつねに好奇心に富み、知らないものを知ろうとする。それはいわゆる既知への憧れであり、未知への挑戦であろう。

黄翔、高行健、劉震雲の作品はいずれもその難解さで知られている。黄の詩論「宇宙哲学」、高の〈人称表象〉、劉の〈血縁をもたない祖父と孫の共通の運命〉については、外国の読者のみならず、母国語の読者も首をヨコに振っては〈分からない〉と言う。かれらの作品は、話題になったその折々に人々の関心を呼ぶものの、時が過ぎゆくにつれ、その記憶は薄れてしまい、ついには新しい関心事の方へと移ってゆく。だが、〈難解〉とされた問題が解かれたかというと、決してそうではない。晦渋だからこそ平易に読み解かなければならない、多くの読者が理解できるようにする必要がある、という思いに駆られる。つまり、筆者自身が知りたいのである。かれらの語るものをきちんと理解したいのである。

三人の代表作品を味読してゆくと、中国同時代文学における孤独と虚無、内省と回帰の課題が扱われていることに気づいた。しかし、そのような文学の根源的課題についての解釈は、可能であろうか。その方法となる手がかりは見いだせるのであろうか。長い間、このように自問自答してきた。幸いなことに作風を異にする三人の共通点を読み解くうち、作品における〈円環構造〉を剔抉することができた。したがって、そのテクストの解析に踏み込み、黄、高、劉文学を解明する試みが実現されたのである。

このような経緯により、本書は「円環構造の作品論」と題している。だが、文学用語として用いる〈円環構造〉は、いささか抽象的に感じられるかもしれない。そのため、ジョルジュ・プーレの『円環の変貌』をとおして、その理解を深めている。プーレの〈円環〉テクストにおける〈円環〉の生成および、その概念を明らかにし、彼の具体的論述をとり上げて、〈円環〉テクストの解説を試みている。また、前田愛の『都市空間のなかの文学』も紹介し、このテクストは人類的叙述であると位置づけている。

無論、〈円環構造〉テクストと〈円環〉テクストとは、思想的体系は通底しているものの、テクスト自体のあり方は異なっている。本書では、その違いを明確に示したうえで、世界文学で知られている神話、故事、作品をとり上げ、〈円環構造〉テクストのパノラマとして、その展開の試みをおこなった。

また、中国文学史を踏まえながら、黄、高、劉らの創作活動の軌跡を辿り、三人の代表作品を読み解いた。黄は人間の〈孤魂〉と向き合い、高は人間の〈自我〉を凝視し、劉は真実の〈一句〉を捜し求めることを課題としている。それらはいずれも人間自身への向き合い方を探究するものである。しかもその創作における技巧たる〈円環構造〉テクストは、〈円環〉テクストに導かれている。東西文化の境界線を溶かそうとするその文学的営為は、地球規模の普遍性をもつものと位置づけるのに、じつにふさわしい。

「中国文学の軋轢」（第Ⅲ部）に紹介したように、中国同時代文学は長い間、イデオロギー統制下にあったため、それについての理解は難しい。なぜなら、小説を読む以前に物語の背景を熟知しておかなければならないからである。しかし、二十一世紀以降はプロパガンダ文学から完全に脱皮したとまでは言えないが、人間を主体とする人の内面を表象する作品がおおく生み出されている。本書で扱う黄、高、劉の文学は、まさにその代表格である。かれらの文学は、人間を凝視し、その精神性を内省し、その壊れてしまいそうな衰弱からの再生を、追究してやまないのである。

凡例

＊表記記号について
日本語の書籍名を『』、中国語の書籍名を《》、題名を「」、引用、注意事項を〈〉、補充説明を（）で括った。

引用の言葉が原文のままの場合は、〝〟を付けた。

＊数字表記について
文中の数字は、漢数字を用いたが、（）内の数字は算用数字を用いた。
ただし、引用の頁数は漢数字とする。

＊中国語の書籍名は、原文のままとした。ただし、《手機》をはじめ、翻訳書のあるものは、《ケータイ》のように日本語になっているが、『』を用いなかった。

＊〈〇〉について
作品の内空間に円環の視覚イメージを喚起するため、記号〈〇〉を用いた。

＊翻訳について
対象作品の日本語訳は、筆者によるものである。
引用文の訳者名のないものは、すべて筆者の訳である。

I

序説

一　はじめに

本書『円環構造の作品論』は、いわゆる〈円環構造〉をもつ作品の物語論である。無論、このようなテクストを備えもつ作品は、特定の作家、あるいは特定の地域に限られたものではない。それは境界線や時代別の制約をもたず、地球規模で読まれている文学からしばしば出あえるものである。なぜなら〈円環〉というテクストは、人類的叙述であり、人間全般の表象ができるからである。つまりこのテクストには、たとえ時代的変遷や文化的伝統による違いなどが存在したとしても、人間の心的はたらきが凝視されている点においては変わらないのであり、文学という異空間で人間存在のあり方を探究するものである。

本書の研究対象は、現在中国語圏の文壇の第一線で活躍している詩人黄翔、作家高行健、劉震雲ら三人としている。かれらの文学が扱っている〈円環構造〉を読み解き、その作品に示された文学空間、および作品に込められた諸思想を明らかにしようとするものである。

では、いわゆる〈円環構造〉とは何か。それは文字どおり〈円環〉と〈構造〉を組み合わせた複合語のことである。しかしこのことばは、これまでの言語行為において公認された概念をもつものではなく、筆者が本書でとり上げている作品の内部構成から汲み取った論理的造語である。それゆえ、この造語についての解釈を付加すべきと思われる。

まずは〈円環〉から言えば、それは日常で頻繁に遭遇する形ではあるものの、実際にその定義を確認すると、〈構造〉のようにあらゆる辞書に収録されているものではなかった。つまり、この語が見当たらない辞書もある。詳しくは次のものから確かめることができる。

①『日本国語大辞典』　梅棹忠夫ほか監修　講談社　一九八九年第一刷
②『大辞林』　松村明ほか編　三省堂　一九八九年第六刷
③国語大辞典『言泉』尚学図書編集　小学館　一九八九年第九刷
④『類語大辞典』　柴田武ほか編　講談社　二〇〇五年第八刷
⑤『字通』　白川静著　平凡社　一九九七年第七刷

また、この語が収録されている辞書では、次のように解説している。

①『広辞苑』　新村出編　岩波書店　二〇一二年第六版第三刷
まるい輪。まるくつながっているもの。（傍線は筆者による。以下同）
②『国語大辞典』　金田一春彦ほか編　学研　一九七八年第十二刷
まるい輪。まるくつながっているもの。
③『大辞泉』　松村明監修　小学館　二〇一二年第二版

まるい輪。まるく連なっている形。

④　新明解『国語辞典』見坊豪紀ほか編　三省堂　一九八二年第八刷

まるくつながった輪（の形のもの）。

⑤『日本国語大辞典』　第二版編集委員会　図書印刷株式会社　二〇〇一年第二巻

まるい環（わ）。また、その形。＊信仰之理由（一八八九）〈小崎弘道〉三「星霧説にては此の星霧が運動を始め、其周囲に数線の円圜を生じ、其円圜はなれて諸（もろもろ）の遊星となるとなす」＊国民と思想（一八九三）〈北村透谷〉「思想の最極は円環なり。叨りに東洋の思想に執着するも愚なり、叨りに西洋思想に心酔するも痴なり」

これらの解説は、傍線部のように〈まるい輪〉と〈まるく連なっている形〉という定義で共通している。この〈まるい輪〉は、まさに「凡例」で述べた〈円環〉の記号表記〈〇〉に相応しい。また、本書の第Ⅳ、Ⅴ、Ⅵ部で扱っている作品の内部世界は、おのおのいくつかの時代、あるいは異なった時期、あるいは主人公という個の分化によって、数おおくの〈まるくつながっている形〉を造り出している。その〈形〉は互いに影響しながら、物語の時間と空間を拡大させたり、収縮させたりしながら作品の構図を築きあげている。そのテクストの思考をふるいにかけて推敲していくと、作品の構成にみあった結果として、造語〈円環構造〉が浮かび上がり、命名を促されたのである。

二　〈円環〉テクスト

〈円環構造の作品論〉を語る前に、ジョルジュ・プーレの『円環の変貌』（パリプロン社、一九六一年）への理解を深める必要がある。なぜなら本書は〈円環〉の概念と性格を示し、文学における方法論とする〈円環〉テクストをことごとく語っているからである。〈円環〉テクストと〈円環構造〉テクストを支える礎がともに〈円環〉であれば、当然ながらその生成および概念を明らかにしなければならない。つまり、ふたつの〈テクスト〉の解明において、〈円環〉理解は不可欠な条件となっているのである。

また、〈円環〉テクストといえば、前田愛の『都市空間のなかの文学』（筑摩書房、一九九二年）が思い起こされる。本書は日本の近世文学から現代文学までの作品をとり上げ、〈円環〉テクストを語り尽くしている。作品それぞれの歴史的、社会的背景を跡づけながら、壮大なスケールで論じられているが、その展開の仕方は『円環の変貌』に由来しているように見受けられる。

以上のような関連性を踏まえて以下において、『円環の変貌』より〈円環〉の生成を明らかにするとともに、『都市空間のなかの文学』も加えたうえで、〈円環〉テクストの考察を試みる。

1　ジョルジュ・プーレと『円環の変貌』

プーレは一九〇二年にベルギーのリエージュに生まれ、リエージュ大学で法律と文学を学んだ。後の一九二七年から五二年まではエディンバラ大学でフランス文学を教授し、一九五二年から五七年まではアメリカのジョンズ・ホプキンス大学でロマンス語科の主任を務めたが、その後、チューリッヒ大学、ニース大学に迎えられた。

プーレのはじめての著書は、『金の卵を産む鶏』（La Poule aux œufs d'or、一九二七年）という小説であり、ジョルジュ・ティアレ（Georges Thialet）というペンネームで、パリのエミール・ポール社より出版された。しかしその後、二十年あまりも沈黙したままでいたが、一九四九年になってようやくエディンバラ大学から『人間的時間の研究』（Étudessur le temps humain）を発表し、翌一九五〇年にパリのプロン社がまたそれを小型装丁のフランス語版としても出版した。それに続き、一九五二年にさらに『内的距離（人間的時間の研究第二巻）』（La distance intérieure）を出版した（プロン社）。『人間的時間の研究』のサント＝ブーヴ賞の受賞に次いで、『内的距離（人間的時間の研究第二巻）』はフランス・アカデミーの哲学部門でのデュルション賞を獲得した。したがってプーレの現代批評家としての地位も不動のものとなり、西欧にとどまらず、アメリカにおいても名を馳せることとなった。そしてその後の『円環の変貌』をはじめ、数おおくの著書や論文、批評などを執筆し、知の世界的ランナーとして、とどまることなく走り続けたのである。

『円環の変貌』上・下二巻は、ジョルジュ・プーレが一九六一年に執筆したものであり、フランスのプロン社から三冊目の著書として出版された。日本での邦訳は、岡三郎によるものが一九九〇年に国文社から出版された。本書は次のように構成されている。

上巻

下巻

第十一章　エドガー・ポウ
第十二章　アミエル
第十三章　フローベール
第十四章　ボードレール
第十五章　マラルメの《プローズ》
第十六章　ヘンリー・ジェームズ
第十七章　クローデル
第十八章　三人の詩人
Ⅰ　リルケ
Ⅱ　T・S・エリオット
Ⅲ　ホルエ・ギリェン

このように『円環の変貌』の研究射程は、西欧の古代文学から現代文学まで広大な領域をとらえている。しかもテキストの凝視をつうじて、〈円環〉の生成およびその意義などの理解を分かりやすく解析している。

2　〈円環〉の生成

プーレは、序論のはじめにおいて神学者と哲学者が解釈した神と円周の関係を次のように分析している。

＊引用は、すべて『円環の変貌』によるものであり、以下頁のみ記す。

数世紀のあいだ、神学者や哲学者の思想のみならず、詩人の想像力においても重要な役割をはたしてきた、神についての有名な定義がある。すなわちそれは、Deus est sphæra cujus centrum ubique, circumferentia nusquam. つまり、神とは中心が至るところにあるが円周はどこにもない一個の球体である、という定義である。

この文書が初めて現れてくるのは、『二十四人の哲学者の書』という十二世紀の偽ヘルメス文書の写体においてである。それは神についての二十四の定義がそれと同数の神学の大家たちによって与えられたもののうちのひとつである。この神学者たち自身の名前はこの書物の著者と同じように匿名のままになっている。その二十四の定義は互いにその連関を把握しなければならないような順序で続いている。とりわけ最初の三つの定義はもっとも緊密に関連している。その第一のものはこうなっている。Deus est monas monadem gignens et in se reflectens suum ardorem. つまり神はモナドを生みかつ自分の熱を自己のうちに反射している一個のモナドである。第二の定義が、神はその中心が至るところにあり、かつ円周はどこにも存在しないような球体であるというものである。第三の定義は次のようになっている。Deus est totus in quolibet sui. すなわち神はそのいかなる部分においても完璧なものである。

これら三つの命題を結び合わせている絆をわれわれは確かめることができる。もし神が父として息子である彼自身の似姿を生み出すならば、神にこのような似姿をつくらせた愛は、同一の神に再びその似姿を返上する。父は自分の姿をその息子のなかに反映し、息子は自分の姿をその父のなかに反映する、そしてこうした愛の相互性は精霊という三位一体のうちの第三のもの以外の何ものでもない。そのサイクルは完壁なものである。これらの三者を結合する無限の活動は巨大な球体を構成し、そのすべての点上で同一の充足性が見出されるものである。（略）
言いかえれば、無限大の球体は神的な巨大さの表象として解釈することができよう。しかしまた同時に、永遠という神の別の属性の表象としても解釈することができる。（略）（上巻十一‐十二頁）

傍線部の文に示されるように、プーレは神学者と哲学者が解釈した神と円周の定義から、両者の同一性を見いだしている。いわば円周とは、神である父から生まれた子息であり、父子の愛情から精霊が生まれ、その一連の過程から無限大の〈球体〉が成就された、という遺伝的生成論である。しかもその〈球体〉は、〈三位〉それぞれの〈点上で同一の充足性〉が取れているため、絶えず内的運動をくり返していることによって完璧な〈サイクル〉を造り出している。その〈サイクル〉とは、神＝父—子息—精霊＝球体といった循環過程である。プーレのこの見解には、円周の循環思想が表れていると同時に、神と精霊（人間）と球体の関係も同等に存在していることが明確に語られている。また〈神的な巨大さの表象として解釈することができ〉、〈永遠という神の別の属性の表象としても解釈することができる〉という見解も、円周という〈球体〉が万物であり、宇宙そのものであることを物語っているのであろう。
一方、人間は円周という〈球体〉のなかでどのように存在し、どのようなはたらきをもつものなのだろうか。この問題について、プーレは十七世紀のイギリスの哲学者ピーター・ステリーおよび、ドイツ神秘主義とスペイン神秘主義の仲介者ハルフュウスの説を介して、自身の観点の確立を試みている。

無際限の円となって底なしの深淵のなかに無数の美しいかたちが次々に限りなく生まれ出てくるような、

生命の泉がある。……魂は、この神的な精神の深淵のまわりを、身体的ないし局部的な仕方ではなく、あの精神が別の精神を何らの限界も拡がりも隔たりもなしに展開させてゆくのと同じように、回転している。なんの限定もなく適合することもない魂は、その統一性とその中心点において、神的精神のこうしたすばらしい深淵を、……その統一性の統一、その中心性の中心として内包しているのだ。（ピーター・ステリー、二四頁）

魂は、そのちからのなかにきわめて内面的でかつきわめて優れたものがあるゆえに、精神と呼ばれる。なぜなら魂のちからはその根源におけるのと同じように精神に結合しているからである。そしてこのちからが、太陽光線が太陽の環から出るように、外に拡がるのはこの根源からであり、また同じように再び流入してゆくのもこの根源である。そしてこの中心は魂のうちにあり、三位一体の真のイメージが輝くのはそこである。そしてそれはあまりにも高貴であるゆえに、どんな名称もそれに適切なものはなく、遠回しな言い方による以外にそれについて語ることはできない。（ハルフュウス、一三頁）

つまり、際限なく回転する球体は、人間の魂を宿しており、個々の円のようにそこから生まれてくるものである。魂とは精神のことであり、きわめて内面的で尊いうえ、測り知れないちからをもっている。そのちからが〈太陽の環〉から放射して、またもどってくる太陽光線の活動のように、三位一体の真のイメージを内包している。つまり、神＝父―子息―精霊＝球体の三位一体の総合的循環によって、神的精神の深淵から〈円〉が生成される。そこには、人間のはたらきおよびその存在は三位一体において同等であることが窺える。したがって〈円〉とは神から人間への転換そのものであろう。また、その循環する性質が深遠で難解なため、〈遠回しな言い方〉の〈円周〉として捉えるほかはない、といった見解が読み取れるのである。

プーレは、こうした数世紀の哲学者たちの語る〈円〉に関する研究に没頭し、この世界と私たち人間の根源を思考し考察し続けたのである。はじめての著書『金の卵を産む鶏』（小説）の出版から、次の著書『人間的時間の研究』（研究書）の出版にいたるまでに、二十年あまりの空白があったことは、すでにさきで述べたが、それは何故であろうか。もちろんプーレの文学における哲学的思考を培う時間であったに違いない。なぜなら『人間的時間の研究』を皮切りに、彼の研究活動が一気に開花し、独自の見解を示す研究書を次々と打ち出していくからである。それらの著書、論文などの諸展開は、すべて哲学的観点から文学を読み解く試みにあった。さらに〈円周〉を〈円環〉と名付け、自身の〈円環〉テクスト論を確立させたのである。

3　〈円環〉テクストと〈内空間〉論

プーレは、『二十四人の哲学者の書』の、神から自己への変身の思想をつうじて、ピーター・ステリーとハルフュウスの人間と〈円〉の関係を究明した結果、〈円環〉について、次のような結論を導いた。

> 円環という形は、それによってわれわれが自分たち自身のいる精神的ないし現実的な場所を描き出し、われわれをとり巻いているもの、ないしはわれわれ自身がとり巻いているものを位置づけることができるようになる種々の形のうちで、もっとも恒常的なものである。（五頁）

この端的な結論から、プーレは人間、〈円環〉、時間のあり方およびこの三者の関係を探求していたことを察し得るのである。その研究は、まさに『円環の変貌』の主題であり、〈円環〉から文学における〈内空間〉を解き明かした理論である。以下、本書で展開された具体的作品研究をとおして、彼の〈内空間〉論を考察し、彼の分析した〈円環〉テクストの理解を試みる。

終章の第十八章では、「三人の詩人」と題して、リルケとT・S・エリオットとホルエ・ギリェンが論じられているが、紙幅の関係上ここでは、リルケのみをとり上げることとする。

プーレは、書き出しから〈リルケの場合、最初から空間が現れてくる〉と指摘し、その空間をめぐって語りはじめる。

リルケの場合、最初から空間が現れてくる。《われわれは野原や大空のもとに生きているのだ。》野原や大空といったものは、いたるところに、しかも周辺に存在しているものであり、ヴォルプスヴェーデの樹々やロシアの村々が立っている広大な空間と同じように、限りなく遠く彼方に存在しているものである。むきだしの空間、坦々と広がっている処女地。そうしたところをひとは限りなく、なんの障害もなく前進してゆく。そうしたところでひとは自分の思考の数々の対象を自在にひろげてゆく。（下篇、二六〇頁）

プーレはこのように結論付けながら、リルケの詩を引用して評する。

次第に拡大してゆく円環をなして、ゆっくりと
人生にむかって動いてゆく、

いまはまだ沈黙している子供らの魂……　（傍点はママ、以下同）

〈内空間〉論に響き合う詩歌をわずか数行しかとり上げていないものの、その空間のあり方を存分に語りかけ、読み手にその展開の仕方を知らしめしている。

空間とは、神であり、未来であり、理想であり、生成の領域なのだ。ところが時間が、徐々に空間を覆い隠してゆく。時間とは、じわじわと進行する氾濫である。ひとが何を感じても、またひとが何であっても、それらすべてが、円環状の波頭を形成し、それが次第に拡大してゆき、空間に対するその侵略をやすむことなく押し進めてゆく。空間は広大なものである。だが時間は次第に広大になってゆくものである。すなわち

生は、ひろびろとひろがってゆく空間の
数々の円環とむすばれてこそ意味をもつ……

事物のうえにひろがって次第に大きくなる
輪のような生を、わたしは生きているのです。

（略）

要するに時間とは、もろもろの事物ならびに存在者が空間のなかに絶えず消滅してゆくことである。す

なわち、《あまりにも急激な変化を連続的に経験しているために、わたしたちは押しつぶされているような感じです》とリルケは書いている。すべてが変質してしまうような茫漠とした無辺な場所において、存在者は《変貌に身をすりへらし》、みずからの特質を他のものと交換しつつ、ついにはいかなるものとも交換することがなくなってその特質を放棄する。すなわち《われわれのひとりひとりは、無数の要素がたえず結合を繰り返し、再生したり消滅したり、交互に助長しあったり、妨害しあったりしている一個の集合的なものとしてこの世に姿を現わしているのです。》(二六一‐二六二頁)

プーレはリルケの詩歌を介して時間と空間を解析し、〈円環〉に示された宇宙の根源的秩序、いわゆる無限の循環過程を語っている。また、第十三章の「フローベール」では、『ボヴァリー夫人』を論ずる際に、作品の引用をとおしてその〈内空間〉を次のように分析する。

プーレの引用した作品の文

彼女は何も変わったものはないかどうかまず自分の周辺を機械的に見まわしはじめた……石のあいだには同じようなにおいのあらせいとうを、壁の板石には乾ききった地衣類のようなひろがりを、いらくさの繁みには同じような小石を、そして腐りかけていていつも閉ざされている三つの窓の鎧戸を彼女はまた見出すのだった……彼女のこころはまるで網をほどかれたかわいらしいグレイハウンドが走りながら環をえがき、畦に鼠などを追い回したり、突然立ち止まってはひなげしの花をもぐもぐ噛んだりするのと同じように、最初は何のあてもなく右に左にさまよっていた……ところが彼女の視線がこのように地平線のうえを漫然と動いているときに、一方では彼女の拡散的な注意力が次々に生起してくる数々の想念をあわや霧散させてしまうところを、そのときまるで二つの同心円が同時にそれらふたつの円周を収縮するのと同じように、彼女のこころもわれに帰り、彼女の不安定な視線が定まり、ぶなの茂みのしたの地面に腰をおろして日傘の象牙の先端で芝生をつつきながら、彼女はまたいつものあの問いにもどってゆくのだった。

《——ああ、いったいどうして私は結婚したのかしら?》

プーレの分析文

ここには疑いもなく円環の隠喩がはっきりと出ている。エンマのところは最初はまったく周辺的である。それは地平線のうえをさまよい、右に左にとりとめもなく動き、視線もきかなくなるような外側の風景の彼方と同時に、夢想がもの狂わしくなるような内面の風景の彼方でもあるような遠いところに迷いこむ。こうしてひとつの二重の円環が、一方は感覚によって他方は思考によって生まれるが、そこでは思考しかつ感覚している存在者が内部空間における場合と同様に外側の空間においても円形をなして拡散してゆく。

（略）（一一九 - 一二〇頁）

このふたつの文をあわせて推察すると、プーレの論じる〈内空間〉論が浮かびあがってくる。つまり彼は、テキストの描写から〈円環〉を限りなく見いだし、その〈円環〉が拡大したり、収縮したりしながら、内包する事象が総合的に影響し合う、その結果的あり方を解析している。たとえば、エンマをめぐる描写のように、人物像の心理空間と存在空間の双方をくみ取り、互いに作用する〈円環〉を読み込んでいく。そしてそうした状況下で展開された〈円環〉は、作品の〈内空間〉として生まれたり消えたりしながら、絶えず影響し合って広がっていき、ふたたび人物像つまり、いわゆる作品の中心円に舞いもどってゆくのである。

『円環の変貌』は、長い時代と広いジャンルにわたって〈円環〉テクストが扱われた作品の考察と分析をくり広げている。さらにそこでとり上げられたものは、すべて著名な文学者の名作であるがゆえに、作者と作品の詳しい紹介などは省略され、唐突に作品の部分的抜粋による引用から深まってゆく。しかもつねに時間と空間に絡み合わせた〈円環〉の生成と人間の存在を論じる一方、深邃かつ奔放的批評も結びつけている。たとえばフローベールについては、

> フローベールにおける現実描写のこのような円環的な特徴は、すこしも隠喩的なものではない。あるいはたとえそれが隠喩だとしても、批評家によって議論の必要上思いつかれたものではないことは確かである。じじつ、こうした隠喩はフローベールの作品のなかにはたえず見出され、しかもそれがきわめて一貫したものであり、きわめて必然的であり、きわめて意味深いものである以上、われわれはそれをフローベール的想像力における世界と存在の諸関係が表現される本質的イメージとして理解しなければならない。
> （下篇、一一八‐一一九頁）

このように、さまざまな批評と〈円環〉テクスト論とがあいまって、文学という中心円に立脚しながら、文学の領域を超えて、また文学に立ち返ってゆく、といった人間探究がおこなわれていた。その深遠性はさきのような粗雑な考察ではとうてい語り尽くせないものである。ただし、〈円環〉と〈内空間〉の概念を理解するにあたっては、その役割を果たすことができるだろう。

4　前田愛と『都市空間のなかの文学』

前田愛（1931-1987）は、神奈川県に生まれ、一九五〇年に東京大学で日本近世文学を学んだが、明治文学や近代文学なども広く扱った。のちに、立教大学文学部教授、スタンフォード大学、シカゴ大学の客員教授、多数の新聞社の書評委員などを歴任し、一九七六年に伝記研究『成島柳北』で第八回亀井勝一郎賞を受賞した。その後、テクスト論、記号論などの新しい文学理論の研究に取り組み、都市小説論『都市空間のなかの文学』を出版した。没後、筑摩書房より『前田愛著作集』が刊行されている。その全集は次のような内容となっている。

『前田愛著作集』全六巻　筑摩書房、一九八九‐九〇年

①『幕末・維新期の文学』、『成島柳北』
②『近代読者の成立』
③『樋口一葉の世界』
④『幻景の明治』
⑤『都市空間のなかの文学』、『幻景の街』
⑥『テクストのユートピア』

『都市空間のなかの文学』は、ちくま学芸文庫が二〇一一年に出版した単行本によるものである。本書は次

のように構成されている。

SHANGHAI　1925――――――――――「上海」
劇場としての浅草――――――――「浅草紅団」
焦土の聖性―――――――――
紙のうえの都市――――――――「エーゲ海に捧ぐ」
空間の文学へ――――――――「杳子」
あとがき

このように前田は、近世文学から近現代文学までの広い範囲にわたって、彼の文学研究に対するさまざまな想念をくり広げ、都市文学の解読を目指していたのである。

『円環の変貌』と同様に、『都市空間のなかの文学』も宏大な射程をとらえており、私たちに文学の読み解き方の新たなスタンスを提示している。本書では〈円環〉テクストを論じながら、作品の歴史的、文化的、社会的文脈にそくした社会批評もなされている。たとえば、第Ⅰ部の「塔の思想」において、明治期の文明開化をめぐる一節が窺える。

仮名垣魯文の『安愚楽鍋』に登場する庶民たちは、「ひらける」という言葉をよく使う。たとえば、「当時の形勢はおひ〳〵ひらけてきやした」(「半可の江湖談」)という工合にである。この「ひらける」には、「文明開化」の新時代をうけとめた民衆の側の素朴な生活感覚がしみとおっている。それは「啓蒙」の「啓く」に通じていたばかりでなく、「世直し」の幻想、閉ざされた生活世界の拡大、未知の西洋に向けられた旺盛な好奇心など、じつにさまざまな欲求と期待とが輻輳していた言葉である。

開化期の民衆は、お上から「開かれる」ことに甘んじていたわけではなく、むしろ彼ら自身の力で「ひらける」ことを望んでいた。たとえば、西洋の馬車をヒントに発明された人力車は、上からの「開化」を積極的にうけとめようとした民衆の「ひらける」意欲の産物であった。文明が提供するおびただしいものの集合は、いったん民衆の欲望の深みをくぐりぬけることで、その意味するものが絶えず読みかえられ、新しい意味がつくり出されて行く。(略)(一九〇 - 一九一頁)

右の批評からは、文明開化とは、時が熟した民意によって開かれたものであり、単なる明治維新による〈お上から〉の一方的〈開化〉ではないということが読み取れる。言い換えれば、国民の成熟した思想がともなわなければ、〈開化〉の実現も困難であったということである。

こうした大家の大作において、筆者は彼の語る〈円環〉テクストをめぐる諸説のみを捉え、プーレが解読した〈内空間〉論を立脚地とする両者の同質性を明らかにすることを試みる。以下、『都市空間のなかの文学』の具体的な作品論をとおして、前田が語る〈円環〉テクストと〈内空間〉論を考察していく。

＊引用は、すべて『都市空間のなかの文学』によるものであり、以下頁のみ記す。

5 〈円環〉テクストと〈内空間〉論

前田は、序論の「空間のテクスト　テクストの空間」において、『円環の変貌』についてこう語る。

G・プーレは、語り手の視点と作中人物の視線とを自在に交錯させながら、テクストの「内空間」を拡大させたり、収縮させたりするこうした描写をつぎのように定式化している。「フローベール的方法とは、凝視の対象としてひとつの存在者を提示して、今度はその存在者が周辺的な現実を凝視の対象とすることにある。《エンマは見る人である。さらに彼女は、彼女がみるのをわれわれがみつめている人でもある》」（略）（十三‐十四頁）

（略）パルメニデスからリルケ、エリオットいたるまでのほぼ二千年にわたる西欧文学の流れを通貫した『円環の変貌』は、もちろんフローベール論で展開されたテクストの「内空間」を賦活する想像力の問題だけでは括りきれない長大な射程をもっている。しかし、さまざまな位相を記述しながらも、円環というトポスそのものから離れることがなかったプーレの発想をつきうごかしていたものは何か。その契機として想定されるものは現象学からの促しである。たとえば、『円環の変貌』に先き立って公にされた労作『人間的時間の研究』の第二巻『内的距離』は、いかにもジュネーブ学派にふさわしい言葉で書き起こされている。「いかなる思考も、なるほど、すべて何物かについての思考である。思考は不可抗的に、他者に、外部に、向けられる」……フッサールの有名な定式を踏まえたこの冒頭から数行をへだててプーレが記述した言葉はこうなっている。「しかし、いかなる思考も、同時にまた、単なる一個の思考に過ぎない。思考は、即自に存在するもの、孤立して存在するもの、心的に存在するものである。」フッサールの定式と併立していることのデカルト主義の信条告白は私たちを戸惑わせるが、むしろフッサールの志向性とデカルトのコギトに引き裂かれているプーレの矛盾した立場にこそ、彼が解析しようとする「内的距離」、ひいては円環のトポスの原点が指し示されているように思われる。（略）（十四‐十五頁）

このように、プーレの『円環の変貌』を解説しながら、インガルデンやモスクワ・タルトゥー学派を代表するYu・ロトマンの〈空間〉論も読み解いた前田は、自身の〈円環〉テクストの展開は基本的にそれらの理論を基盤にしていた。なかでもプーレの〈円環〉テクストを中心に論じ、日本の近代小説はフローベールの『ボヴァリー夫人』がもつ〈内空間〉に類似するとしている。森鷗外の『舞姫』をとり上げ、太田豊太郎がエリスと出あう場面を例にしながら、二人の間での〈内空間〉をプーレ定式で解釈した。つまり、さきに引用したプーレが解析した〈内的距離〉と〈円環のトポスの原点〉について、彼は共感しているということになる。となれば、ふたりは当然フッサールの現象学やデカルトの幾何学などの観点からみずからの〈円環〉テクストを確立したと言えるのであろう。

以下『門』（『都市空間のなかの文学』第Ⅱ部「山の手の奥」）で語られたふたつの場面から、前田が読み解いた〈円環〉テクストをみていく。

①（略）御米と宗助がそれである。「互いに抱き合って、丸い円を描き始めた」という一句がそれである。この「丸い円」は、空間的には二人がこもっている小宇宙の円環を指し示しているだろうし、時間的には過去と未来から切りはなされた現在を、自然の運行と循環にしたがって生きつづけるかれらの生のかたちを意味しているのだろう。（略）（四三二‐四三三頁）

②ランプの光を中心に寄り添っている御米と宗助の生の円環があざやかに描きだされている箇所であるが、「例の通り」「毎晩かう暮して行く」とあるようにその円環は〈いま〉が際限なく繰りかえされて行く循環する時間の構造に支えられている。そういえば、『門』のテクストのなかで執拗に反復される日暮と夜明

け、就寝と起床の描写は、物語のぜんたいの流れにそくした一種独特なリズムをつくりだしているのだ。

（略）（四三三頁）

いわば、前田もプーレと同じように作品の描写から細やかに〈円環〉を読み取り、そこから時間と空間を捉え、作品の〈内空間〉を読み込んでいる。そしてそれを〈小宇宙〉として凝視しながら、時間の流れによって括られた〈円環〉から循環の解釈を獲得し、彼の〈円環〉テクストを創り出している。

『都市空間のなかの文学』の解説において、小森陽一は〈おそらく前田は、本来の意味における歴史学と社会学と文学の統合をめざしていた〉と評している。つまり本書は多角的な視点の研究から〈円環〉というテクストに集約されているのである。その展開は重厚たる建築群が如くじつに絢爛で目まぐるしい。深い哲学解析と豊饒なデータに巧みな表現力が駆使されているため、右の解説のみでは粗雑な紹介と言わざるを得ない。だが、前田の〈円環〉テクストの捉え方がプーレに共通しているという点に対しては、すこしばかり解釈できただろう。

6　プーレと前田

以上の考察から、プーレと前田はともに作品の描写より〈円環〉を読み解き、ともにフッサールをはじめとする現象学的観点より、みずからの〈円環〉テクストを確立したと見てよいだろう。かれらは対象作品において、語り手の視点と作中人物の視線とを同時に凝視し、双方の影響から求めた整合性により作品の〈内空間〉

を見いだした。そこでは、前田が解釈したプーレ説のように〈凝視の対象としてひとつの存在者を提示して、今度はその存在者が周辺的な現実を凝視の対象とする〉という方法が用いられている。いわば、作品の描写から無数の〈円環〉を見いだし、その〈円環〉が互いに影響し合いながら、拡大と収縮、生成と消滅をくり返してゆくプロセスが展開されているのだ。作中人物から出発し、また作品の中心円とするその人物に集合してゆくふたりの〈円環〉テクストは、人間の心の世界および生命の循環性のあり方を解明しようとするものである。

三　〈円環構造〉テクスト

〈円環構造の作品論〉については、本書の冒頭ですでに説明をおこなった。すなわち詩人黄翔、作家高行健、劉震雲ら三人の作品から〈円環構造〉を見いだし、そのテクストのもつ文化的、社会的背景にそくした〈内空間〉を読み解きながら、作品に込められた諸思想を明らかにしようとするものである。

しかしながら、黄、高、劉の作品はすべて〈円環構造〉をもつものとは限らない。本書では、〈円環構造〉が示された黄の詩歌「独唱」、「野獣」、「思想者」、「今生有約」、詩論「私と〈○〉の感覚について」、「宇宙情緒」、高の《霊山》、劉の《ケータイ》、《一句頂一万句》などを中心に展開していく。これらの作品の構造を読み解き、その構造に示された〈円環〉のあり方を明示しながら、そのテクストに圧縮された歴史的、文化的空間を展開させていく。したがって、〈円環構造〉の文学的はたらき、およびその方法の先鋭性は〈円環〉テクストに通底していることが、おのずと映しだされてくるに違いない。これらの作品は、ともに人間の存在および心の世界の探究をおこなっているのである。

以下、三人ならびにその文学活動を概観し、対象作品をとおして〈円環構造〉テクストを端的に捉えてみる。

1 黄翔とその詩歌

黄翔は、中国湖南省武岡県出身で、現在ニューヨークに在住している。一九六〇年代より詩歌の創作をはじめ、作品、批評、絵画、書、行動芸術などをつうじて、立体的芸術活動を続けている。

黄翔の〈円環構造〉テクストは、彼の詩歌と詩論が辿った歴史的、社会的状況から読み取ることができる。つまり、それらの詩歌と詩論に反映された詩人を統括的に見ていかなければならない。たとえば、処女作「独唱」（一九六二年）、前衛詩「野獣」（一九六八年）、詩論「私と〈〇〉の感覚について」（一九八三年）、「宇宙情緒」（一九八六年）、詩歌「思想者」（一九九一年）、「今生有約」（二〇〇五年）などには、それぞれの時期の詩人の変化が現れている。「独唱」から出発して、「今生有約」の境地へ辿り着くまでに、彼の内部ではその折々の〈変化〉をつうじて詩歌の境地を昇華させながら、その空間の広がりを見せていた。そしてその〈折々〉の活動を多数の見えない〈円環〉として互いに作用させ合っては見える〈円環〉を造り出す用意をしていた。それらの〈円環〉が拡大したり、収縮したり、影響し合ったりした結果、見える〈円環〉がようやく輪郭を呈してくるのである。いわば、黄は自身の数奇な運命をその芸術活動に反映させながら、人間の〈孤魂〉を追求してやまなかったが、その知の活動の果てまで走り続けたところでやっと自分自身と再会する。その自己回帰の道のりを図式化すれば、壮大な〈円環〉も見えてくるはずである。したがって、彼はこの時はじめて、自分のあらゆる活動で向き合ってきたものは終始自身の〈孤魂〉の解明であったと気づかされるのである。

それでは、具体的詩歌の理解をとおして、その〈円環〉の形成を読みとってみよう。

「独唱」
僕は誰だ
僕は瀑布たる孤魂
永久に人の群れを離れた
孤独の詩
僕の漂泊する歌声は夢の
さすらう足跡
僕の唯一の聴衆は
静寂だ

《黄翔詩歌総集》上巻（十九頁）

「野獣」
僕は捕らわれている一匹の野獣
僕はたった今捕らわれたばかりの野獣
僕は　野獣に踏みにじられた野獣
僕は野獣を踏みにじる野獣
（略）
例え一本の骨しか残らずとも
僕はその憎むべき時代の喉をむせさせてやる

《黄翔詩歌総集》上巻（二一頁）

「宇宙情緒」

・情緒は生命における奥義の騒擾であり、計り知れない原欲と激情の平静に対する破壊である。（略）

・情緒哲学は伝統文化的な、人為的な、人間という主体を離れた角度から世界を解釈しないことを意味する。その上、直に人間自身に回帰し生命の内部における騒擾の波瀾と過程より哲学の真諦を探求し発見する。（略）

・人間と宇宙の相互関係は〝円〟の調和である。人間の出現は永遠の〝宇宙事件〟である。（略）

・「宇宙情緒」は〈人体経験〉の拡大と瀰漫である。我々は冥冥の中で宇宙の遥かな処である星が自己の身体のある細胞と密かに感応しているのを感じないことはないだろう。

・「宇宙情緒」は人体経験の無限の展開である。宇宙は膨張した人体であり、人体は凝縮された宇宙である。（略）

《黄翔―狂飲不酔的獣形》（三四七 - 三五一頁）

「私と〈〇〉の感覚について」

（略）

僕は〈今〉懸命に踏付けている止むことなく移動している〝点〟の上より滑り落ちたいものだ

もしもこの内容のない空虚で知りようもない〝円〟の輪から抜け出せるならば

しかし僕は依然と偶然踏付けたこの不思議な空回りする〝〇〟を踏付けている

《黄翔―狂飲不酔的獣形》(一九二‐一九三頁)

「思想者」

大浪の波頭に立つ人よ
風と水鳥が飛び交う
その感激の歌声を解き明かそう
血の散乱
だんだんと遠くへ広まり
痛みを振り返れば
憤怒の川を鎮める
逆流の川が流れてくる
太陽は静やかな額を撫でおおす

《黄翔詩歌総集》下巻(三九三頁)

「今生有約」

静まり返る静寂の中
天空の下で寝そべると
開いた身体は本の如く

（略）

ページを目巡らす毎に
それぞれ既知と未知の日々
不思議で感動する新しい一日

（略）

《黄翔詩歌総集》下巻（五七八頁）

これらの詩歌を読んでいくと、黄は「独唱」から「今生有約」へ回帰していることが、おぼろげながら会心できるだろう。序説の段階では、漠然としており判明し難い感もあると思われるが、さまよう〈孤魂〉と懸命に向き合っている詩人が右の詩歌に投影されていることはたしかであろう。以下のようにそれぞれの時期の活動を連鎖させて見ると、彼の〈円環構造〉テクストが現れてくる。つまり次の四段階として考えることができる。

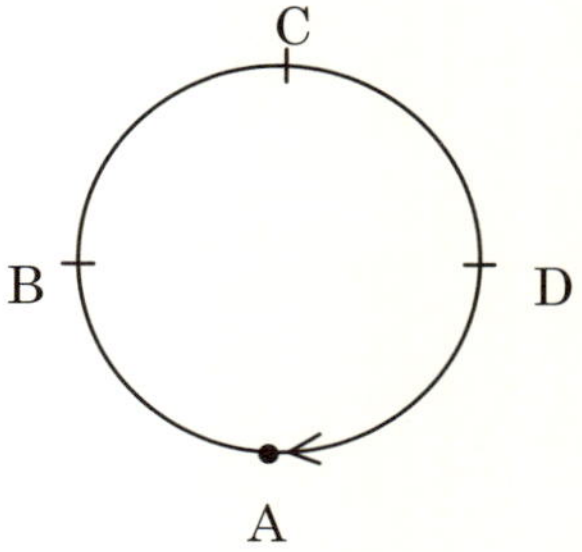

A ＝「独唱」＝〈孤魂〉の凝視
B ＝ 前衛詩 ＝ 社会との抗争
C ＝「宇宙哲学」＝ 独自の詩精神
D ＝「今生有約」＝「独唱」への回帰

Aの地点からスタートし、BへCへDへと進み、絶えず〈孤魂〉の追跡と解明に苦闘し続けていた黄は、魂の牢獄から解放されたところで、喜びを手に〈孤魂〉と再会できるのである。その道のりは自分から出発し自分に舞い戻る〈円環〉を形成し、限りない射程をもつ〈内空間〉を生み出している。

2　高行健と《霊山》

高行健は、中国江西省出身の小説家、劇作家、画家であり、現在フランスに在住している。一九八〇年代半ば以降から、アメリカ文学の〈意識の流れ〉の手法を唱え、モダニズム作家として活躍した。《現代小説技巧初探》（花城出版社、一九八一年）を皮切りに、戯劇《絶対信号》、《車站》などを書き続けたが、間もなく社会にそくさない異端派として糾弾を受けてしまい、創作活動も中断を余儀なくされた。当時の中国は、作家が政治的束縛から解放され、人間の内面を自由に表象できる空間をもち合わせていなかったためである。しかし、そんな背景のなか彼は、のちに実験小説として、《ある男の聖書》（台湾聯経出版公司、一九九九年）と《霊山》を発表した。

《霊山》は中国からフランスへの移住を経て、七年間(一九八二 - 八九年)にわたって書き継がれたものである。一九九〇年に台湾聯経出版公司が発行し、二〇〇〇年度のノーベル文学賞を受賞している。邦訳は、飯塚容によるもので集英社から二〇〇三年に出版されている。

高の〈円環構造〉テクストは、作品《霊山》より読み取ることができる。複数の人称〝我〟(一人称)、〝你〟(二人称)、〝他〟(三人称)を作中人物として物語を展開するのだが、物語が終わると同時に〝你〟も〝他〟も、またすべて〝我〟に還元する手法において、現象学的方法が読みとれるであろう。そのストーリーは、旅に出る〝我〟が想像した自身の分身である〝你〟と距離を置いて個々の旅を進めていく。ふたりは原生林と〈霊山〉をめざしているが、旅が終わりに近づく頃、〝你〟と同様に想像された人物〝他〟が現れ、〝我〟と〝你〟の旅を静観しながら、創作に対する種々の思惑が語られる。つまり、三者の旅には現実の旅と内的旅とをつうじて、見える〈円環〉と見えない〈円環〉が互いに作用し合いながら、壮大な〈円環構造〉テクストを造り出しているのである。なぜならその〈円環〉には〝我、你、他〟が辿った地理的、心理的ふたつの旅を内包しているからである。それでは、図式でその〈円環〉を表してみよう。

図式1　ふたつの旅

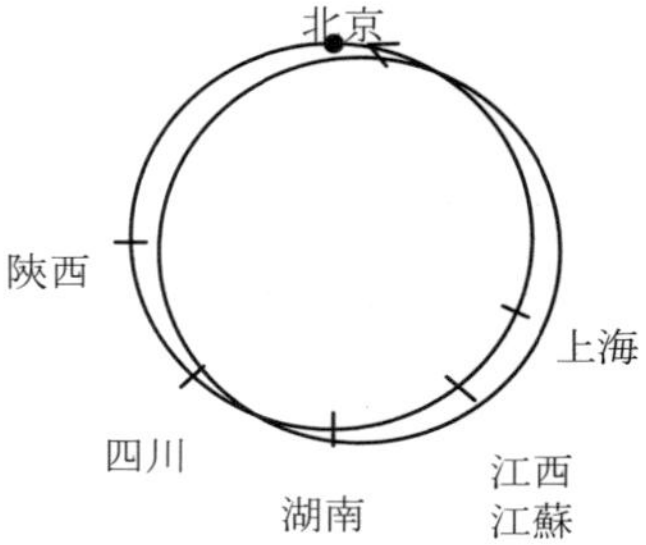

①　現実の旅
②　内的旅

〝我〟、〝你〟、〝他〟は作中人物として旅に出かけた。北京から、西南へ南下して、また東へ進み、北上しながら北京に戻ってくる。いわば、旅人の駆けめぐる地理的経路に〈円環〉構造が映し出されており、その心理的旅も見えない〈円環〉として、互いに作用し合っているのである。

図式2　〝我〟の分化

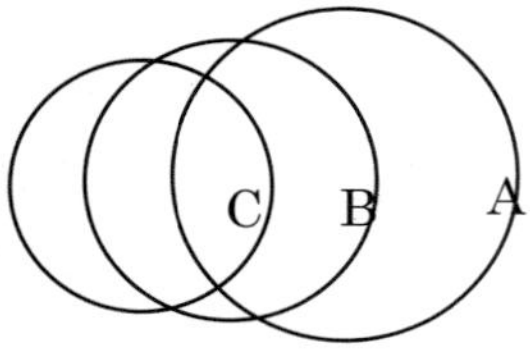

A＝〝我〟
B＝〝你〟
C＝〝他〟

つまり、一人称の〝我〟が作品の中心円として、さらにおおくの円を生み出してゆくさまを表している。二人称の〝你〟、三人称の〝他〟のように、〝我〟の〈円環〉生成と同じ形式でそれぞれ自身の〈円環〉をくり広げている。この三つの〈円環〉は旅の地理的空間と作用し合って作品の〈内空間〉を展開している。

図式3　〝我〟の還元

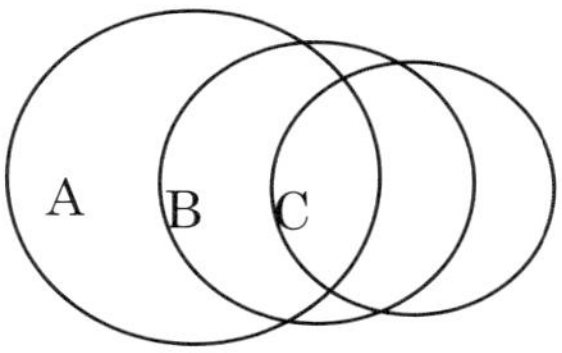

A＝〝我〟　B＝〝你〟　C＝〝他〟

この還元過程では、〝我〟から生じた無数の〈円環〉が総合的に拡散し、収縮しては、また中心点に舞いもどるさまを表している。〝你〟と〝他〟が〝我〟自身に回帰してゆくように、旅の終点で作品のあらゆる出来事もすべて〝我〟という中心円に還元するのである。つまり、〝我〟、〝你〟、〝他〟三人の現実の旅と心の旅によって生成された〈円環〉は、重厚横溢な東洋文化をバックデータに、神話、典故、道教、仏教、シャーマン……という文学空間を突き抜けて、限りない広がりをもつ〈内空間〉を開いていたが、現実の旅が終了すると、心の旅もそれにしたがって活動停止に務め、それまでの万象を一人称の〝我〟に還元するのである。

一方、〝我〟の旅の凱旋には、いうまでもなく未来に切り込んでゆく暗示が読みとれる。いわば、〝我〟の新たな旅となる新たな生がすでにはじまっているのである。

3 劉震雲とその作品

劉震雲は、中国河南省延津県出身で、軍人、教員、新聞社社員を経て、北京大学、魯迅文学院で学んだ後、職業作家となった。現在北京に在住している。前世紀八〇年代の《塔舗》、《新兵連》、《一地鶏毛》、《官人》などの初期作品をもってリアリズム作家の地位を獲得したが、二十一世紀以降は新たな作風を拓き、《温故一九四二》、《ケータイ》、《一句頂一万句》、《我不是潘金蓮》などを発表し反響を呼んだ。

《ケータイ》と《一句頂一万句》は、それぞれ長江文芸出版社が二〇〇三年と二〇〇九年に出版した作品である。《ケータイ》は初版が発行されると、たちまちベストセラーとなり、二版（二〇〇七年）、三版（二〇一〇年）と重版されるとともに、映画、テレビドラマへと映像化されていった。《一句頂一万句》は、出版されるや否や激しい議論を巻き起し、北京のベストセラーとなった。さらにその二年後（二〇一一年）には、権威ある茅盾文学賞に輝き、彼の同時代文学における文壇での地位を不動のものにした。

《ケータイ》は三章で構成されているが、章ごとがおのおの独立している短篇のように見せながら、主人公を軸とする物語の時間と空間とをひそかに繋げている。図式で表せば、その〈円環構造〉テクストは次のようになる。

図式1　三つの〈円環〉

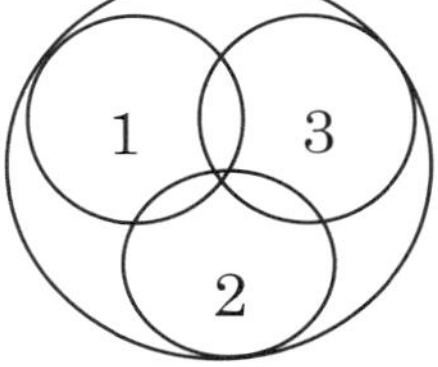

①＝第一章＝主人公の過去
②＝第二章＝主人公の現在
③＝第三章＝主人公の過去の過去

右図の章立てのように、②を時間の座標軸としてクローズアップしながら、①と③を結んで作品の構造を示しているが、この〈構造〉こそが作品を〈円環構造〉テクストに読み替えられる証左ではなかろうか。つまり、①とする主人公の父母の時代、②とする主人公自身の時代、③とする祖父母の時代は、それぞれの〈円環〉を形成しながら、互いに影響し合ってひとつの大〈円環〉を形成し、作品の〈内空間〉を開いている。

図式2〈円環〉の展開

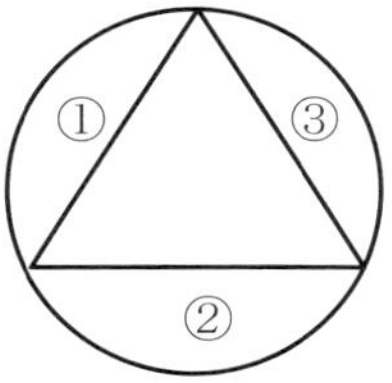

②＝第二章＝作品の座標軸
①＝第一章＝現在が繋ぐ過去
③＝第三章＝現在が繋ぐ過去の過去

また、三つの時代が作用し合って形成された大〈円環〉では、②の物語の登場人物が全員破滅したり死去したりし、悪の化身のみが生き残るように設定されている。そこには、作品に込められた作者の意図が託されているように思われる。いわば、〈内空間〉から拡大された大〈円環〉の転回にしたがって、〈現在〉の時間を意図的に消失させているに違いない。その〈内空間〉の収縮によって①と③の時空で見られた祖父母の姿が、生命の原風景として引き立てられ、現代人はそこに立ち返らなければならないとする回帰の思想が暗示されているように読みとれるのである。

次に、《一句頂一万句》は旅人の放浪をテーマに上・下二部で構成されているが、ひとつの物語でありながら、上・下部の主人公は異なっている。《ケータイ》と同じように、二部がそれぞれ独立しているようでもありながら、じつは緊密に繋がれてもいる。上部は祖父となる主人公が故郷延津を出る旅、下部では血縁者でない孫が祖父の故郷延津に向かう旅が描かれている。ふたつの旅を結べば〈出奔〉と〈回帰〉の旅が形成され、次のような〈円環構造〉が現れてくる。

祖父 ＝ 上部 ＝ 出奔の旅
孫 ＝ 下部 ＝ 回帰の旅

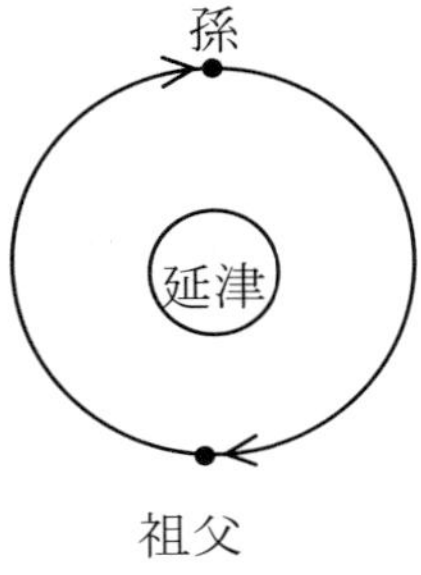

つまり、一般的概念としては、行ってまた帰ってくる往来が旅というものである。しかし祖父は、故郷から出発したが、帰還することなく消えてしまった。そして、長い歳月を経た後、孫が彼について知るために、故郷に帰ってくる。この時〈出奔〉と〈回帰〉の旅がようやく完成され、上・下部の作品の構造もはじめて現れ、

上図の〈円環構造〉テクストが形成されるのである。

《霊山》と同様に、旅と言えば主人公にまつわる現実の旅と内的旅、いわゆる見える旅と見えない旅が想像されるのであろう。祖父の〈出奔〉の旅は、現実の旅の目的が達成されないまま、内的旅を終了してしまった。彼は見えない旅の〈円環〉のなかで、自分自身と向き合った結果、失われたものを受け止めたため、旅を続けられず、故郷に戻る勇気も失ってしまう。一方、孫は幾度も現実の旅をくり返すが、内的旅は完成されないため、祖父のルーツをもとめて、祖父の故郷延津へ向かう。しかし彼の願いは叶わない。なぜなら祖父はすでに死去しているからである。

こうした祖父と孫の見える旅と見えない旅を通じて、数おおくの〈円環〉が見られ、作品の〈内空間〉を内包する大〈円環〉が完成されたが、この〈円環構造〉テクストは、祖父と孫が共通の苦悩を抱えつつも、内的旅の完成と不完成で分かれている。祖父は内省による内的旅を終了させたが、孫は盲目的に探し回り、執拗に孤独を感じてやまず、永遠に内的旅を続けている。この問題はきっとこの作品が《ケータイ》の続編であるという仮想の依拠にもなろう。つまり、劉は本書を通じて《ケータイ》で究明できなかった問題を提示しようとしている。その問題については第Ⅵ部で論じる。

黄、高、劉ら三人の〈円環構造〉テクストは、作品の〈内空間〉を際限なく切り開いている。その広く深い〈空間〉において、かれらは自らの生きてきた歴史的時代を内省しながら、文化的伝統を凝視し続けている。それと同時に作品をとおして、おのおのの姿勢で現代人の存在の難しさを示す一方、私たちは人間本来の原点に立ち返って、今一度自己と向き合うべきであると唱えている。これらの問題、つまり、作品の〈内空間〉および作者の思想の展開についてのくわしい考察は、第Ⅳ、Ⅴ、Ⅵ部でおこなう。

4　なぜ黄、高、劉なのか

黄、高、劉ら三人が、無意識的、あるいは意識的に用いた〈円環構造〉テクストの創作は、イデオロギー統制下にあった同時代文学のグローバリゼーションを巻き起こしたと同時に、現代人への深い内省がなされている。

黄が、〈人間は高ぶり、苦しみ、空想する。肉体は四方八方に蔓延し、想像の果てまでだ。しかし、人間はこれほど自信と独尊に満ち、太陽の照らした大地の上での活動を〈創造〉と言うのだ。人間はこんなにもうぬぼれている。〈偉大〉、〈英雄〉、〈首領〉、〈世界を変えた〉、〈一代の先駆者〉と誇張して自己を光らす。永年積み上げてきたすべての文化的〈創造〉が、どれほど重いかに気づいていない。人間はすでにそれを背負えない。ますます厚く、ますます高く積み上げたこれらの文化的産物は、ある日突然崩れ落ち、人間自身を埋めてしまう可能性がきっとあるのだ〉（《沈思的雷暴》一六七‐一六八頁）と述べているのに対し、高は、〈〝我〟はいつも意義を求め続けている。しかし意義とはなんだろう。人々が自分たちを破滅させてしまうこの記念碑ダムの建設を阻止できるというのか。結局、砂の粒ほどちっぽけな〝我〟の自我を求め続けていくしかない〉（《霊山》三一六頁）と述べている。さらに、劉は、〈たとえ、その〈一句〉（真実を暗喩する一言）が見つかったとしても、あなたの心の苦悩は解かれないのよ〉（《一句頂一万句》三五六頁）と言う。いわば、三人の〈円環構造〉テクストは、人間の内的旅の終点で省察しえたものとは、人間の愚かな〈うぬぼれ〉と〈砂の粒ほどちっぽけ〉な卑小さであり、永遠に苦悩から脱却できないというものであった。とりもなおさず、かれらはともに人間の精神性と心の世界を探索し、行き過ぎた現代人の自己回帰を唱えているのである。

黄を一九五〇年代から七〇年代までの代表者とすれば、高は一九八〇年代から九〇年代までのモダニズム論争の代表者となる。そして、劉は二〇〇〇年以後のリアリズム作家の代表と言える。黄がプロパガンダ文学に抵抗してきたとすれば、高は黄に続き、二十世紀初期におこなわれていた胡適と陳独秀らの文学革命を継承していた。そして劉は、高に続き、同時代文学における人間の内面を表象する作家のひとりとなるであろう。三者の文学活動の軌跡を辿れば、一世紀に近い中国の文壇の全貌を俯瞰することができる。また、同時代文学の開花において、かれらはおおいなる貢献をなした作家と言える。以上がかれらの作品を扱ったゆえんである。

四　〈円環〉テクストと〈円環構造〉テクスト

　これまで述べてきたように、〈円環〉テクスト論の巨匠たるジョルジュ・プーレと前田愛に畏敬の念を覚えながら、かれらの大作『円環の変貌』と『都市空間のなかの文学』への理解を努めてきた。一方、筆者が見いだした〈円環構造〉テクスト論についても説明した。したがって、ふたつのテクストの相違性と共通性が明確になったことと思われる。たとえば、〈円環〉の捉え方については、双方は根底から異なっている。前者は作品の描写から無数の〈円環〉を読みとるのに対し、後者は作品の構成から〈円環〉の構造を読み解いたものである。さらに、その命名についても、〈円環〉に対して、〈円環構造〉と名付けている。また、〈円環〉の捉え方が相違していても、文学における技巧や役割などは相通じている、という見解を示している。いうなれば、さきの『日本国語大辞典』にあげられた北村透谷が〈思想の最極は円環なり〉と述べたように、〈円環〉テクスト論も〈円環構造〉テクスト論も、ともに人間の精神性や心の世界の探究、つまり人間存在のあり方を追求しようとするものである。

II　円環構造テクストのパノラマ

一　〈円環構造〉テクスト

ここで述べる〈円環構造〉テクストのパノラマとは、畢竟筆者自身のパノラマとなるのかも知れない。なぜなら、これからとり上げようとする神話、童話、物語などは、あくまで限られたいくつかの例にすぎないのであり、〈円環構造〉テクストは、それ以外にもまたおおく存在するからである。さきの序説でも触れたように、〈円環構造〉テクストは地球規模で読まれている文学から、しばしば出あえるものであり、普遍的価値をもつものである。

かりに読書行為を航海にたとえて言うならば、誰もがこの大海原の流れに流されて、多様な書物と出あうだろう。しかし、それらのものは、時の流れとともにしぜんと記憶から薄らいでしまうことも、また事実であるに違いない。脳裏にこびり付いて、いつまでも離れようとしないものは果たしてどれくらいあるのだろうか。筆者の場合、〈円環構造〉テクストに関するものなら、次の神話、物語などがとっさに浮かびあがり、あざやかな記憶として、歴史、伝統、文化、人間について考えさせられる。

神話　「ノアの方舟」、「伏羲と女媧」、「イザナギとイザナミ」……

童話　『ロバのシルベスターとまほうのこいし』、『ナルニア国物語』……

昔話 『浦島太郎』……
戯曲 『ペール＝ギュント』……
作品 『西遊記』、『老人と海』、『パイの物語』、『こころ』、『砂の女』、『千と千尋の神隠し』、『もののけ姫』、
『ハリー・ポッター』……

なかには子どもの頃に読んだものもあるが、なぜか記憶に新しい。きっとはじめて読んだ時、深い感銘を受けたからであろう。今反芻してみると、それらの物語はどれもが人間という深淵の入り口に立って、その世界の深さと広さを覗き込もうとしていて、人間自身の内的旅をおこなうものばかりである。

第Ⅱ部では、一般教養としてもよく知られている名著の〈円環構造〉テクストの推敲を試みる。系統性にも先行論にもふれず、〈円環構造〉の概念的あり方を中心に読み進めたうえで、それらの物語に寓意された諸思想の読み解き方を試みる。

このような観点に立って、〈円環構造〉テクストのあり方を捉え、本論を理解する糸口を示したい。周知の名作を扱う利点に乗じて、作品の歴史的、伝統的背景の考察を省くこととする。したがって、専門領域の観点に即していない点も、きっとあるだろう。その理解を跪拝したい。

二　三つの神話から

1 「ノアの方舟」

「ノアの方舟」は、『旧約聖書』の「創世記」（六章 - 九章）で知られている。

「ノアの方舟」と言えば、鳩がオリーブの葉をくわえて怒濤に流されていた方舟に帰ってきた時の、あの感動のシーンは誰もが容易に忘れられないはずである。だが、方舟と中の生き物のほか、それまでにあったすべての生命は、跡形もなく洪水に葬り去られてしまった。つまり、無の世界がおとずれ、新世界をまた新たにつくりださなければならない。

周知のように、神は楽園をつくり、アダムとイブを住まわせたが、ふたりは蛇に唆されて、赤いリンゴを食べ、性に目覚めたため、楽園から追放された。その後、かれらは子孫を繁栄させ、世界を広めていったが、その世界は欺瞞、殺戮、嫉妬などに満ちていた。そこで神々は、洪水をおこし人類の再生を決意したのである。

神は、自分の敬虔な信徒であるノアに方舟作りを命じた。それに従ったノアは方舟を完成させると、妻、息子家族、地上のあらゆる動物の雌雄を一対ずつ船に乗せた。いわば、新しい世界の再生に備えていたのである。まもなく洪水が滔々と押し寄せてきて、四十日四十夜も荒れ続けた。方舟は百五十日間も氾濫した地上の大波に流されて、後にアララト山に流れ着いたという。その間、ノアは何度も鳩を放ったが、とまるところがなく帰ってきた鳩は、とうとう放たれて七日後にオリーブの葉をくわえて戻ってきた。ふたたび放つと、七日経っても戻ってこなかったことから、水が引いたとノアは考えた。彼は方舟にいた家族を率いて、陸地を確認するとともに、そこで祭壇を築き、神に献げ物を捧げた。それに対して神は、ノアとその息子たちを祝福し、その後の子孫や地上の生命を二度と絶やさないことを約束したのである。

さて、ここで重要視したいのは、この神話に表象された無数の〈円環〉テクストとその〈円環〉の拡大と収縮に組み込まれた文化的思想である。

「ノアの方舟」に見いだせる〈円環〉は、まず神という中心円である。そこからアダムとイブから形成された新たな〈円環〉が現れたが、かれらによる子孫の繁殖、それにともなうさまざまな人間ドラマからは、またさらなる無数の〈円環〉が造り出されている。すなわちそのおおくの〈円環〉が互いに作用しながら、巨大な〈円環〉が広げられていく。そして、アダムとイブの小宇宙からかれらの子孫を含めた大宇宙へと発展していくのだが、この時間と空間の展開は、もはや我われの想像のおよばないところまで広がっていく。しかし、この無限大の〈円環〉のなかでは、憎しみと争いもとどまることなく蔓延していた。神々はこうした生命の営みを認めず、その未熟さを許せないのである。神々は、そこから自分を信奉するものだけを選び、それ以外のあらゆる命をすべて絶つことにした。つまり、大〈円環〉を滅ぼさせ、神好みの小〈円環〉を新たに誕生させたのである。

このような消失と生成、いわゆる終わりと始まりからは、いうまでもなく宇宙の秩序にそくした循環思想が読みとれるのであろうが、このような〈循環〉は、新陳代謝、あるいは人類の進化と言えるものだろうか。神に選ばれたもののみが生き残れるとなれば、そこにはむしろ支配と権力の構図が見え隠れしていると言える。では、もう一度この神話をさらってみよう。

①神は楽園をつくり、意思力をもたないものを住まわせたが、そのものたちが服従しなかったため、楽園から追い払われた。
②後に神の信奉者ノア一族だけを方舟に乗せた。
③神を信奉しないものを洪水で葬った。
④ノアが祭壇を築き、神に献げ物を捧げた。
⑤神はノアとその子孫などを滅ぼさないことを約束する。

つまり、神は忠誠心をもつものには加護を与えるが、神の教えを遵守しない、自分の意思を働かせようとするものを容認できず、力で排除したのである。また、そのものたちを排除するにおいて、無辜の生命に犠牲を払わせた。と言うのも、洪水で葬った者は、すべて神の意思に背いたものとは限らないからである。以上の文脈により、神は支配者であり、権力の象徴である、と読み解いても恣意ではないだろう。

しかし他方では、神話生成の人類的時代を鑑みると、一途に人間の品性を求め、それ以上の思想の考慮にはまだおよんでいなかった。あるいは神は潔癖であり、悪とは相容れないのであり、悪を働くものの改悛を待ちきれなかった、等々の考えもあるだろう。この神話の歴史的、思想的背景にそくして考究するならば、多様な見解で読み解くことが可能であろうが、いずれにせよ、人間存在のあり方をめぐる叙述であり、〈円環構造〉テクストが表象されていることは確かであろう。

2 「伏羲と女媧」

「伏羲と女媧」に関する伝説は、流布が広く、地域によってそれぞれ異説があるため、本書では『中国の神話伝説』(袁珂著、鈴木博訳、青土社、一九九三年)を典拠とする。

「伏羲と女媧」は、おおむね「ノアの方舟」と似通っており、ともに洪水による人類の滅亡をめぐる話である。ただし、この神話は「ノアの方舟」のように統一されておらず、多種多様なテキストによって伝えられている。しかもどの説の依拠も根幹の部分がずれている。たとえば、洪水が引き起こされた理由は、神への不敬、兄弟同士の不和とで分かれているうえ、伏羲と女媧の親となるものも一致しない。雷神の子どもである、いや雷神の兄の高比の子どもである、ある道士の子どもである、ある勇士の子どもであるなどとして、さまざまに流布しているが、地域によってその色彩も多少異なっているように感じられる。しかしながら、二人は兄妹であり、その父親が洪水を起こした雷神を捕まえ、かれを刻んで食べるために調味料を買いにいった隙に、兄妹が雷神を助けたことや、雷神の歯でできた瓢箪に乗っていたために、兄妹が救われたところなどは、ほとんど共通している。

では、人類の始祖であるふたりの伝説は、どのように伝えられているのだろうか。ここでは、右に掲げた『中国の神話伝説』(上篇)に基づいて、端的な紹介にとどめる。

伏羲と女媧は兄弟であり、父親と三人で暮らしている。ある日、雨が茫茫と降り続け、父親は不吉な予感が頭によぎる。突然、稲妻や山崩れの音がすると、青い顔をした雷神が斧を手にして、天から降りてきた。すると、そこで待ち構えていた父親はとっさに彼を捕まえ、用意してあった鉄の檻に押し込め、部屋に閉じ込めてしまった。明くる日の朝、父親は捕まえた雷神を塩漬けにして食べようとして、調味料を買いに街へ出かけた。子どもたちに水をやらないようにと注意したが、雷神は巧みに懇願する。最初は、〈死にそうだから水を少し飲ませてくれよ〉と言ったが、父親の注意を胸に、子どもたちは雷神の頼みを拒んだ。次に、〈もうだめだ、せめてそこにあるタワシで数滴の水でも与えてくれよ〉とションボリとつぶやいた。やさしい兄と妹はこわそうな雷神をかわいそうに思い、苦しそうな彼を哀れんだ。〈数滴の水ならいいんだよね〉と妹は兄にねだった。しかし、ふたりがタワシで水をかけてやったところ、雷神は見る見るうちに巨大化していき、天地をふるわすような雷鳴をあげながら、鉄の檻を打ち破って、家から飛び出していった。

彼は、ふたりの子どもに礼を述べ、歯を一本抜いて言う。〈早く土に埋めてやれ、もうすぐ洪水がやってくる。その時、歯でできた木から瓢箪を取って、なかに乗ってくれ〉。子どもたちが不審に思いつつ、教えに従って歯を埋めると、果たして大木がたちまち生え上がり、ふたりの子どもを乗せるほどの瓢箪ができた。〈略〉その時、天までに届いた洪水が、地上を混沌たる水の球体に作り上げ、これまでにあった地上のすべての生命を飲み込んだ。幼い兄と妹は、瓢箪に身を任せながら怒濤に流されていたが、水の引いた地上にもどった際には、これまでいた生き物は跡形もなく消えていった。ふたりはこの無の世界を生きるほかはなかったが、知らず知らずに大人に成長していく。ある日、兄は妹に言う。

僕たちは、結婚しよう。

どうしてそんな恥ずかしいことができるの。

と妹も言う。しかし、兄が譲らず再三迫ると、妹はこう提案した。

一緒に走ろう、私を捕まえたら、結婚してあげるわ。

けれども、伏羲は女媧を捕まえることはできなかった。そこで彼は立ち止まって、どうすれば妹を捕まえることができるだろうかと考えた。そして、無心に走り続けている妹を見て、彼は振り返って待ち構えることにした。すると、捕まえられまいと思う妹が、走れば走るほど兄に近づき、しまいには、兄の懐に飛び込んでしまった。

こうしてふたりはついに結婚した。女媧は恥ずかしさを隠すために、顔に赤い頭巾をかぶった。中国の伝統的結婚式では、花嫁は今でも赤い頭巾をかぶっている。その習慣はこの神話に由来するものと考えられよう。

この神話を読み終わると、さまざまな〈円環〉が浮かび上がってくる。まずは、雷神の降臨以前の神という中心円、それから勇士と雷神の間の格闘、兄妹と雷神の間の慈しみ合い、天地一体の洪水の球体、漂流する瓢箪などの小〈円環〉が挙げられる。これらの小〈円環〉を組み合わせた大〈円環〉は、この神話の〈内空間〉を果てしなく開いていくが、それよりも人々の関心がもっとも寄せられるのは、雷神が滅ぼした後の人類、兄妹で構成された新たな〈円環〉であろう。とりわけ女媧と伏羲の走る経路が実に意味深い。伏羲が振り返って待つだけで女媧を自分の懐に飛び込ませたとなれば、女媧が巨大な円を描きながら走っていたことが見て取れる。そして、この〈円環〉を走ることは、ただ単に結婚するかしないかのかけ引きを表象するものではない。それは、ふたりがこれまでに生きてきた〈円環〉を確認し内省するものであり、新しいはじまり、すなわち未来をその〈円環〉に宿らせるものである、といった象徴性がもたれているように思われる。なぜなら、ふたりの過ごしたこれまでの〈円環〉が突き破られ、新たな〈円環〉が誕生しようとしているが、その生成は〈走る〉ことによって用意するものとなっているからである。

さて、この神話に托された暗示は、どのようなものであろうか。登場人物から推理してみよう。

①雷神は、ずる賢い小悪魔であるが慈愛の心ももっている。天界から現れた時は、獰猛な顔をしていたが、鉄の檻に入れられると、兄妹の心を探りながら助けを求める。一方、ふたりのやさしい心を傷つけないよう、痛みを忍んで歯を抜いて恩を返した。

②勇士は、勇猛果敢な人である。伏羲と女媧を中心に述べるため、勇士の話をほとんど省略したが、じつは洪水を治めたのは勇士であり、その壮挙を成し遂げた後、彼は死去した。

③雷神が復活できたのは、勇士が彼を塩漬けにして食べようとして、街へ調味料を買いに行ったからである。

④伏羲と女媧は、慈愛心をもつ子どもであったため、雷神を助け、また雷神に助けられたのである。ふたりは兄妹ではあったが成婚して、人類の始祖となった。

さきにも述べたように、雷神が洪水を引き起こした理由に関しては、さまざまな伝説がある。ゆえに神話の根幹を掴めず、その思想も捉えにくい。上の文脈にそくした推論からは、ふたつの問題点が捉えられる。ひとつは、雷神を食べようとすることであり、もうひとつは伏羲と女媧兄妹が成婚したことである。いわば勇士は、神を殺し、食して神と一体になろうとしたが、それは実現できず、神は殺されず、勇士は亡くなった。それと相反して、神を助けた子どもたちは洪水から生き残った。それはまさに人間が神の支配から逃れられず、畏敬を抱くべきことを示唆しているのではあるまいか。また、神が救った子どもが成人して成婚することが自然の成り行きとすれば、支配者である神自体が自然であると考えられるのだろう。この自然観の問題はやや難しいが、本書で扱う主題ではないため、あえて深く追求しないこととする。

伏羲と女媧の成婚の問題は、比較的理解しやすい。つまり、兄妹が人類の始祖であるならば、人は本来みな兄弟姉妹であり、人類の種族の問題があっても、人間という土壌の上では兄弟姉妹である、といった人間観が成立されるであろう。今日遍く掲げられている〈世界是一家、人類是兄弟〉（世界は家族であり、人類は兄弟だ）のスローガンは、この神話の思想から由来するものと思われる。

また、伏羲が女媧に追いつくことができず、振り返って待つ行為を、男は嘘つきで約束が守れないものである、という暗喩と見なすのも神話を楽しむもうひとつの読み方となり得るのであろう。ようするに「伏羲と女媧」の神話からも〈円環構造〉テクストが読みとれ、その神話は人間存在の根源を追求しようとするものである。

3　「イザナギとイザナミ」

「イザナギとイザナミ」については、日本最古の書とされる『古事記』の「天地開闢」で叙述されていることは、周知のとおりである。

日本の神話として、この国の島々や人々などを生み出したのはイザナギとイザナミであるという話は、もはや誰もが知っているだろう。天上の高天原には、天之御中主神、高御産巣日神、神産巣日神、伊耶那岐命（イザナギノミコト）と伊耶那美命（イザナミノミコト）の五柱（柱は神を数える数詞）の神々が住んでいたが、ある日、神々は、イザナギノミコトとイザナミノミコト（以下イザナギとイザナミとする）に地上の国を完成させてほしいと言って、天沼矛を授け、高天原から送り出した。そこでイザナギとイザナミは天から降り、ふたりが柱を回って出あった時、イザナミがイザナギに声をかけた。その後、ふたりはその国を完成させるために、次々と子どもを産まなければならなかったが、不完全な島などが生まれ、まともな子どもは生まれない。その結果、悩みぬいたふたりは、高天原に戻って、神々と相談し、鹿の骨を焼いて理想に適わない原因を占った。その結果、〈女が先に声をかけたことが原因で、男が先に声をかけなければならない。もう一度、天の御柱を回ってやりなおしなさい〉とのお告げがあった。イザナギとイザナミが神々に従い再度会った後には、理想的な島々や子どもの神々が生まれた。（略）

では、この神話に描かれた〈円環〉はどのようなものだろうか。

高天原という神の中心円から降りたイザナギとイザナミの結婚や出産による〈円環〉と、不健全な産物を憂慮して、一旦天上に戻って、原因を究明した後、再び地上に戻って再出発する〈円環〉からは、すでに三つの〈円環構造〉が見られる。それから、ふたりの生んだ島々や神々もさらなる〈円環〉を形成している。こうした天上と地上の数えきれない〈円環〉が構成された大〈円環〉は、絶えずこの神話の〈内空間〉を広め、その奥義を深めるのである。

さて、その奥義とは、如何なる思想に通底するものなのだろうか。

ここで注目したいのは、イザナギとイザナミが一回目の地上降臨の失敗に気づき、再度出なおすところである。なぜ一度ではその国を完成せしめられなかったのか。お告げではイザナミが先にイザナギに声をかけたからということであった。つまり女の出すぎた行為によって失敗を招いたのである。そこには日本社会の構図および日本文化における女性観などが映し出されているように思われる。すなわち男性上位の構図下において、女性は夫唱婦随でなければならない。さらにこの神話においては、イザナギも生みの行為をおこなうため、男性にはもはや不可能なことはなにもなく、女性の神に仕立てているようにも見える。そこには、男尊女卑の思想が明らかに浮き彫りにされているのではあるまいか。

一方、憧憬する子宝の夢が叶わない原因を求めるくだりを古代の話として考える時、じつに驚かずにはいられない。うまくいかない、なぜなのか。やり直すことはできるのか。イザナギとイザナミは高天原の神々とともにそうした再生の道を模索した。その結果、美しい島々や太陽神のアマテラスまでも生み出し、地上の国を完成させたのである。それは、絶望したため、過去を葬り去り、最初からやり直すという思想とは、根底から異なっている。それと相反して、むしろ過去を経験として、その原点に立ち返って、過ちの原因をさぐり、ただしたうえでの再生が図られている。すなわち、はるか古代の日本において、今日で問われている内省と回帰の思想がすでに存在していたのである。

以上において、「ノアの方舟」、「伏義と女媧」、「イザナギとイザナミ」の三つの神話から、〈円環構造〉テクストを読み解く試みをおこなった。これらの伝説は、西欧、中国、日本の神話を支える源泉であり、その民衆の宇宙観と人間観をなしているものと言える。それぞれの表象方法は異なるものの、内省あるいは回帰の思想による叙述である点において、共通していることは明らかであろう。また、神話おのおのの特質をとおして、その国々の文化的伝統もおぼろげながら、うかがえたのではないかと思われる。ただし、この読み解き方については、あくまでも〈円環構造〉テクストを読み解く観点によるものであり、神学や神話研究の視点に立っていないことを改めて闡明しておきたい。

三　童話、昔話、戯曲へ

1『ロバのシルベスターとまほうのこいし』

童話と言えば、人々はアンデルセン童話よりも、グリム兄弟が収集および編輯したドイツの『グリム童話』の方を思い起こすかも知れない。しかしここでは、あえてさきに読み解いた人類の体系を代表する神話と異にして、世界的に知られているとは限らないものを扱いたい。

『ロバのシルベスターとまほうのこいし』は、ウィリアム・スタイグ（1907-、ニューヨーク生まれ）が描き、瀬田貞二が一九九七年に邦訳（評論社）したものである

この物語は、擬人法が用いられている。むぎ谷村のドングリ通りは、犬や豚、牛、馬など、あらゆる動物の家族で形成されており、ロバのシルベスター・ダンカンは両親と三人家族である。彼の趣味はさまざまな小石を集めることであった。そのストーリーを読んでみよう。

ある日、シルベスターは美しくて奇妙な石を見つけた。その小石に触れれば、願い事がとっさに叶えられる魔法の小石であるという。そんな宝物を手にしたシルベスターは、いちもくさんに家へ急ぎ、早く両親に見せ、

自分達の願いを叶えようとしたが、いちご山で不覚にもライオンと出くわしてしまう。子どものシルベスターは、突然現れたライオンの前で逃げ道を失くし、慌てたあげく〈岩になれ〉と願ってしまう。ライオンからは逃れたものの、岩になったために魔法の小石をもつ手がない。そのため、動くことのできないシルベスターは、魔法の小石がすぐそばにあっても、それに触れられず、元の姿に戻れなくなってしまう。

夜になっても帰ってこないシルベスターを、両親は捜し、警察や近隣の人々にもシルベスターをみつけてくれるよう頼み込んだ。けれども、人々は岩になったシルベスターの周りを通りかかっては、また帰ってゆき、シルベスターも彼らを引き留めようと思っても声の出ない自分に、なす術もなく悲しみに暮れて、絶望に陥った。

ダンカン夫婦は、あらゆる手立てを尽くしたが、シルベスターは見つからず、傷心する余りに生きる気力すらもてなくなってしまった。そんなある春の日、シルベスターを偲ぶために、ふたりはピクニックに出かけることにした。そこで、ションボリと歩いていくうち、座り心地の良さそうな岩に出あった。そして、その岩の上で弁当を食べることに決め、サンドイッチなどを並べはじめた。すると、お父さんが岩のそばで小石を発見し、複雑な気持ちでそれを拾い、岩に乗せてやった。それを見たお母さんが、「シルベスターが見たら喜ぶだろうに」と言うと、

お母さん、僕だよ

という声とともにシルベスターがそこに現れたのである。その岩は変身してしまったシルベスターだったのだ。

三人は強く抱きしめ合って家に戻り、小石を金庫にしまい、鍵をかけた。いわんやこれ以上の願いはもうな

いのである。

この絵本では、鮮やかな衣装を身にまとう、可愛い動物たちが豊かな表情を見せてくれる。しかも意味深長にして、子どもたちをシルベスターとライオンの対峙に引き込んで、ワクワク、ドキドキさせるかたわら、大人にも改めて考えさせるものがある。そのようなストーリーに描かれた〈円環〉はいくつ存在するのだろうか。ダンカン夫婦から見れば、事件前に子どもといる時間、子どもを失った後の時間、子どもが戻ってきた時間などの〈円環構造〉が見られる。次にシルベスターからは、天真爛漫に小石を集めていた時間、ライオンと遭遇した時間、岩になった時間、再び両親のそばに戻れた時間などが考えられる。こうした種々の〈円環〉が重なり合って、物語の〈内空間〉がくり広げられている。そのような作品空間に浮き彫りにされたシルベスターの無邪気さ、喜び、悲しみ、孤独感、絶望感、ささやかな欲望、それから親子の愛の切実さなどは、読者に何を伝えようとしているのだろうか。

シルベスターがたちまち両親の前に出現するシーンに感動しない読者はいまい。しかしそれと同時に、魔法の小石を金庫にしまって鍵をかけたことに対しても、感心させられるだろう。本来のシルベスターは、自分や両親、友だちの願いを叶わせたい一心で、家へ急いでいたのだが、今では、魔法の小石の存在をなきものにしようとしている。なぜだろうか。家族で平穏な日常を営むことが、命あるものの、至上の願いであることを了解し得たからであろう。つまり、ダンカン一家は、大切な者を失って、また取り戻せた、その内的旅を通じて、〈足るを知る〉ことに気づかされたのである。かれらの内面はこれまでより、高次元の昇華に導かれ、質的変化がおとずれたのである。

〈足るを知る〉は、《老子》（第四六章）のことばである。

罪莫大於可欲。
禍莫大於不知足。
咎莫大於欲得。
故知足之足常足矣。

日本語に書き換えれば、次のようになる。

罪は欲を可とするより大なるものは莫く、禍は足るを知らざるより大いなるものは莫く、咎は得んことを欲するより大なるものは莫し。故に足るを知るの足るは常に足る。（大野実之助、『老子　人と思想』、早稲田大学出版部、一九七五年、一五二頁）

老子は、罪悪は欲望から発生し、身を滅ぼすものであり、足るを知ってこそ、満ち足りた日々が送られ、豊かな心をもてると説いている。したがって、アメリカ人のウィリアム・スタイグが描いたこの絵本は、東洋的思想に通底しており、普遍的価値と思想をもつ絵本であると考えることができる。

2　『浦島太郎』

『浦島太郎』は、日本が伝承する最古の正史とされる『日本書紀』（奈良時代、七二〇年）に初出しているが、現在広く読まれているのは、明治時代に子ども向けの国家教本として書き換えられているものである。ここでは、その新しいテキストを扱うこととする。

この話は、国語教育の古文として、高等学校で読まれる以前に、幼年の頃に、絵本ですでに読んだ子どもがおおいだろう。すなわち、日本の印象深い伝説として、知らない人はいないと言っても過言ではない。それでは、この物語を簡単にまとめ、そこに描かれている〈円環構造〉テクストを見ていこう。

漁師の浦島太郎は、母親とふたりで暮らしているやさしい少年であった。ある日、太郎は海辺で子どもたちが亀をいじめているところに遭遇し、亀を助けた。しかしその亀はじつは竜宮城の乙姫であった。その姫は後に使いを派遣し、太郎を竜宮城に迎え、歓待することにした。しばらく滞在していた太郎が母親を心配して、再三帰る意思を伝えると、乙姫から玉手箱が渡された。そして〈決して開けてはならない。この玉手箱をたよりに再び竜宮城に帰れるから〉と言いふくめられた。そうして使いの亀に連れられて、太郎は故郷に帰った。しかし、そこで彼が見た現実は、母親はとうの昔に他界し、知人はひとりもおらず、見知らぬ人ばかりであった。太郎は、この予期せぬ境遇に茫然自失し、すっかり途方に暮れてしまい、手にある玉手箱を眺めて開けたくなった。乙姫の注意があったにもかかわらず、彼はとうとう玉手箱を開けてしまう。すると、玉手箱から一縷の煙が立ちのぼり、その煙を浴びた彼は白髪の老人に姿を変えてしまった。竜宮城で過ごした短い期間に地上では長い歳月が流れていたのだった。

この物語は、陸と海というふたつの〈円環〉を、私たちの前に歴然と示し出している。そして、陸の〈円環〉を細分化すると、太郎をとりまくあらゆるコミュニティが現れてくる。たとえば、母子の暮らす家、海辺で遭遇した子どもたち、漁師の仲間たちの〈円環〉がある。海の〈円環〉は竜宮城の諸体験がおのおのの〈円環〉となるであろう。また、太郎の内的〈円環〉もおおく見られる。竜宮城を離れること、故郷にもどって見知らぬ人となったこと、玉手箱を開けることなど、太郎の心理的〈円環〉としてはたらいた後、彼自身という中心円に辿り着くのである。そして、それらの〈円環〉を重ね合わせると、『浦島太郎』の〈内空間〉が形成される。

しかし、太郎は善行を施したにもかかわらず、帰郷してからは孤独感と無力感にさいなまれるうえ、突然少年から老人に変えられてしまう。これはあまりにも理不尽ではないか、といささか不条理に思われるが、ほかの寓意は本当にないのだろうか。また、太郎はなぜ玉手箱を開けたのだろうか。玉手箱は果たして何を象徴するものであろうか。

さて、太郎は温暖な場所で輝く財宝に包まれた竜宮城という神の世界から、一瞬のうちに質素な村落という俗世間に引き戻された。つまり、悠々自適な世界から完璧な孤独の世界に落とされたのである。そんな彼は当然ながら、その不可解な非情を解き明かそうとする。しかし、その手がかりとなるものは、玉手箱のほかは何もない。そのため、太郎は玉手箱を開けたい。自分の経験を確かめ、真実を知りたいのである。その行為は、まさに人間の探究心そのものではなかろうか。

また、玉手箱の一縷の煙といえば、それは〈まぼろしの煙〉であると考えても、間違いではあるまい。つまり太郎が白髪の老人になったことは事実であるけれども、竜宮城に行ったことはすでに証明できないのである。となれば、そのことが太郎の幻想であったと受けとめられないとは限らない。そして、たとえそれが事実であっても、玉手箱が開けられた以上、太郎は竜宮城には戻れない。ゆえに過去の思い出の真実性も今の孤独感もすべて煙とともに無に化すのである。すなわちこの昔話は、仏教的空の思想が漂う、俗世間に乖離した美しい伝承説話であり、幸と不幸の間で相克する人間の不可思議さが表象されている、と読み解くことができるのであろう。

3　『ペール＝ギュント』

『ペール＝ギュント』は、ヘンリック・イプセン（1828-1906）が一八六七年に韻文で書いた戯曲として発表されたが、ここでは、小学館から昭和三九年に発行された「少年少女『世界の名作文学』-38、北欧-1」（矢崎源九郎編）に収められているものを扱う。この物語も広く知られている話とは言えないが、『人形の家』で名を馳せたイプセンは、即興詩人としても知られている巨匠である。

『ペール＝ギュント』は一見すると、少年ペールの旅物語にすぎないようだが、ペールが旅の終点で自己を証明するものを手に入れ、他者をとおして過去の自分を回顧するストーリーからは、現実の旅を通じて内的旅がなされていることが読みとれる。五幕で構成された戯曲として発表された当時、バレエ音楽や劇音楽などを響かせた演出によって、ヨーロッパ各地で上演されていた。そのあらすじは、おおむね次のとおりである。

ギュント家は、ペールと母親のオーゼのふたり暮らしである。祖父母の代は富豪であったが、父親にその財産を食いつぶされ、今ではみすぼらしい貧乏暮らしをしている。少年ペールは、大金持ちになる、王様になる、皇帝になると言って、ほらを吹いたり、喧嘩したりする乱暴もので、母親と周囲の人々をひどく困らせている。ある日、仲良しの娘イングリッドの結婚式で、ソルヴェイグという少女に恋し、一緒に踊りたいと誘うものの、〈あなたは乱暴ですもの〉と断られてしまう。むきになった彼が、式場を出て険しい山を登ったところ、転んでドブレという魔の国に迷い込んだ。王女ベトラが彼を気に入り、魔王から彼を助けようとして、彼との結婚式を計画する。

魔王の宮殿の結婚式では条件があった。それはペールが半神半人のドブレの人にならなければならないというものだ。そのため、かれらの正体不明の酒を飲み、かれらの食べるトカゲのしっぽを食べるほか、手術でしっぽを付け、また人間のように間違った見方をしないため、目の瞳の位置を変えなければならない。死から逃れるために、その条件を飲んだペールは、飲み物と食べ物をなんとか受け入れたが、手術台に乗せられた途端、恐怖のあまりに全力を振り絞って城から逃げ出した。

ペールが村に戻った時、母親のオーゼは病床に伏していた。そんな母親をほっておけず、彼は遠出を控えた。一生懸命に看病したにもかかわらず、しばらくするとオーゼは他界した。彼はひとりで葬儀をおこない、親不孝な自分のこれまでのおこないを後悔し、悲しみに暮れていた。そんな時に、ソルヴェイグがこつ然とやって来た。じつは、ペールに求婚されて以来、彼女は距離をおいたところでペールを見つめ続けていた。すると、ペールは噂されている通りの大げさで、ほら吹き者ではあるが、人を傷つけたりしないやさしい人でもあることが分かった。

ペールはソルヴェイグとの新しい生活をはじめたが、ドブレの王女ベトラは頻繁にやって来ては、ふたりの生活の貧しさをあざ笑い、宮殿に戻るようにとペールに頼み続けていた。

ペールはわたしと結婚したのよ。ペールはいずれドブレの王子になるんだもの、こんなうすぎたない小屋になんかいやしないわ。（四五八頁）

ペールは、そのしつこさに耐えきれず、ついにロンドンに旅立つことを決意する。

待っていてくれ、必ず大金をもうけて帰ってくるから。（四五九頁）

彼は、ソルヴェイグにそう言い残して、イギリスに旅立った。

その後のペールは、ヨーロッパ全域を相手に果たして大金を儲けた。しかしソルヴェイグのもとに帰還せんと思いきや、全財産を船に積んだ波止場で四人の紳士的な白人に出あい、その財宝を自慢しているうちに、かれらに船長が買収され、船を乗っ取られてしまう。自分の目の前で財宝が奪われたペールは、悔しさのあまりに神の裁きを懸命に祈った。そこで彼の願いが神に通じたかのように船は出港して間もなく、炎が立ちのぼり、轟然と爆発してしまったのである。今度は、自分がその船に乗っていなかったことを神に感謝し、自分の幸運を祈る彼であった。まさに塞翁が馬である。

清貧になったペールは、再起の念に駆られ、フランスの植民地だったモロッコに向かった。イスラム教徒を中心とするところで、彼は予言者に成りすました。その時、アニトラという女の子に出あう。可愛い彼女をどうにか娘にしたかったが、彼女はペールの財宝を狙っていた。互いの思い違いを背景に詐欺師のペールは、ついにアニトラに財宝をだまし取られたうえ、砂漠に置き去りにされてしまう。生死のさなか、隊商に拾われて、彼は一命を取り留めた。

そして、隊商からアメリカの金鉱発掘の話を聞いたペールは、カリフォルニアに渡った。そこでついに巨万の富を再び手に入れた。そして、彼は老境を迎えた。ソルヴェイグが待つ故郷ノルウェーに急いだが、嵐に見舞われ、船は沈没した。大波に流されていた彼は、このまま逝ってしまうかと思うと、自分を待っているソルヴェイグが目の前に現れ、彼女に会いたくなる。この時、ペールは財宝よりも金塊よりもソルヴェイグの心が一番尊いとはじめて気づき、〈死んではならない、彼女に会うんだ〉と、懸命に祈るのであった。

ペールは、結局死なずに故国の海辺に漂流した。ソルヴェイグに早く会いたいと思ったが、死神の使いボタンが現れる。彼は地獄のボタン工場の職人であり、ペールにこう伝えた。

材料がいるんです。あなたがその材料です。
炉でとかすんです。そして、このひしゃくでボタンを作るのです。（四七三頁）

それに対して、ペールは必死に抵抗し、〈自分は地獄に堕ちるような悪党ではない。証人を見つけてくるから待ってくれ〉とボタンに願いでる。そこで、証人を見つけようとする道中、彼は人々が語る自分の悪評を耳にし、魔力を失ったドブレ国の魔王にも会ったが、自分を証明してくれるものは見つからない。そのうえ、山や森、木も草も、しずくまでもが、みな声を揃えて自分を罵倒しているのを聞くとともに、ボタンも迫ってくる。

そうですか。残念ですが、最期です。もう時間はありません。（四八〇頁）

絶望したペールは、突然ある光を見た。その光に導かれて、ソルヴェイグの小屋に辿りつくことができた。彼は悲喜こもごもで、ソルヴェイグにこう叫んだ。

ソルヴェイグ。私は罪人だ。おまえのさばきをいってくれ。（四八一頁）

だが、ソルヴェイグは彼の帰りに感謝し、神の祝福を祈った。ボタンはそれを見て、ひとりで去っていった。

主人公の少年ペール・ギュントは、故郷である村を自己の中心円として、放浪の旅を重ね、それらの経験を数々の〈円環〉として形成していたが、年老いた後、その〈円環〉は彼の旅とともに渦を描くかのように、村という中心円に舞い戻ってくる。それでは、彼の人生が展開されたそれらの〈円環〉は、互いにどのように影響し合っているのだろうか。そこには如何なる内的旅が反映されているのか、また、ソルヴェイグとは、どのような存在なのか。以下これらの問題を解きながら、物語の〈円環構造〉とテーマを明らかにしてゆく。

まずは、ペール・ギュントが住む村を、彼という中心円の〈円環〉として考えることができる。次に、彼がドブレの宮殿に捕えられたことで、村の〈円環〉が突き破られ、新たな〈円環〉が造り出されたと言える。さらにその後のソルヴェイグとの新生活でも、新たな〈円環〉がさらに広がっていく。しかもこの〈円環〉は、ほかのすべての〈円環〉を覆い包み、それらの〈円環〉を互いに作用し合わせながら、際限なく拡大していくのである。たとえば、ペールがドブレの宮殿から村に戻ったこと、ベトラ王女が彼とソルヴェイグのところに訪ねてきたこと、彼がロンドンへ旅立つことなどの、それぞれの〈円環〉はみな関わり合っている。そのうえ、後のペールの旅に生じた〈円環〉もそこに刻み込まれ、物語の〈内空間〉を空前の規模に発展させている。

ペールの旅に現れた〈円環〉と言えば、富を築いたこと、財宝を乗せた船が乗っ取られたこと、予言者に成りすましたこと、砂漠に置き去りにされたこと、アメリカに渡って、再度富を手に入れたことなどが挙げられる。そうした数おおくの再出発とやり直しは、おのおのの〈円環〉として考えることができる。それらの〈円環〉をもって、絶えず自己の内部でひとつ、またひとつと重ねていくことで、内的旅がおこなわれ、ペールの心身が錬磨されてゆく。つまり、絶え間ない終わりとはじまりがくり返されることで、彼の内省と回帰が促されるのである。

ところが、ペールは苦労して築いた富を、なぜ二度も失ってしまうのだろうか。そうした疑問から次の質問も生まれるだろう。もしもペールが最初の成功で無事に故国に帰還できた場合、彼は自分の乱暴で、しかもほら吹きな性格に気づいただろうか。

答えは、当然不可能である。いわば、失敗をとおして、自己への内省が求められているのである。目立ちたがり屋で無防備な性格が、災いを招いたと知ってこそ、彼は自己を客観視できた。だが、その後も彼は故郷に錦を飾ることができない。なぜだろうか。長年の奮闘と苦労で得た財宝が、二度も海の底に沈んでしまうとは、あまりにも不条理ではないか。しかし、もしも二回目の失敗に見舞われずに帰郷した場合、彼は〈財宝よりも金塊よりもソルヴェイグの心が一番尊い〉と気づくことができただろうか。この答えも否定せざるを得まい。ゆえに最初の失敗が、ペールに己の人としての未熟さを気づかせるものであるとすれば、次の失敗は、人間にとって大切なものは、財宝ではなく、人の心であるということを気づかせるものとなるであろう。〈死んではならない、彼女に会うんだ〉と、ペールが生死の境で願ったように、生命の源泉は愛であり、その愛に代わるものはない、ということが読みとれよう。

愛こそ、生を救済するというテーマについては、終章のペールと死神とのやり取りにも表れている。地獄のボタン工場を司るボタンにひしゃくで焼かれようとすると、ペールは〈自分は悪いこともしたけれど、地獄に堕ちるほどの悪党ではない〉と主張し、そのことを証明しようとしたが、じたばたと奔走したあげく、彼を覚えている人は、決して美しい思い出をもっておらず、彼を救う者もとうとう見つからなかった。ボタンに追われ、絶望の果てにソルヴェイグの小屋から放たれた光に導かれて、ペールは小屋に辿り着くことができたが、自分の過去を確認した彼は、この時、ソルヴェイグに無実を証明してもらおうとはせず、〈ありあまる私の罪を教えてくれ〉と言う。しかし、ソルヴェイグは

いいえ、あなたのために、私の一生は幸福の歌になりました。
あなたは約束を守ってくれました。
あなたの上に神さまの祝福がありますように（四八一頁）

と答える。そのやり取りを聞いて、ボタンは去っていった。つまり、ソルヴェイグの愛がペールを救ったのであり、彼女は愛の象徴であった。

この物語は、ひとりの少年の一生を通じて、愛の力こそ生命の源であると、私たちに語りかけている。それと同時に〈円環構造〉テクストの表象をとおして、内省と回帰の思想を示している。ペールは村から出発し、世界を周遊しながら村へ戻ってくる。その旅の終点で、彼は〈ありあまる私の罪を教えてくれ〉と言える境地に辿り着けた。すなわち、この長い旅は、彼が自己に出あうための旅であり、また、人間自身の内省と回帰の旅でもあるのだ。

『ロバのシルベスターとまほうのこいし』、『浦島太郎』、『ペール＝ギュント』は、いずれも財宝や富などを

いったん手にするものの、それらはまたたく間に目の前から消えてしまうが、そうした喪失感から目にすることのできない心の財宝を獲得していく物語である。いわば、人間の内的旅が語られている。外面の充足から内面の充実へと目覚めることによって、心の深層に踏み入ることが試みられている。つまり、シルベスターとペールのように、心からの幸福が得られ、安らかな境地に昇華するのである。太郎も無の境地を悟り得たことで、老境を受け入れることができたであろう。これらの作品は、作中人物が絶えず内的旅をおこなうことから、〈円環構造〉テクストを浮かびあがらせている。そして、子どもの世界を題材に、人間の難しさやその難しさを理解する仕方などを私たちに提示している。

四　古典、現代、同時代の作品にかえって

1　『西遊記』

『西遊記』は、呉承恩が（1504-1582）十六世紀の中国明時代に書いた伝奇小説である。唐の僧侶三蔵法師が白龍馬に乗って、孫悟空、猪八戒、沙悟浄の三神仙（神通力をもつ三仙人）を率いて、天竺へ向かう。道中で、妖怪、仙人、魔境、仙境、地獄、天国、仏、菩薩などの世界と入り交じり、奇怪な体験をし、苦難を乗り越えて、仏法の経典を手に入れる物語である。原作は全百回で構成されている。

日本では、一九七〇年代から九〇年代までにおいて、日本テレビ、円谷プロダクション、東宝映像の企画で「西遊記」、「西遊記Ⅱ」、「西遊記シリーズ」、「新・西遊記」と題するテレビドラマ、映画などが放映されていた。ほかにも「人形劇」や漫画、電子ゲームなどがあり、子どもの世界でもよく知られている。また、中国古典文学として、中野美代子、武田雅哉、井波律子、岡崎由美など、おおくの研究者によって研究がなされており、その視点は道教、仏教、儒教、マジックリアリズム、娯楽伝承など多岐にわたっている。

一方、中国でも各地域によって、その地域の戯曲、映画、テレビドラマ、アニメ、漫画などが作られており、民間において広く浸透している古典小説である。また、高等学校の教本としても、四大奇書（《三国志》、《水

滸伝》、《金瓶梅》、《西遊記》）の紹介で知られている。もちろん研究の面においても、作中人物の解析（数百にのぼる）や、風刺、ＳＦ小説、仏、菩薩、仙人、妖怪、道教、神話、マジックリアリズム、ロマン主義などの諸説で展開されており、さまざまな考究がなされている。

このように、『西遊記』に関する諸説は非常におおい。そのうえ、全百回で語られている長篇であるため、簡潔にまとめることは難しい。ひとつの概念として言うならば、この作品は天と地の間を自由に往来する作中人物たちが、現世と道教、仏教、儒教の世界を縦横無尽に行き交い、渾沌たる宇宙を相手に人間の想像のおよぶ極限まで、その想いを膨らませたファンタジー小説である。《西遊記》は、今日のあらゆる旅物語や幻想小説の原型をなしていると言っても、決して過言ではない。

しかし他方では、そうした奇想天外な万象を経験した作中人物は、あくまでも旅をしている。唐の都の長安から出発し、天竺へ向かって、経典を手にして、また戻ってくる。つまり、その道中のおのおのの世界の経験は、かれらの内部でさまざまな〈円環〉を描いては重なってゆき、作品の〈内空間〉を開いてゆく。その〈内空間〉が広がれば広がるほど、文化的背景の展開が深まり、心の深層が掘り下げられてゆく。いわば、この作品は、さまざまな思想の異空間に開眼されている。

これまでに述べたように、この作品は多彩な研究がなされている。その視点の多様さから作品世界の豊さと魅惑さがうかがえることは言うまでもない。だが、作者は読者に何を伝えようとしたのだろうか。作品のテーマを簡潔明瞭に述べるとなると、その至難さを感じずにはいられない。なぜなら、奇想天外な娯楽小説の性格が強い、と思った途端、またすぐさま、そうした面白さから、人々が道教、仏教、儒教の世界を知るはこびが得られるのではないか、と思えてくるからである。さらに遥かなる唐の時代の道教、仏教、儒教の諸思想を融合して受容しようとする、その治国の姿勢さえ反映されているようにも思えてくる。また、作中人物が壮大な旅における苦難を乗り越えて、経典を手に出発地であった長安に戻ってくるとなると、当然ながら旅人たちには心身ともに大きな変化が見られ、もうかつてのかれらではない。しかし、その奇異な経験が明らかに虚の世界を語っているため、この旅は旅人の内的旅であることが理解されよう。すなわち、かれらは自己の内省をおこない、新たなる思想による新たな始まりを、旅ののちの歩むべき道として、求め続けていたのである。

2　『老人と海』

『老人と海』が、アメリカの小説家・詩人アーネスト・ミラ・ヘミングウェイ（1899-1961）の作品であることは、もはや誰もが知っていることだろう。彼の晩年の作品として、一九五一年に書かれ、翌年に出版されたが、五四年にノーベル文学賞に輝いた。さらに、五八年にアメリカのジョン・スタージェス監督によって映画が制作されると、世界的名著から名画へと並び、おおくの人々に親しまれるようになった。

日本では、ヘミングウェイの『老人と海』についての邦訳や映画などはもとより、同名の日本映画までもが作られた。それは、山上徹二郎の企画と制作によって、ジャン・ユンカーマンが監督したドキュメンタリーである。そのきっかけは、山上が仕事で沖縄を訪れた際に、与那国島で大魚釣りの人々の話を聞くや否や、ヘミングウェイの『老人と海』が想起され、同名の日本版の記録映画作りの想いに駆られたためだという。しかし、容易に大魚と出あえず、何年も与那国島の老人とともに待ち続け、企画から制作までに五年も要したが、果たして一七一キロのシロカワカジキを釣り上げた老人が現れ、日本の『老人と海』（一九九〇年、アポロン）が完成した。

そのほかにもアニメやアイマックスシアターなどの世界規模のチャレンジが見られたのだが、余談はこのあたりにとどめ、視点をヘミングウェイの作品に収斂していこう。

『老人と海』は、作品の名のとおり、キューバの海辺に住む老人サンチャゴと海の話である。海と言えば、まずは種々の魚が浮かびあがるだろう。老人は集落から離れた古ぼけた小屋でひとり暮らしている。見習いの少年が食べ物などを届け、彼の若き日々の勇ましい経験談に聞き惚れる。アフリカに行った時にライオンを見かけたなど冒険好きな少年を楽しませていたが、老人は、すでに数ヶ月も不漁であり、毎日やってくる少年もついに両親から別の船に乗るように言われてしまう。

そんなある日、ひとりで海に出かけた老人は、ついに五メートル以上もある巨大なカジキと出あう。そこで彼は、少年の信頼に応え、周囲の人々にかつての強者であった自分を思い出してもらうために、三日三晩もカジキやサメなどと戦う。果てしない海に揺られながら、黙々と格闘する老人がやっとのことで、カジキを船に縛り付けたかと思うと、今度はその血のにおいを嗅ぎつけたサメに包囲される。大勢のサメが大海に漂流する小舟を囲んではカジキをむさぼる。老人は必死にサメを撃退する。いつでも海に転落し、サメの餌食になってしまいそうなそんな極限状態に幾度も遭遇するが、老人はカジキを手放さない。しかし、港へ辿り着いた際には、巨大だったカジキも骸骨しか残っていなかった。少年が再び、老人に会いにきた時、彼は深い眠りのなかで若き日にアフリカで見たライオンの夢を見ていた。

物語は、老人と彼が住む海辺を中心円として、そこから突き抜けて、また帰ってくる。長期の不漁の日々も無数の〈円環〉として、老人の胸の内に重なってゆき、過去の雄々しさと今の重苦しさとが混じり合って、深い孤独感として表れている。だが、カジキに遭遇すると、今度は無限に拡張されてゆく老人と中心円の間で、これまでと異なる〈円環〉が広がってくる。作品の〈内空間〉はこうして開いてゆくが、帰還の道では、カジキとサメとの苦戦のように、海の上のみならず、老人の心のなかでも、ふたたびおおくの〈円環〉を踏まえながら中心円へと渦巻いてゆく。つまり、海辺に近づけば近づくほど、〈内空間〉の〈円環〉がほかの〈円環〉に覆いかぶさりながら収縮していく。そして、旅における万象も、物語の終局として、中心円に舞い戻るのである。

ではこれらの〈円環〉に示された老人は、なぜ命をかけてまで骸骨しか残らないようなカジキを捕獲しようとしたのだろうか。この作品はなぜおおくの国々の人々に親しまれたのだろうか。物語を振り返ってみても、決して複雑なストーリーは読みとれず、むしろ単調なくらいである。夏日の暑さに干涸びたかのような漁港に、ひとりの老人が人々と距離をおいたところで孤独に生きている。少年以外には彼を訪ねてくる人もなく、漁に出ても魚は獲れない。いかにも疲れた人生に疲れた漁港、疲れた海である。こうした衰頽的な作品背景には、創作当時の作者の境地や社会的恍惚感も感じられるが、作品のクライマックスはなんと言っても、老人とカジキとサメの向き合い方である。互いに敵味方であり、死ぬか、生きるか、あるいはともに滅びるか、相譲れない関係である。老人の船が転覆しそうになる度に、カジキを放せと願う読者は筆者だけだろうか。一九五〇年という時代、第二次世界大戦が収束して間もない時に書かれたこの作品には、戦って勝利を獲得する時代のにおいを嗅ぎつけることができる。老人の勇ましさと力強さが読者の心のなかで輝き、カジキとサメの痛みと流血が安堵感を呼び起こすことから、このような読み解き方も認められるだろう。

だが、ノーベル賞受賞作であるこの世界的ベストセラーには人々を魅了する読み応えがある。この作品は決して時代的産物ではない。そこには大いなる文学的深遠さが託されていて、さまざまな読み解き方が考えられるに違いない。

高く青い空に包まれている大海原の一角に、こつ然と居据わる古ぼけた小屋に、人々と距離をおく孤独な老人が、強き我が青春の日々を懐かしみながら、生き続ける。滾々と広がる海のそばで生を営んで漁に出かけるのだが、数ヶ月も不漁に苦しみ続けている。しかも自分を慕ってくれる少年も離れていく。そんな孤独な背景にはいくつもの換喩が読みとれる。広大な海が自然のたくましさを意味するものであれば、小屋は人間の卑小さとして現れてくるであろう。不漁もまた、人間の無力感を表すものであるに違いない。果てしない海に年老いてゆく老人とは、まさに自然の力強さと生命の脆さの対照的描写であろう。

次に、こうした静けさから一転して、老人とカジキ、サメの世界が差し出されてくる。老人は大魚を獲りたい、衰えてゆく人間の弱さを噛みしめつつも自然に負けてはいられない、その愚直な生きざまに導かれて、必死に戦ったが、幾度も死と背中合わせになった結果、獲得した戦利品は何だったのであろうか。カジキの骸骨にすぎず、徒労の奮闘であった。もしも単に生計を立てたいのであれば、大魚でなくてもよかろう。ゆえに彼の戦いには、冒険と浪漫を求める人間の本能が投影されている。きっと、読者もその冒険と浪漫に誘われて、彼の勝利に安堵するかたわら、喝采せずにいられなかったろう。かりに老人が途中でカジキを放棄した場合、読者は喪失感を抱くに違いない。この作品は、こうした冒険と浪漫を好む人間の本能を捉え、老人の不屈の精神を人間の尊厳として、描いたものと読みとれよう。

さらに、カジキの骸骨と凱旋した老人は、安らかに若き日にアフリカで見たライオンの夢についた。それは彼が悶々と過ごした長い不漁の期間から取り戻した満足感であろう。となれば、この大魚獲りは単なる冒険と浪漫の解釈では片付けられず、老人の内的旅も歴然と差し出されてくる。海に漂う暗夜の小舟の老人の独白を、今一度思い出してみよう。

人は、とりやけものと比べりゃ、たいした生きものじゃない。やつらは、知恵がなくても、気高くて純粋な生きものだ。どうせなら、おれはくらい海の底のやつのような獣がいい。やつはもうおれの兄弟だ。だが、おれはやつを殺さなけりゃならん。（注1）

老人が、漁師人生にかけて、長年の経験から了解し得たものは、〈人間はたいした生きものじゃない〉ということと、魚は〈知恵がなくても、気高くて純粋な生きものだ〉ということであった。これは明らかな人間自身への内省である。さらに、カジキを自分の兄弟と見なすことで、自己を海の生きものと同一視することができた。したがって、カジキやサメなどは、老いてゆく老人の心の葛藤として現れてくるのであり、殺して、追い返してこそ、自己の再生がようやく可能となる。いわば、老人の熾烈な戦いは、老いてゆく生命への困惑による自己との戦いである。海の生きものを兄弟と思いつつも、殺さなければならないように、老人は自己と激しく葛藤し、老境の再生を求めている。

3 『パイの物語』

『パイの物語』（Life of Pi）は、カナダの小説家ヤン・マーテル（1963-）が書き、二〇〇一年にクノップフカナダ社によって世に問われた冒険小説である。完成当時は、おおくの出版社に出版を拒否されていたが、出版されるや否や、たちまちベストセラーとなった。さらに翌年のイギリス版では、世界的文学賞であるブッカー賞（Booker Prize, the Booker）に輝いた。

また、アメリカでは二〇一二年に多額の制作費をかけて、原作を映像化した。デヴィッド・マギーが脚本を書き下ろし、アン・リーが監督した「ライフ・オブ・パイ／トラと漂流した二二七日」（Life of Pi）は、公開されると同時にいくつもの部門で映画賞を受賞した。

日本では、唐沢則幸の邦訳による『パイの物語』の上・下篇が、二〇一二年に竹書房より発行された。また、二〇一三年のはじめに、映画「ライフ・オブ・パイ／トラと漂流した二二七日」が全国で公開されたが、その年の六月にはＤＶＤ（二十世紀フォックスホームエンターテイメントジャパン株式会社）が販売された。

『パイの物語』は、一九七〇年代後半にインドで動物園を経営するパイの一家が、当時のインド社会に疑問をもったため、カナダへの移住を決意する。両親は家財を売り払ったが、動物たちを頼りに新天地を開こうと考え、カナダへの旅に同行させた。しかし、乗船した日本の貨物船〈ツシマ丸〉が太平洋で遭難し、難破する。物語はそこから展開を見せる。

泣き叫ぶ声が響きわたるなか、少年パイは夢中で活路を見いだし、気がついた時には、たった一人で救命ボートに乗り込んでおり、巨大な船も大勢の人々も瞬く間に大海へ沈んでいった。目の前のその光景は、夢なのか、まぼろしなのかと混乱し、思考が追いつかないまま、彼に更なる試練がおとずれる。なんと、彼の乗ったボートには、シマウマ、ハイエナ、オランウータン、トラも乗っていたのである。つまり、彼は決して安全な場所に逃れたのではなく、つねにハイエナやトラの餌食になりかねない危険な場所にいたのだ。

こうして、パイは感傷にひたる間もなく、茫然と動物たちに向き合わなければならなかった。彼はなんとしても共存を図ろうとするが、現実は思うようにいかない。シマウマを襲うハイエナ、ハイエナに憤るオランウータン、ハイエナを倒すトラの一連の騒動の後、次第にシマウマもオランウータンもハイエナも消えていき、トラとパイのみが生き残る。ふたりの格闘により、パイとトラの対峙が狭いボートと筏の上でくり広げられる。果てしない海に漂う小さなボートにトラ、ボートに繋がれている筏にパイ、両者は睨み合っては対峙するが、パイは自分を狙って海に落ちたトラを救助し、トラの船酔いの隙に会話を試み、わずかな食べ物をトラに与えるのであった。自分を食しようとするトラを援助する少年は、トラと通じ合える方法を模索し、ともに苦難を乗り超えようとする。そうして長い日々、二百二十七日も漂流し続けた。そしてついに海岸に辿り着いた時、腹ぺこのトラはパイを狙わず、よろよろと森へ向かう。

『パイの物語』の最初の〈円環〉は、インドの生活を畳むことにあろう。その生活は終わった過去として、かれらの内面に収縮する。次の〈円環〉はカナダで展開される予定であったが、難破船に遭遇し、海の上で無に帰したように見えるが、パイにとっては、彼を軸とする作品の〈内空間〉の展開における準備であった第二の〈円環〉となる。このふたつの〈円環〉は、天真爛漫なパイを、故郷に別れを告げた哀愁を覚えた少年と、肉親を失くした痛楚を知る少年に転じさせ、彼の内面をよりたくましくしたのである。そうした絶望感と生きる使命感を抱くパイは、突然また大海原に抛り出され、生死の境に立たされてしまう。つまり、主人公の彼は、彼を中心円とする〈円環〉を造り上げなければならない。ボートを占領したトラ、筏にいた彼自身のように、見渡すかぎりの海での生の中心円として、新たなる〈円環〉を生み出しては、作品の〈内空間〉を開いてゆく。パイとトラの生存空間は、わずかにボートと筏の空間でしかないように見受けられるが、その間を往来するパイと、トラと接触を試みるパイが示した〈円環〉や、海に揺れられてゆく〈円環〉などが重なり合いながら、すでに作品の〈内空間〉とする大〈円環〉が広げられ、パイという中心円にしたがって、陸へ陸へと漂流し続けるのである。

さりとて、パイはなぜトラとの共存を図ったのだろうか。陸に辿り着いたトラはなぜ森に向かったのだろうか。また、人間とトラの共存は難しく、ボートと筏で二百二十七日も海で漂流し続けられたことも疑わしい。そして、去っていったトラが、長い間の空腹に堪え忍んだ後、パイを餌食にしなかったことも、現実ではあり得るのだろうか。バーチャルでリアリティーに富んだこの物語は、こうしたおおくの疑問を投げかけてくる。それは、私たちに哲学的思考を求めているのではないだろうか。

たとえば、一般的常識としては、自分を餌食にしようと狙うトラを助ける必要はなく、その無謀な行為こそ理解し難いと思われるだろう。しかし、パイの状況においては、その常識が覆される。考えてみよう。もしもトラの存在がなかった場合、パイはひとりで二百二十七日にもわたる航海が続けられただろうか。トラとのやりとりこそパイの生を支える原動力であった。この一般概念から乖離する事実には、弁証法のような哲学思想が暗喩されているように思われる。いわば、トラは一見するとパイの敵ではあるのだが、その本質はパイの生命において欠くことのできない存在であった。

無論、パイとトラの向き合い方は、たとえ敵であっても、ともに共存の道を見いださなければならず、さもなければ共に自滅するほかはないことを暗喩している。この生命の根源的課題は、今日の世界を取り巻く情勢においても、大いなる意味をもつものであろう。少年パイは自らの慈愛心をとおして、この深刻な課題を私たちに突きつけている。彼の試みの結果は、トラが見事に示してくれた。砂浜に辿り着いたパイとトラの光景を思い出してみよう。飢餓と衰弱で朦朧としているトラは、パイを餌食にせず、自分のいるべき場所である森へ向かったではないか。この謎のようで、また、感動を呼ぶシーンは、生命が分かり合えるものであり、それぞれが本来あるべき場所へ回帰することこそが自然の摂理なのだ、と言わんばかりではあるまいか。

この物語の世界は、虚構性が強く、現実味に乏しいようだけれども、決して荒唐無稽なものではない。むしろ不可能なことを可能にしようとする狙いをそこに付与しようとしている。その狙いとは、少年の冒険物語をとおして、理性と理解のある世界、共存と共助のできる生命の形に目覚める自省を促すものである。『西遊記』、『老人と海』、『パイの物語』のなかの、作中人物たちはそれぞれ数おおくの〈円環構造〉を用いつつ、おのおのの内的旅をおこなっている。かれらは本来の自分、あるいは理想とする自分を求め続けていたが、この旅は艱難で苦痛をともなうものであった。時には虚構の世界で恍惚とし、〈我〉という核さえも把握不能に陥った。だが、旅の終点では全人物が解き放たれて、安寧な場所に落ち着いた。まるで人の一生を通過するそれぞれの時期を経験した後の、穏やかな不惑の自己と出あえたかのようである。〈円環構造〉を用いる作品とは、そうした内的旅をおこなうものであり、自己を凝視し、人間を内省してはその元来の姿を追い求めるものである。

注1　ここで掲げた老人の台詞は、映画『老人と海』より引用した。原作（『集英社版　世界文学全集77　ヘミングウェイ』集英社、一九七七年）とは多少異なるものの主旨は変わらない。

五 〈円環構造〉および内省と回帰

文学テクストを読むことは、平静な日常への刺激を求めるだけのものとは限らない。活字を媒体に、冒険の疑似体験を実現する手段でもあるように思われる。しかも心身への錬磨も、そうした経験から無意識的に自己の内面で約束されるに違いない。もしもそのテクストが、特定の歴史的、文化的背景を突き破って、宏大な射程を放っているのであれば、それはきっと普遍的価値をもつ作品であり、文学の深さと力強さをもつものである。第Ⅱ部で考察した作品は、まさにそのようなテクスト群と言えよう。

なお、〈円環構造〉テクストの作品は私たちの日常で、じつにおおく出あえるものである。『こころ』、『砂の女』、『千と千尋の神隠し』、『もののけ姫』、『ハリー・ポッター』、『ナルニア国物語』、そして、目下おおくの女子学生に絶賛されている『アナと雪の女王』も、またそのカテゴリーに属する。王女は、凍結の魔法を思うように扱えず、抵抗もできないまま強要されてしまう。のちに魔法に対する恐怖心が人々への憎悪感に変わり、氷の牢獄に囚われてゆく。彼女を救えるのは真実の愛だけだとされているが、その愛は『眠れる森の美女』が待つ王子の愛と異なり、決して異性愛とは限定されない。妹のアナが体を張って彼女を救助した後、彼女は魔法を自在にあやつり、人々を楽しませる氷のショーを披露できるようになる。言うにおよばず、これは王女が愛の欠乏症を患い、こころが冷え込んでしまったが、妹のアナの愛を得て、閉ざされたこころが開かれてゆく、内的旅の物語である。

作品における〈円環構造〉は、さほど難解なものではない。いわゆる私たちのこころをめぐる旅である。旅と言えば、自分の存在する起点から出発し、またそこへ戻ってくる、という概念であろう。こころのなかでくり返されてゆくこのような旅は、〈円環〉の如く終わりのない旅としてくり返されるのである。言い換えれば、その旅は、私たち人間の内省による向上、循環による変化である。思えば、このような循環過程は、私たちの日常のありとあらゆるところで目にすることができる。一日、一週間、一ヶ月、一年間がそれぞれの単位の〈円環〉と考えられる。また、人生の節目の幼稚園、小学校、中学校、高校、大学、就職、結婚、出産など、この数々の変化がひとつひとつの〈円環〉として、私たちのこころに重なってゆき、自己の内面を重厚にしてゆく。ただし、そのことに気づき、つねに自己を見つめていけるかどうかが問題である。ゆえに《論語》には、〈吾日三省吾身〉（我、日々三度我が身を省みる）という名言があり、私たちに自身の内省と回帰を喚起しているのであろう。

Ⅲ　中国文学とその軋轢

一　近現代の場合

1　当代文学と同時代文学

中国文学史では、一八四〇年のアヘン戦争以前を古典文学、それから一九一九年の五・四運動までを近代、〈五・四〉から新中国誕生の一九四九年までを現代、それ以降の文学を当代文学としている。つまり、同時代文学のことを当代文学と称している。以下、便宜上、同時代文学と併用して用いることとする。

中国文学と言えば、日本では李白、杜甫を代表とする詩学や陶淵明、欧陽脩に代表される散文、蘇東坡、陸游を代表とする詞、《水滸伝》、《三国演義》、《西遊記》、《史記》などが思い起されるのが一般的だろう。あるいは近世文学の《紅楼夢》、《儒林外史》、《聊斎志異》、現代文学の《阿Q正伝》や《狂人日記》であり、当代文学にはなじみがないかもしれない。なぜなら一九四九年以降は、プロパガンダ文学が盛んであり、特殊な社会形成による政治的色彩の濃いステレオタイプの文学が続いたからである。しかしながら、一九七〇年代までのプロパガンダ文学の終焉を迎えると、傷痕文学やルーツ文学、モダニズム論争などを経て、文学のあり方についての模索が多様におこなわれた。二十一世紀に入ると、ついにその開花を迎え、中国の枠を越えた地球規模で読まれる作品も見られるようになった。周知の例を挙げれば、ノーベル文学賞に輝いた高行健の《霊山》

や莫言の《蛙鳴》などがすぐさま想起されよう。

なお、日本の中国文学研究領域は、古典文学、近現代文学というジャンルで区分されていたため、陳独秀も胡適も魯迅も近代なのか、それとも現代なのか、長期にわたってそのカテゴリーがやや不透明な状況にあった。しかし、一九八〇年代以降に、〈日本中国当代文学研究会〉が出現し、近代、現代、当代という区別もなされている。そこには、中国本土の文学史テキストと統一性をもたせようとする意図が窺える一方、現・当代文学の両翼にわたるプロパガンダ文学が終息して以来、当代文学が二十世紀初期の〈新文学〉を継承しながら、多彩な文学的営為を展開するにしたがって、おおくの研究者の関心を獲得したことも窺えよう。

2　新文学の展開

中国現・当代文学は、一九四〇年代から七〇年代末までのプロパガンダ文学を間に挟みながら、中国現代史におけるそれぞれの時期の政治的、社会的思想を反映していた。そのさまざまな思想のなかで文学のパラダイムとされてきた〈五・四〉思想は、今日にいたってもおおくの作家によって継承されている。五・四運動（一九一九年）は、知識人と学生を中心に展開された思想運動であり、中国における列強諸国の権益や山東省における日本の権益などの取り消しを求め、民主・科学、反封建文化を主張した、啓蒙的役割を果たしたものである。

もちろん、〈五・四〉思想という自省意識は、前触れもなく突然浮上したものではなく、その先駆けをなしていたのは新文化運動（一九一五年）であった。反封建文化の自省意識に見られる啓蒙思想は、すでに陳独秀（1879-1929）や胡適（1891-1962）などによって提唱されていた。陳は、一九一五年に上海で《青年雑誌》を創刊したが、その翌年にまた《新青年》と改題した。その雑誌において、民主・科学を唱え、封建思想や伝統倫理などを批判し、西欧の文明思想を紹介した。さらにその翌年には、同誌で文学革命を呼びかけ、胡がそれに呼応し、《新青年》に「文学改良芻義」（二巻五号、一九一七年）を発表した。旧文学の表現方法および言語のあり方を批判し、白話文学を唱えた。その翌月、陳は「文学革命論」（同誌二巻六号）を発表し、貴族文学や古典文学、山林文学の打倒、国民文学、写実文学、社会文学の創作を呼びかけ、中国の新文学の道を開いた。

その後の一九一八年、《新青年》に発表された魯迅の処女作《狂人日記》は、まさにこのような文学思潮のなかで育まれたものであった。ゴーゴリの『狂人日記』の影響を受け、表題、内容とも似通っており、家族や自分の周辺の人たちがみなカンニバルで、いずれも自分を食べようと企んでいる、といった妄想に陥った主人公の日記からなる作品である。発表された当時は、創作においては文語体を用いるのが一般的であったのに対し、口語体で書かれた作品自体が伝統文学に対するアンチテーゼであり、啓蒙運動に貢献する役割を果たしている。それと同時に、儒教を原理とする中国社会の家族制度が〈人が人を食う〉社会であることを隠喩し、その根底にある倫理観の不条理を示唆しているため、国民の自省意識を喚起する書とされてきた。

《新青年》は、時代的啓蒙雑誌であり、おおくの青年を奮い起こし、五・四運動への積極的参加に導いた。その歴史的パノラマの展開は、後の巴金（1904-2005）の《家》（一九三一年）にリアルに表象されている。この作品の主人公覚慧は、祖父を封建勢力の象徴として、断固として拒絶する姿勢で臨んでいく。彼は《新青年》を読みあさり、旧家の屋敷の兄弟や従兄弟にも勧め、旧制度への反抗を先導する。若い世代のかれらは、儒教倫理に支配されている一族の不幸な婚姻に目覚め、これ以上祖父の操り人形にはならないと決意し、人間の自我に目覚める。覚慧の〈われらは木偶の坊ではない。われらは人間だ〉という名言は、作品を貫通する鮮明なテーマである。かれらの求める自由で平等な〈人間〉像は、覚慧を通して提示されている。彼は鳴鳳という使用人と恋に落ち、祖父の決めた婚姻を拒んで家出する。それと同時に《新青年》の編集に加わって社会革命に身を躍らせる。それはまさに〈五・四〉時期の青年像であった。この人物造形は見事に成功し、当時の青少年のみならず、後世の人々の共鳴も呼び、現在でも読み継がれている。

《家》は、歴史的役割を大いに果たした作品であった。そのうえ、作品中の家長である祖父の死後、旧家が没落しても封建思想の勢力が依然として衰えないとする巴金は、続編の《春》と《秋》を書いた。彼は、儒教倫理が中国社会におよぼした弊害は根深いものであり、社会の進歩に齟齬をきたし、人間の心身を蝕むものであると述べている。この三部作は、若い世代の恋愛を軸に一族の人間模様および、没落する旧家を描いた物語であったため、しばしば《紅楼夢》の現代版としても論じられている。

3 新詩の光芒

詩学の改良をいち早く唱えたのは、清末期の黄遵憲（1848-1905）、梁啓超（1873-1929）、譚嗣同（1865-1898）、夏曾佑（1863-1924）らであった。かれらは、〈新詩〉、〈白話体〉、〈詩界革命〉を主張したが、その実現にはいたらなかった。胡はかれらの思想を受け継ぎ、「文学改良芻義」において、〈八不主義〉（八条を守る）（注1）を明確に示し、新詩のあり方を確立させ、その実践も試みた。

僕は言った。「僕は心を閉ざす
人がドアを閉めるように
〝愛情〟を生きながら餓死させれば

もう二度と僕を困らせなくなるかもしれないから」
（略）
だが、湿り気を帯びた五月の風が
しょっちゅう屋根から吹いてくる
さらに通りの中央のあの琴の調べが
次から次へと飛んでくるのだ
部屋中が太陽の光
この時〝愛情〟は少し酔っていて
こう言うのだ
「僕には心を閉ざさない
君の心を木っ端みじんにしてやりたい」（注2）

胡は、自らが訳したこのアメリカ詩について、〈私の〝新詩〟の成立の紀元〉（注3）と述べたのみで、それ以上は言及していないが、訳詩に形式、韻律、成語などをいっさい用いていないことから、自身の主張した〈八条〉が実践されたと考えたに違いない。このように旧詩の束縛からの解放を目指す新詩運動の試みは、十九世紀末より、すでに盛んにおこなわれていた。そこでは、西洋詩歌に啓発を受けながら、詩とは何か、詩の言語とは何かが模索され、新詩の新たな構築を切り開いていたのである。

二十世紀初期から、陳独秀、胡適、魯迅をはじめ、郁達夫、老舎、劉半農、沈尹黙、周作人、鄭振鐸、朱自清らおおくの文学者が、同時代の作家とともに積極的に創作のあり方を模索し、ロマン派、象徴派、叙情派、新感覚派などのおおくの流派を生み出した後、抗日戦争と国内戦争による社会情勢のもとで、作家たちはイデオロギー普及に貢献するようになっていった。

二　同時代の場合

1　プロパガンダ文学と地下文学

一九四九年の中華人民共和国建国後、新中国とともに、毛沢東の文芸理論を讃える建国文学思潮が現れ、社会主義リアリズム文学やプロレタリア文学などが隆盛期を迎えていた。その代表的作家、詩人には、何其芳、趙樹理、王蒙、郭沫若、馮至、藏克家、艾青らがいる。しかし、実質的には、四〇年代初期からすでにプロパガンダ芸術が展開され、イデオロギー規制がなされていたため、それに従えない作家、詩人たちが次々と現れ、中国現代文学および詩歌の行き詰まりを余儀なくされた。六〇年代の文化大革命期における代表的作家、詩人には、浩然、賀敬之と郭小川がいる。かれらは時代的〈大合唱〉を積極的に詠った。しかし一方では、三十年以上もプロパガンダ文学の支配が続くなか、民間においては、そのイデオロギーに抵抗する秘密サロン文学も現れた。六〇、七〇年代には、〈地下文学〉の秘密結社が全国各地で盛んに結成されていた。北京では、北京大学哲学部の学生郭世英（郭沫若の子息）を中心とする〈X社〉（1962-63）、北京中央美術学院の学生張郎郎を中心とする〈太陽縦隊〉（1963-66）があり、河北地域では〈下放〉（義務教育を終えた青年たちを山村へ送り出す）された青年たちによる〈白洋淀詩歌群〉（1969-76）があった。そして、南西部の貴州地域には黄翔を代表とする〈啓蒙社〉があった。

2 新時期文学とヒューマニズム論争

一九七〇年代の後半から、プロパガンダ文学は収束に向かっていった。それにともない、一九八〇年の半ばまでの中国同時代文学では、激動の〈文革〉時代をめぐるさまざまな文芸思潮が展開された。〈傷痕文学〉、〈知青文学〉（下放を受けた青年たちによる文学）、〈反思文学〉、〈ルーツ文学〉を経て、この民衆を取り巻く社会という外面から、人間の内面に向かう内省が見られるようになった。方法の追究、欧米理論の受容などの諸問題の思考および実践にも迫られた。八〇年代中期の、劉再復（1941-）の「文学の主体性論」（《文学評論》一九八六年第六期）、李沢厚（1930-）の「主体性論」などは大きな反響を呼び起こし、新たな文学思潮を巻き起こした。この時期の文壇は〈新時期文学〉と呼ばれていたが、それはまさに、陳独秀、胡適が二十世紀初期に起こした〈新文学運動〉の文芸思想を継承したものである。

この〈新文学運動〉と〈新時期文学〉のあいだには、六十年あまりの歳月が流れている。しかし、おおくの作家が再び、陳、胡、魯迅の啓蒙思想から啓発を受けたのであった。つまり、プロパガンダ文学で中断された、過去の試みにフィードバックする局面を迎えていたと言える。そしてそのモダナイゼーションのなか、人間の生理と原理をモチーフにした作品《男の半分は女》（張賢亮《収穫》一九八六年第五期）が話題を呼んだ。この時代の作品は長い間〈禁区〉とされてきた男女の性をめぐって、人間の心身をリアルに叙述している。この時代の文学を考える時、日本の戦後文学とされる『堕落論』が連想される。坂口安吾は〈特攻隊〉の大義に美しく死すより、堕落と非難されても、醜く生き残ることを主張する。つまり戦時体制下の思想を痛切に批判し、人間の原点に立ち返るヒューマニティーを浮き彫りにしたのである。

一九八五年前後に同時代文壇でもっとも注目を浴びたのは、ヒューマニズム論争であった。この論争は、まさしく文学のみなもとである人間自身を、表象の主体として浮かびあがらせようとするものである。張賢亮と並んで白樺の《苦恋》(《十月》一九七九年第三期)、劉賓雁の《人妖之間》(《人民文学》一九七九年第九期)、戴厚英の《ああ、人間よ》(花城出版社、一九八〇年)、王蒙の《春之音》(《人民文学》一九八〇年五月号)、張潔の《愛、忘れ難きもの》(《北京文芸》一九八〇年第一一期)、諶容の《人、中年に至る》(《収穫》一九八〇年第一期)などの作品は、プロパガンダ文学のテキストから解放され、自省意識をこめながら人間性の追求に努めたものであり、新時期文学は開花期を迎えていた。これらの作品は、ヒューマニズムやモダニズムなどによって、個性的な群像を描き出し、同時代文学の再生の構図を築いたのである。だが、この文芸思潮はまもなく政治的粛正を受けることとなる。一九八〇年代初期には、〈精神汚染〉キャンペーンがすでに開始されたからである。同時代文学は依然としてイデオロギー統制下にあり、脱プロパガンダ芸術の営為は実現されなかったが、そうした社会的情勢に抵抗して、知識人と学生による民主化運動〈六・四天安門事件〉(一九八九年)が勃発した。しかし、国家当局の軍事的介入による鎮圧がおこなわれたのである。

3 亡命文学とノーベル賞文学

一九八〇年代末期の文壇を顧みれば、〈五・四〉時期の文芸思想と重なりあう側面が窺える。つまり、脱古典文学と脱プロパガンダ文学への抗争、西欧文芸理論の受容と社会理念から人間自身への回帰などが、対照的に模索されているのである。だが、一九四〇年代の日中戦争と国共内戦と同様に、一九八〇年代では〈六・四天安門事件〉に立ちはだかられたため、知識人たちによる理想的文芸論争は再び中断された。さらに、〈六・四天安門事件〉では、おおくの作家、思想家たちが身の危険にさらされ、旧ソビエト時代の亡命作家たちのように、世界各地に逃亡せざるを得ない状況に追い込まれた。かれらは国外で、母語世界を失った苦境を背景に創作活動を続け、中国亡命文学を切り開いた。その代表的作家には、高行健、黄翔、鄭義、北明、劉賓雁、盛雪、茉莉、遇羅錦などが挙げられる。さらに、今日の同時代文学では、〈体制内作家〉、〈体制外作家〉という文学用語も存在している。

同時代文学は、長い間、困難な道のりを辿っていたのだが、近年になるとノーベル文学賞を獲得した作家もいた。モダニズム作家の高行健（二〇〇〇年度）とマジックリアリズム作家の莫言（二〇一二年度）である。ふたりの作品はいずれも中国社会の転換過程における人間の痛みと喪失感を表象している。それと同時に文化的伝統を凝視し、その内省がおこなわれている。いわば、同時代文学はいまもなお、政治的イデオロギーに抵抗し、社会という外面から人間の内面への回帰に向かって、文学の真のあり方を模索し続けている。

三　現代と同時代文学のイデオロギー普及

1　日本近代文学の場合

日本では、明治維新（一八六八年）をはじめ、国家的戦略による近代化が急速に進み、資本主義が阻害されることなく形成された。鎖国から開国へ移行するにともない、〈文明開化〉が勃然と広まり、〈鹿鳴館〉時代の西洋化ムードが日本固有の文化を揺さぶった。近代文学の歴史的展開はいうまでもなく多様であり、一般化には困難をともなったが、その基本的潮流としては、時代のカラーに染められながら、その出発点から個人主義を育み、人間の内面を問題とするものが主流となっていた。坪内逍遥の『小説神髄』（明治十八 - 十九年）を先駆けとして、心理的写実の表象が開花期を迎えた。近代小説の夜明けとされた『浮雲』（二葉亭四迷、明治二十 - 二二年）をはじめ、シンボリズムや自然主義、高踏派などの作家たちは、社会と人間の不調和を題材にした中国近代小説とは意を異にして、社会と文化に組み込まれた人間自身の心の世界を浮き彫りにしていった。森鷗外の『舞姫』（明治二三年）、樋口一葉の『たけくらべ』（明治二八 - 二九年）、泉鏡花の『高野聖』（明治三三年）、徳冨蘆花の『不如帰』（明治三一 - 三二年）、島崎藤村の『破戒』（明治三八年）、夏目漱石の『吾輩は猫である』（明治三八 - 三九年）などは、さまざまな課題を扱いながらも、人間の内面の追究が際立っている。もちろん、それらと異なるジャンルの『貧天地大飢寒窟探険記』（桜田文吾、明治二三年）、『最暗黒之東京』（松原岩五郎、明治二六年）、『日本之下層社会』（横山源之助、明治三一年）などもあったが、それらはいずれも小説ではなく、社会の暗部を反映するルポルタージュであり、自由民権運動による政治小説も含め、日本近代文学の本流とはならず、むしろ異端派とさえ思われていた。

2 ヨーロッパ啓蒙思想の受容

中国の場合、アヘン戦争以降、清朝政府は列強諸国の脅威を目の当たりにし、富国強兵による近代化を試みたが、左宗棠、劉銘伝、張之洞、曾国藩、李鴻章らを中心におこなわれた〈洋務運動〉（一八六〇‐九〇年）は、その実現を果たせなかった。そのうえ、日清戦争（一八九四‐九五年）が勃発し、アジアの一小国に敗北したという事実は、同じアジアの大国である中国に目を覆う衝撃を与えた。知識人たちには、亡国の危機意識が生まれ、〈救国救民〉の思想が芽生えはじめたのである。

したがって、日清戦争後、中国の強化を図るために知識人たちは、西欧の啓蒙思想の導入に目覚めた。当時、一世を風靡した翻訳家、思想家厳復は、ハックスリーの『Evolution and Ethics』を訳し、《国聞報》の特集版《国聞彙編》（一八九七年）に発表し、さらに翌年の四月にその一部を《天演論》と題して出版した。本書は中国において、西欧啓蒙思想を紹介するはじめての書であり、世に問うや否やたちまち中華帝国の警世の書とされたのである。

《天演論》は、進化論の立場から、「物競」（生存競争）、「天択」（自然淘汰）「適者生存」などの学説を紹介し、中国思想界に大きな衝撃を与えた。知識人たちは、人類の進化において中華民族のみが立ち後れ、滅亡するのではないかという危機感に陥った。本書が、単なる翻訳書ではなく、注釈、評論、感想などを加筆し、訳者の思想が混入されたものであったことは、後の厳復研究で明らかにされている。

こうした啓蒙思想が求められるなか、〈新文化運動〉が起きた。反封建、反侵略、反帝国主義思想が歴史的、社会的、国民的に広まり、〈新文学〉もこうした〈救国救民〉の思想のもとで誕生したのである。一方、一九一七年にロシア革命が起こり、中国知識人の救国の思いに解放の道をさし示した。ハックスリーに続き、マルクス主義などの受容がすすみ、儒教倫理への批判、民主・科学を主張する近代思想の展開のなかで、文学の社会性も培われていった。いわば、中国現代文学は、その出発点から社会的責任感と民族精神が追求されている。中国現代文学は、その社会の状況がゆえに、人間の内面の問題という以前に、社会の改革および精神の改良を問題にせざるを得なかった。

3　現代文学と魯迅

中国現代文学の象徴的旗手といえば、魯迅が知られている。周知の如く彼は父親の死を契機に医学を志したが、日本留学中に受けた屈辱で心の傷を負った。そして、その屈辱の由来するルーツを探ると、それは母国の衰退からくるものであり、さらに、亡国の危機に無頓着で関心すらまるでもたない同胞たちの精神性にあることにも気づいた。《吶喊》の「自序」（《魯迅全集》第一巻、人民文学出版社、一九八一年版）において、魯迅は仙台留学時の出来事を次のように語っている。

講義が一段落し、時間が余った時には、先生が風景や時事のスライドを見せ、余った時間を埋めた。日露戦争の真っ最中のため、戦争に関するものが比較的に多い。同じ教室のなか、同級生たちの拍手や喝采にも当然お付き合いをしなければならなかった。ある日、突然スライドを通して久しぶりに多くの中国人に会った。一人が中央に縛られており、左右にも大勢が立たされているが、どの人も屈強な体格をしているが、表情は愚鈍に見えた。解説によれば、ロシアのために軍事上のスパイ活動をはたらいたため、その見せしめとして日本軍に首を切られようとしているところだそうだ。そこでやじ馬見物していたのはその盛事を鑑賞している連中だ。

その学年が終わらないうちに私は東京に出た。というのもそのスライドを見て以来、医学などはさほど重要なものではないと思えたのだ。およそ愚かな国民は、体格がいかに健全で屈強であっても、なんら意味もない見せしめの材料や見物人にしかなれず、いかほど病死したところで不幸だと考える必要はない。我われが先ずすべきことと言えば、かれらの精神を改造することだ。精神を改造するにはむろん文芸が一番だと、当時の私には思えたのだ。そこで文芸運動を提唱しようと考えた。（四一六頁）

ここには、魯迅の文学への出発点が明確に語られている。彼は処女作《狂人日記》において、儒教倫理を批判し、《阿Q正伝》において、国民の精神性を浮き彫りにした。ふたつの作品で魯迅は、因襲文化と民族の精神性から目覚め、自民族の隷従性を痛烈に批評しており、これらの作品は現代文学の真髄として、中国内外の研究者に研究されてきた。魯迅は、後の《語絲》（注4）においての創作や〈中国左翼作家聯盟〉（注5）の先鋭作家としての活動においても、終始このような文学観を貫いていたのである。

4　中国文学の軋轢

魯迅は、〈新文化運動〉の先駆者銭玄同（1887-1939）と次のような対話（注6）をしたことがあるという。

魯迅　例えば、窓もなく、絶対に破壊不能の鉄の部屋がある。中には大勢の人が熟睡していて、間もなく窒息死してしまう。しかし、昏睡中に死亡すれば、死の悲しみを感じない。それなのに、今騒ぎ立てれば、まだ熟睡していない何人かの目を醒ましてしまう。不幸の少数者を挽回できもせず、臨終の苦痛を与えることは、かれらに申し訳ないと思わないだろうか。

銭玄同　しかしながら、何人か起きあがれば、この鉄の部屋を壊せる希望が絶対にないとは言えないだろう。

魯迅をはじめ、現代中国のおおくの知識人たちは、時代の負の遺産を背負いながら、二十世紀初期から自国民の精神性に向き合った。魯迅文学が現代文学の母体とされているのであれば、中国現代文学の軋轢を窺い知ることができる。つまり、その出発点から、人間の内面における探求をおこなう以前に、まずは、因習文化における〈鉄の部屋〉を壊すことと、〈熟睡している人〉の目を覚ますことを優先しなければならなかった。そうした啓蒙運動は当時の中国では欠くことはできないと魯迅は考えていた。

文学を通じて、人々の精神性を正そうとする者は、なにも魯迅と〈新文化運動〉時期の思想者達だけではない。清朝末期に遡って見れば、もう一人の先駆者梁啓超（1873-1929）がいる。彼はかつてこの民族の希望を文学に託し、中国最初の小説雑誌《新小説》において、次のように語った。

一国の民を新たにせんと欲すれば、先ず一国の小説を新たにせざるべからず。故に道徳を新たにせんと欲すれば必ず小説を新たにし、宗教を新たにせんと欲すれば必ず小説を新たにし、政治を新たにせんと欲すれば必ず小説を新たにし、風俗を新たにせんと欲すれば必ず小説を新たにし、学芸を新たにせんと欲すれば必ず小説を新たにし、乃て人心を新たにし、人格を新たにせんと欲すれば必ず小説を新たにするに至る。何の故を以てするや？　小説は不可思議の力有りて人道を支配するの故なり。

（「小説と群治の関係を論ず」）

これは梁啓超が、光緒二八年十月十五日（一九〇二年十一月十四日）に、〈戊戌の政変〉（注7）の失敗による亡命先の横浜で創刊した《新小説》の巻頭文である。「小説と群治の関係を論ず」と題し、清朝末期の小説理論として高く評価され、中国小説界の革命を促したものである。

中国文学の主題は、古典文学から俯瞰しても、この民族の変遷過程における人間の内面への探求というより、この民族における歴史上の折々に直面していた存亡の危機への抗争に、貢献する役割を果たさなければならないという志向がつねにあった。《詩経》、《楚辞》、陶淵明、李白、杜甫などの〈志の文学〉がその淵源であり、梁啓超、陳独秀、胡適、魯迅らはその本流を受け継ぎ、詩人黄翔、モダニズム作家高行健、リアリズム作家劉震雲、マジックリアリズム作家莫言などはその歴史的流れを継承しつつ、かつ人間自身への回帰に向かっているように見受けられる。いわば、同時代文学の新たなパラダイムはすでに開かれているのである。

【注】

1 胡適、「文学改良芻義」《新青年》第二巻五号、上海群益書社、一九一七年
一曰 須言之有物。二曰 不摹仿古人。三曰 須講求文法。四曰 不作無病之呻吟。五曰 務去濫調套語。六曰 不用典。七曰 不講対仗。八曰 不避俗字俗語。

2 胡適、「関不住了」《新青年》第六巻第三号、上海群益書社、一九一九年
謝冕著、岩佐昌暲編訳、『中国現代詩の歩み』、中国書店、二〇一一年、二三 - 二四頁

3 胡適、「再版自序」《嘗試集》第二版、北大出版部、一九二〇年

4 中国の週刊雑誌、一九二四 - 三〇年、孫伏園・魯迅・周作人・林語堂らが当時の思想界の沈滞を不満として発行、随筆・評論が中心。(『大辞林』第二版、三省堂、一九九〇年)

5 中国共産党江蘇省委員会の指導で、一九三〇年三月二日に上海で結成された文学・芸術・演劇各界の統一戦線組織(略称〝左聯〟)。《世界文化》、《北斗》、《前哨》など二十数種の雑誌を刊行し、国民党のファッショ化と日本軍の大陸侵略に抗った。弾圧によってその末期にはほとんど合法的な活動ができなくなっていた。一九三五年十二月モスクワに滞在していた王明の指示で解放した。(『世界大百科事典』第二版、平凡社、一九五〇 - 六〇年)

6 「《吶喊》自序」《魯迅全集》、人民文学出版社、一九八一年版、四一九頁

7 清朝末期の近代的政治改革運動。干支で戊戌の年、すなわち一八九八年(光緒二四)に起こった。戊戌維新とも呼ばれ、また一〇〇日あまりで失敗に終わったことから〈百日維新〉とも呼ばれる。変法とは、伝統的な政治制度全面的に改革することであり、具体的には、日本の明治維新を模範にして君主制度から立憲君主制に改めることである。この運動の理論的指導者は康有為である。(『世界大百科事典』第二版、平凡社、一九五〇 - 六〇年)

四　同時代文学の文壇動向

1　日本の同時代文学研究

《中国当代文学編年史》（山東文芸出版社、二〇一二年十一月）の「総序」を執筆した張健によれば、中国同時代文学研究を総括した文学史書は、一九九〇年から一九九九年までに四四書が出版されており、二〇〇〇年から二〇〇六年までには、さらに十五書が出版された。そのなかで、現在日本で最も読まれているのは、『中国当代文学史』（鄭万鵬著、中山時子、伊藤敬一ほか訳、白帝社、二〇〇二年）と『精神の歴程』（暁芒著、赤羽陽子、近藤直子ほか訳、柘植書房新社、二〇〇三年）である。同時代文学に関する史書は、ほかにも『中国のプロパガンダ芸術』（牧陽一、川田進ほか著、岩波書店、二〇〇〇年）、『中国二〇世紀文学を学ぶ人のために』（宇野木洋、松浦恒雄著、世界思想社、二〇〇三年）、『懺悔と越境』（坂井洋史著、汲古書院、二〇〇五年）、『中国語圏文学史』（藤井省三著、東京大学出版会、二〇一一年）などがある。古典、近現代文学研究に関する史書のおおさに比べ、同時代文学研究は好ましい状況にあるとは言い難い。

しかし一方では、二十一世紀以降の長篇小説の邦訳は、大手書店には数おおく並んでいる。吉田富夫が翻訳した莫言の《豊乳肥臀》（平凡社、一九九九年）、《転生夢現》（中央公論新社、二〇〇八年）、《蛙鳴》（中央公論新社、二〇一一年）、飯塚容が翻訳した高行健の《ある男の聖書》（集英社、二〇〇一年）、《霊山》（集英社、二〇〇三年）、泉京鹿が翻訳した余華の《兄弟》（文芸春秋、二〇〇八年）、『コレクション中国同時代小説』（シリーズ一〇巻、勉誠出版、二〇一二年）などが挙げられる。また、日中関係が悪化の一途をたどっている最中にもかかわらず、西安で行なわれた〈〝中国当代文学与陝西文学創作〟日中学術討論会〉では、日本の当代文学研究者加藤三由紀を団長とする研究者一同がシンポジウムに出席し、研究成果が発表された（二〇一二年九月、『日本中国当代文学研究会会報』第二六号、日本中国当代文学研究会、二〇一二年）。つまり、同時代文学は、ここ三十年以来、中国社会の変容とともに、さまざまな視点で研究され、関心が寄せられていることも、また事実である。

二十一世紀以降、高行健（二〇〇〇年度）と莫言（二〇一二年度）がそれぞれノーベル文学賞を受賞している。亡命作家と国内作家がともに受賞したことは、中国同時代文学がプロパガンダ文学から解放され、人間自身の内面へ立ち返ったとともに、文学の普遍的価値を回復したことを意味するのであろう。今後さらなる研究が進められることと思われる。

2 同時代文学とプロパガンダ

右で掲げた《中国当代文学編年史》では、共和国成立後の一九四九年から現在までの同時代文学を次のように区分し、分類している。

①十七年文学（建国文学ともいう）

②〝文革〟文学
③八〇年代文学
④九〇年代文学
⑤新世紀文学
⑥香港台湾文学

本書で扱わない⑥を除いて見てみれば、大きく三つの転換期を捉えることができる。ひとつは、建国前の毛沢東の文芸理論とする「文藝講話」（《放日報》第四版、一九四二年五月十四日）を受け継いだ①と②の〈プロパガンダ文学〉であり、次に、③と④の〈新時期文学〉である。そしてもうひとつは、携帯電話とインターネットの時代を迎えた⑤の〈新世紀文学〉である。

さきでは、現代文学は二十世紀初期において、ロマン派、象徴派、叙情派、新感覚派を経た後、抗日戦争と国内戦争による社会的情勢のもとで、イデオロギー普及に貢献するようになったと述べたが、その重要なイデオロギー貢献は〈抗戦文藝〉（日本侵略軍に抵抗する文学）からはじまる。一九三七年の盧溝橋事変をきっかけに、その翌年に〈全国抗敵協会〉が設立され、「致全世界家書」（《文芸月刊》第九期、一九三八年四月一日）が発表された。それと同時に〈抗戦文学〉が広まった。胡風、藏克家、張天翼、蕭紅らおおくの文学者、翻訳家たちが、《抗戦文藝》、《中国抗戦小説集》、《中国抗戦詩選》などの活動に積極的に参加した。

そうした背景のもと、プロパガンダ文芸理論が展開された。毛沢東が発表した「文藝講話」（「延安文藝座談会」、魯迅芸術学院、一九四二年）をきっかけに、〈整風運動〉（党の思想を正す）がはじまり、王実味の《野百合花》がその標的にされ、まもなく政治的粛正を受けることになった。引き続きイデオロギー規制がさらに広まり、文学は人間探究から遠ざかり、政治のための宣伝工具とすり替えられていった。

3　八〇・九〇年代の同時代文学

共和国建国後、文学はさらなるプロパガンダ支配下に置かれ、イデオロギー普及のための貢献が求められたが、〈文化大革命〉の終息とともに、〈傷痕文学〉、〈反思文学〉、〈ルーツ文学〉、〈朦朧詩〉などの文芸思潮が展開された。そして、八〇年代半ば以降では、陳独秀と胡適が新文化運動で唱えた文学理念を継承するかのように、西欧文芸理論の受容と実験が盛んに試みられたのである。劉再復、高行健がその先駆者であり、伝統文化の再認識、西欧文芸理論による思想解放運動が促された。だが、一九八九年に〈六・四天安門事件〉が勃発し、文学の挫折、作家への迫害が見られたものの、同時代文学は、九〇年代に入るや否や多様な展開を再び見せるようになった。《白鹿原》（陳忠実）、《廃都》（賈平凹）、《許三観売血記》（余華）、《長恨歌》（王安憶）、《活着》（余華）などは、いずれも中国社会の変容を仄めかしている。この時期、中国国内では〈体制内作家〉、〈体制外作家〉という表現が生まれ、中国国外では、天安門事件を契機に亡命作家が出現し、その文学活動も活発であった。つまり、八〇年代と九〇年代文学は、強い政治的束縛のもとですすめられていた。市場経済による社会の発展、インターネットによる情報の流通は、これまでのライフスタイルに劇的な変化をもたらした。したがって、同時代文学のパラダイムも新たな形成を見せていたのである。

4　新世紀文学

市場経済の発展にともなう携帯電話、インターネットなどの情報ツールの急速な普及のなか、人々の生存状態は一変した。それによって、農村地域の出稼ぎ現象、通信技術の発達、八〇年代以降生まれの若手作家の輩出などの影響も受けて、イデオロギー統制の難しさを見せはじめると同時に、同時代文学の多元化が実現された。かつての〈傷痕文学〉、〈ルーツ文学〉、〈モダニズム文学〉などの文芸思潮から、〈新媒体〉（新メディア）、〈網絡文学〉（インターネット文学）、〈短信文学〉（ケータイ小説）、〈底層文学〉（アンダークラスを描く文学）、〈打工文学〉（非正規労働者の文学）、〈80後写作〉（80年代生まれの作家の創作）、〈簽約作家〉（契約作家）、〈作家簽約制〉（作家契約制）、〈重点扶持〉（重点的支援）へと転換したのである。次に挙げる作品は、そのもろもろの思潮を反映し、新世紀文学を物語っていると言える。《人面桃花》（格非）、《兄弟》（余華）、《蛙鳴》（莫言）、《一句頂一万句》、《ケータイ》、《我叫劉躍進》（劉震雲）、《北京娃娃》（春樹）、《蒙面之城》（寧肯）、《悲傷逆流成河》（郭敬明）など（《中国当代文学編年史》第九巻、「新世紀文学」）。これらの作品は、メディア化、市場化、商品化に導かれていった社会とその社会で生きぬく人々の有りようを浮き彫りにしている。つまり、同時代文学は、社会のグローバル化を背景に、新たなパラダイムの模索と開拓をおこなっているのである。

一方、中国本土の文学活動を本流とすれば、忘れてはならない支流も新世紀文学にあった。ひとつは、一九八〇年代におこなわれた開放政策によって、世界各地に旅立った留学生の文学であり、もうひとつは、〈六・四天安門事件〉による亡命作家たちの文学である。前者は《中国留学生文学大系》（上海文芸出版社、二〇〇〇年）としてまとめられたように、異文化と地の文化を生きる人々のアイデンティティーが語られている。後者は、人間の内面を探究するものがおおい。

本書が扱っている黄は、プロパガンダ時期をはじめ、同時代文学のそれぞれの転換期にわたっているが、七〇年代の前衛詩活動により、政府機関のブラックリストに登録されたため、彼の詩も名も日の目を見ることはなかった。高は、〈新時期文学〉の活動により、フランス亡命へ発展し、ノーベル文学賞を獲得している。劉は、新世紀文学において、めざましい活躍をなしている作家である。三者は、まさに同時代文学のそれぞれの時期の代表的作家なのである。

Ⅳ　黄翔と円環構造テクスト

一　黄翔とシンボリズム

1　黄翔とその研究

黄翔は、一九四一年に黄先明と桂雪珊の長男として中国湖南省武岡県で生まれた。父親の黄先明にはすでに祖父母の取り決めた第一夫人がいたのだが、彼は復旦大学で中国文学を学ぶ女子学生桂雪珊と自由恋愛の末に、二度目の結婚をし、黄翔が生まれたのだった。相思相愛の父母のもとに生まれた黄翔ではあったが、本籍桂東県には、〈初孫は祖父母と第一夫人のもとで育てなければならない〉というしきたりがあった。それに従い、黄翔は一歳未満で生母から引き離され、祖父母と第一夫人のいる湖南省桂東県に送られた。彼が八歳（一九四九年）の時に父黄先明は〈遼瀋戦役〉で共産党軍の俘虜となり、その後、機密文書の関与に携わったとして銃殺された（一九五一年）。しかもその後、母桂雪珊との連絡も途絶えてしまう。

一九四九年、日中戦争後の〈国共〉内戦（国民党と共産党の内戦）の収束を迎え、蒋介石は一部の国民党員を率いて台湾に逃亡し、毛沢東は共産党を率いて、中華人民共和国を建国した。それにより中国は、長きにわたる列強諸国の植民地支配から脱却し、ソビエトをモデルに再興の道を歩み始めた。しかしそれは、可能な限りイデオロギー的警戒と制裁をおこなうことであり、ひとたび異分子的存在と見做せば、非自己陣営の者として、その日常の細部にわたって監視、あるいは拘束などの取締りをおこなった。

財産共有制度法により、黄翔の祖父母と養母は、農民または国民党の遺留家族となった。そこで、幼い黄翔も反革命分子の父をもつために小学校卒業後、中学校への進学の道は閉ざされ、祖父母の畑仕事を手伝うこととなった（注1）。

これは一九五〇年の出来事である。九歳の黄翔はある日、村の井戸で鱗が夕日に照らされ、燦々と光り輝く魚の死体を見た。遊び盛りの彼は竿と縄でその魚を釣ろうとした。しかし、ちょうどその時、何者かに捕まえられた。それは村の農民隊長であった。〈この国民党の子が井戸に毒を撒いたから、魚が死んだのだ〉と彼が言うので、黄翔は連行され、十数時間にわたって暗い小屋に閉じ込められた。その後、街で見せしめにされ、人々の罵声を浴びることになった。

黄翔は、このような幼年時代を桂東県で過ごしたが、のちに貴陽市にいる叔父を頼って、ある機械工場で働くことになった。しかし、生来詩人気質の彼は、そこに落ち着こうとはしなかった。五〇年代の半ば頃の中国では、若者たちを青海高原へ呼びかけていた。辺彊の高原への支援活動を歌うキャンペーンであったが、黄翔はその勧誘にロマンを感じた。若者たちが組織的に派遣されていることも知らず、〈青海省へようこそ〉の呼びかけを新聞で目にすると、果てしない草原、青い空、放牧する少女、群がる牛、羊、空を飛ぶ鳥など、自由な自然空間を思い浮かべた。彼はひとりで冒険とロマンの旅へ向かったが、共和国以降の中国では、人々の住居地以外の移動が厳格に規制されていたため、身分の証明ができない黄は間もなく青海省で公安局に拘束された。その結果、ソビエトへの〈叛国投敵罪〉〈反逆逃亡罪〉による四年間の懲役を受けることとなった。

一九九三年、黄は国際人権観察言論自由作家賞を受賞し、九七年にアメリカに亡命した。亡命後は、Harvard University, Columbia University, Australian National University, Stockholm University/

Stockholms Univ, Università Ca'Foscari di Venezia など数おおくの大学、芸術団体に招聘され、世界各地で芸術活動を続けている。

黄は、〈反逆逃亡罪〉からアメリカ亡命までに、計六回の投獄を経験した。その具体的時期と罪名を以下に記す。

回数	時期	罪名	年数
一	一九五九年	叛国投敵罪（反逆逃亡罪）	四年
二	一九六六年	前科罪（前科追究罪）	四年
三	一九七〇年	現行反革命（反革命現行罪）	数年の監禁
四	一九七九年	罪名未定（釈放後、軟禁状態）	半年（独房）
五	一九八七年	撹乱社会秩序罪（社会治安撹乱罪）	三年
六	一九九四年	罪名未定（北京で逮捕、釈放後地元で軟禁）	半年

注　投獄年表および罪名は、黄翔研究書および各論評においては、諸説不一致のため、本人に確認した。
表の記載は、二〇一三年五月十三日に受信したメール資料によるものである。

黄翔研究は、現在世界各地でおこなわれている。その代表的研究者と言えば、中国国内では張嘉諺、日本では劉燕子、台湾では頼賢宗、アメリカではMichelle Yeh、イギリスではRoger Garside、スウェーデンでは傅正明らが挙げられる。以下、先行研究を示し、その基本的観点を要約する。

中国国内

①北明、「一个中国自由詩人的故事」《前哨》（香港の雑誌）、一九九八年
②向衛国、「50から70年代までの地下詩歌」《昌耀詩文総集》青海人民出版社、二〇〇〇年
③張清華、「暗夜深処の光芒：60～70年代における地下詩歌の啓蒙主題」《當代作家評論》第三期二〇〇〇年、遼寧省作家協会、二〇〇〇年
④陳思和、《中国当代文学史教程》、復旦大学出版社、二〇〇一年
⑤張嘉諺、「焚焼的教堂―〈自由之血〉或〝人〟的自由解読」《自由之血》、アメリカ柯捷出版社、二〇〇三年
⑥張嘉諺、「中国摩羅詩人―黄翔」《黄翔詩歌総集》（下篇収録）、Cozy House Publisher.NewYork、二〇〇七年

中国国外

①北明、「一个中国自由詩人的故事」《前哨》（香港の雑誌）、一九九八年
②劉燕子、「貴州地下詩壇・黄翔特集」『藍・BLUE』第二期総第三期、《藍・Blue》文学会、二〇〇一年
③劉燕子、『黄翔の詩と詩想』、思潮社、二〇〇三年
④劉燕子、「黄翔専集」上篇『藍・BLUE』総第十一・十二期、《藍・Blue》文学会、二〇〇三年
⑤劉燕子、「黄翔専集」下篇『藍・BLUE』総第十三期、《藍・Blue》文学会、二〇〇四年
⑥Michelle Yeh、「另一種遼闊―読黄翔的詩」《黄翔詩歌総集》（上篇収録）、Cozy House Publisher.NewYork、二〇〇七年
⑦Roger Garside、「中国民主牆与新詩運動」《黄翔詩歌総集》（下篇収録）、Cozy House Publisher.NewYork、

二〇〇七年
⑧頼賢宗、「黄翔詩芸探本——狂飲不酔的獣形与身体自由宇宙的交融共舞」《黄翔詩歌総集》（下篇収録）、Cozy House Publisher. NewYork、二〇〇七年
⑨劉静華、「黄翔詩歌におけるコスモポリタニズムについて—〈〇〉の世界を中心として」『文学部論叢』第一〇二号、熊本大学文学部、二〇一一年
⑩劉静華、「「独唱」の底流にある黄翔詩想に関する考察——詩論「宇宙情緒」を中心として——」『交野が原』第七五号、二〇一三年九月号、交野が原発行所、二〇一三年
⑪傅正明、「《黒暗詩人》—黄翔と彼の多彩な世界」、Cozy House Publisher.New York、二〇〇三年
⑫銭理群、「誕生于〝停屍房〟的中国世紀末的最強音」《黄翔詩歌総集》下篇収録、Cozy House Publisher. NewYork、二〇〇七年

右記の先行研究の観点は、基本的に劉燕子の『黄翔の詩と詩想』および傅正明の《黒暗詩人》に概括されている。

劉は、黄の生い立ちを紹介しながら、その地下詩歌を中心に翻訳と考察を行なった。本書は、日本で黄翔を紹介したはじめての本であり、黄翔を知る重要な資料である。その基本的観点は、黄翔を啓蒙詩人、時代的先駆者として位置づけるものである。

傅は、エンペドクレス（紀元前490-430）の〈四元素説〉と〈易学〉の色彩学より、黄翔詩歌の唯美を分析し、ダンテ、ホイットマンとの共通性を論じた。また、黄翔詩歌に現れた宇宙観を論じる際に、〈天人合一〉思想の受容が見られるリチャード・モーリス・バックの『宇宙意識』と相通していると述べた。中国の〈蓋天

説〉およびアインシュタインの相対性理論の解説を通じて、黄の宇宙観における色彩、時空、幻想性、宗教性が論じられている。

2　詩歌への開眼

中学校への進学が不可能となった黄翔は、事実上、仲間から引き離され、存在の場が失われていた。また、大人とともに農作業に従事しなければならず、少年黄翔にとってそれは実在感のない生の強要にほかならなかった。多感な時期において当然ながら、彼は身の置き場のない孤独を経験し、思春期による情動に揺さぶられながら、閉ざされた生の道のはけ口を探らざるを得なかった。そんな時に彼が出あったのが父親の蔵書であった。

子どもの頃、私が触れた最初の詩は、父が遺してくれた〈文藝日記〉から発見した数行のものであった。そのテキストの表紙は青色の挿絵だったが、その画面には、霧がたちこめる湖が広がり、一艘の小舟が昇りはじめたばかりの朝日に向かっていた。絵の下には数行の詩が書かれていた。

その刹那、朝の白光が茫々と広まり
梢と湖のさざ波を明るく照らす
光明の追求者よ
前進を急ごう

偉大なる太陽は漆黒の地平線から徐々に昇り始めている

この詩を読んだ時、私は顔が真っ赤になるほど興奮した。この詩こそ私の青春を燃え続けさせた詩歌の火玉であり、停まることなく拡大していって、光明に対する永遠の追求と渇望を呼び起こしてくれたものだ（注2）。

父親の蔵書には、この〈文藝日記〉の他に、老子、荘子、李白、杜甫、屈原、ニーチェ、カント、フロイト、ハイデッガー、ゲーテ、ホイットマン、タゴール、マルクス、ワシントン、リンカーンなどの書物もあった。これらの書物が、黄翔を新たな世界に開眼させ、その後の自己展開において、大いなる影響を与えたことは言を俟たない。

一九五八年、黄翔は詩作を始めた。彼は中国作家協会貴州支部の最年少の会員として、全国のコンクールで入選したが、その受賞詩は残されていないうえ、後の中国詩壇で脚光を浴びることもなかった。その翌年の一九五九年から一九九五年までの長い歳月において、黄翔は詩歌および詩論を数百万字執筆したものの、その作品群はいずれも発禁処分を受けている。

一九五二年、十二歳前後の黄翔は亡き父親の遺産とも言うべき蔵書に出あった。そしてその十年後、詩作をはじめ、「独唱」（一九六二年）を詠った。いわば、はじめて触れたその〈数行の詩〉が、孤独のどん底にいる少年の生命に火花を放ち、生きる道標を指し示したのである。少年黄翔はその詩歌から得られた解放感と父親を偲ぶ悲愴感とを織り合わせながら、はじめて自身の暗い運命に一筋の光を見いだした。その光はそれ以来、彼の生命の糧となり、人間探索の灯火となった。事実、当時の少年自身の境遇と社会的空間においても、彼が自身の存在を実感するには、作詩活動以外の他に選択できる道もなかったように思われる。その結果、詩歌との出あいは黄翔にとって、彼の精神的支柱として発展していったのである。

こうして、〈文藝日記〉の表題詩によって、詩歌の道へ誘われた黄は、そこから詩の世界的ランナーとして走り続け、時には無謀なほど疾走し続けたのだが、その足取りはつねに重々しいうえ、壮絶なものであった。大観衆の歓声で賑わうようなゴールを迎えることは、彼は一度もなかったのである。

3　シンボリズムの受容

黄翔が〈文藝日記〉表題詩に触発されて、詩人の道を歩んだのであれば、この文献は彼を知る重要な資料となるであろう。だが、「殷紅荊棘的沉寂」(《黄翔─狂飲不醉的獸形》序文)において、さきに掲げた詩と感懐を述べただけで、その後の言及はいっさいない。ゆえにその詩の作者や出典などについては、これ以上知る由もない。しかしながら、このテキストを明確にしなければならないため、詩人と連絡を取った。すると、その翌日に次のメールが届いた。

〈文藝日記〉は刊行物ではない。それは民国時代の印刷物で、〝文藝日記〟と表記した日記帳である。父が遺した読書ノート、あるいは日記であった、と黄翔は言っている。(黄翔夫人、秘書雨蘭より、二〇一四年九月二日)

この短詩が日記帳の表紙に書かれたものであったことは確認できたが、作者や出典などは依然として分からないままである。だが、民間の一般的日記帳の表紙に書かれているならば、時代的ムードが反映されていることは言うまでもない。以下、その考察をとおして、その時代と詩歌の位置付けを試みる。

黄は、〈この詩こそ私の青春を燃え続けさせ〉、〈光明に対する永遠の追求と渇望を呼び起こしてくれた火玉だ〉と語っている。それはいわゆる、その詩を受容し影響を受けたということであろう。では、その詩のもつテクストや詩精神などは、果たしてどのようなものであったろうか。

光明の追求者よ
前進を急ごう
偉大なる太陽は漆黒の地平線から徐々に昇り始めている

の句から推察すると、この短詩の出典時期は一九二〇年代後半と考えられる。なぜなら、胡適らが提唱した新詩のテクストと比しても、言語の扱い方がとても成熟しており、亡国の意識からも脱し、希望をもちはじめている詩意を有しているためである。この時期は中国の激動期であり、国内外ともに多事多難に直面していた。封建社会から近代社会への移行、列強諸国の侵入、日本による侵略の顕著化、共産党の台頭など、紆余曲折の時代であったが、この短詩はそれでも大いなる理念を胸に〈偉大なる太陽〉を憧憬し、未来を志向する者の昂揚感を高らかに詠っている。個々の詩句を吟味してみると、その象徴性が浮き上がってくる。

朝の白光　　＝希望
光明の追求者＝信念

前進を急ごう＝開拓
偉大なる太陽＝理念
漆黒の地平線＝暗黒

書き換えれば、次の文面となるのであろう。

あぁ、中国よ、暗黒から希望がすでに見えはじめている。信念をもって、その理念に向かおう。

だが、そのような直接的な描写とは異なり、シンボリズムの手法が駆使されている。光、木、風、水、人、太陽、暗黒、のイメージより精妙な臨場感あふれる空間を描き出し、光明を求める人間像を浮き彫りにしている。隠喩的、象徴的手法をとおして、未来に挑む広大なるイメージ空間が暗示されている。

フランス象徴派の受容は、中国では二〇年代半ば頃からはじまる。李金髪（1900-76）、戴望舒（1905-50）らは、フランス留学から帰国後、ボードレール、ベルレーヌの影響を受け、実験的象徴詩を詠いはじめる。黄翔の愛する短詩もこの時期のものであるように推測される。

十年もの間、黄はこうした手法の詩の薫陶を受けた。その初期の詩歌の「独唱」、「竹林」、「古松」、「天空」などは、まさにそうしたテクストのものと見なすことができる。しかし、彼が遭遇した異端者としての境遇においては、父親の憧れる〈偉大な太陽〉に向かって前進する詩歌を詠えず、絶望的な孤独感が詠われている。それと同時に黄は運命に逆らって、生命本来の有りようを求め、人間の平等を追究してやまなかった。その理念のために、後の詩作活動もついに新たなテクストに転換し、「野獣」、「白骨」、「火炬之歌」、「火神交響詩」

などの詩風を生み出したのである。

4　詩歌と詩論

「独唱」を皮切りに黄翔の詩作活動は止まるところを知らない。彼は一人のアウトサイダーとして、シンボリズムの世界を経て、ウォルター・ホイットマン（1819-92）の「人の自我を私は詠う」や「開拓者よ！おお、開拓者よ」（注3）などを思わせるような自由を喚起する前衛詩と啓蒙詩を決死の思いで詠い続けた後、「宇宙情緒」、「白日将尽」などへ発展しながら、「独唱」へと回帰するのである。そのテクストには、多元的思想が見られ、人間を主体とする創作が続けられている。

以下、黄翔詩歌の全体的イメージを浮かびあがらせるために、それぞれの時期、それぞれのテクストを反映する一部の詩を選出し、邦訳して紹介する。これらの詩歌と詩論（注4）からは、彼のイメージが捉えられるだけではなく、後の論の展開においても、その理解を援助する役割を果たすことと思われる。

※注釈のないものは、すべて《黄翔詩歌総集》上篇・下篇による。

①　僕の詩は
涙の糸をとおした真珠の輪
未来の人類の胸に掛け
古人の祝福を伝え

歴史の轟く嘆きを子孫に聞かせる

「予言」一九六六年

②

（略）

億万年が過ぎた後
億万年の地層のなか
私の亡骸が未来の人類学者、地質学者、考古学者に発掘された時
燃え続けるおなじ太陽の下で
この水と空気の残骸を高く揚げておくれ
人間の探求のために

「白骨」一九六八年

③

僕は捕らわれている一匹の野獣
僕はたった今捕らわれたばかりの野獣
僕は野獣に踏みにじられた野獣
僕は野獣を踏みにじる野獣

（略）

例え一本の骨しか残らずとも
僕はその憎むべき時代の喉をむせさせてやる

「野獣」一九六八年

④

（略）

あぁ松明よ　千本の手を挙げよう　光の放つ手を
万個の喉を鳴らそう　光の放つ喉を
道路を呼び覚まそう　広場を呼び覚まそう
この世代のすべての人々を呼び覚まそう

（略）

あぁ松明よ　あなたの光明ある手で
心の暗室をすべて開けよう
見知らぬ者が知り合えるように
疎遠になった者が分かり合えるように
憎しみ合う者が親しくなるように
猜疑する者が疑わないように
憎むべき者が善良の声を聞けるように
醜悪の者に美しいものを見せるように

（略）

偶像は詩よりも生活よりも美しいと言うのか
偶像は真理と叡智の輝きを遮られると言うのか
偶像は愛の渇望、心の叫びを窒息させうると言うのか

偶像は宇宙であり、生活であると言うのか
人間に人間自身の尊厳を回復させよう
生活は新たに生活そのものたらしめよう
音楽と善意を人類の心にあふれさせよう
美と自然を再びこの世のものとしよう
（略）

「火炬之歌」一九六九年

⑤
（略）
僕はみた
人間愛が退化したこと
活きた有機体の心理が失調したこと
精神分裂症が氾濫したこと
個性が消滅されたこと
あぁ　この無形の戦争よ
この邪悪の戦争よ
お前は二五〇〇年余りの封建集権戦争の延長と継続
お前は二五〇〇年余りの精神侵害戦争の集中と拡大
あぁ　打て―砕け―殺せ―切れ
人間性は不滅―良識は不滅―人民の自由な精神は不滅

人類の心と体の自然な天性と欲求よ
お前は永遠に奪いされることも、隠しきれることもないのだ。
「僕はある戦争を見た」一九六九年

⑥
憂え苦しむ黒き霧の中　うなだれて耐える竹林
太陽が昇るや嬉し涙がこぼれ落ちそう
「竹林」一九六九年

⑦
お前はじっと故郷の小山に立っている
お前は無尽蔵の時間の中に放逐されたのだ
「古松」一九六九年

⑧
夜の帳が降りた時、故郷の風物が目の前に開いた、まるで筆跡が模糊となった本のようだ
小川は砕けた波を打ち　竹林は微かに音を立てる
かれらが未知なるとこしえの物事を、この本のなかで延々と議論しているのが僕に聞こえた
「聴」一九六九年

⑨
どんな色でお前を描けばいいのだろう
あぁ―天空よ
遥かなる場所よりお前を仰ぎ
朦朧とした漆黒の水面を仰ぐようだが
お前の青い色の奥義を知ることはできない

お前は森羅万象で広大な境地
生と死の間で開いている
僕が　まだ読めない一篇の詩を
収蔵しているのだ

「天空」一九七二年

⑩

一代の暴君が倒れた
不義の権力の頂上から
錆びた剣の先から
一世代の重圧で曲がった背中から
億万の喘ぎと流血の心から

（略）

彼は死んだ
彼の頭上には
太陽が依然と光り輝いている
千個万個の星が依然と動いている
地球は停まってはいない
広漠たる宇宙において
一枚の木の葉が死んだように

小鳥のさえずりが消えたように
一粒の微塵が落ちたように
大自然が彼に関心を示さず
冷淡なまま
勝手に溶ければというように

（略）
人民は蓄積された千代の麻痺から目覚め
従順と絶望で出来た手枷を振り切り
自由に向かって進み
彼らはざわめく大森林のように
自由よ―我らは君を知っている　ウワアン、ウワアンと叫ぶ

「倒れた偶像」一九七六年

⑪
あぁ　中国よ　君は温順な海亀のように
ゆっくりと進み　永遠に頭を引っ込めている
もしくは昏々と眠気を催し　どんよりした砂浜に寝そべっている
遥かなる雷鳴の召喚と呼応せよ　風の大波の召喚に吹きすさべ
僕は言う　中国よ　君はもう沈黙することなかれ
限りない年代の屈辱の契約書の上で

君が忍んで書き判を押し　署名するのを僕は見た
君は空洞の〝承諾〟の前に頭を伏し
子孫代々〈はい〉という
最後の時が来た　あぁ中国よ
歴史が君を待っている
全世界が耳を澄まして聞こうとしている　〈いいえ〉とその一言を
「中国よ　君はこれ以上沈黙することなかれ」一九七六年

⑫

（略）
あぁ—中国よ　君はもしかしたら失敗し挫折する
誤解と歪曲或は　中傷のどよめきの中に埋もれ
自由と共に再び監獄につぎ込まれる
だが中国よ　君は打ち勝っても失敗しても
君は永遠に　立つ—民主の壁の上に立つ
倒れる—民主の壁の下に倒れる
そして今に誕生する共和国の憲法—人民の新憲法において
君の偉大な署名を残そう
「民主の壁を讃える」一九七九年

⑬

（略）

僕は〈今〉懸命に踏付けている止むことなく移動している〝点〟の上より滑り落ちたいものだ
もしもこの内容のない空虚で知りようもない〝円〟の輪から抜け出せるならば
しかし僕は依然と偶然踏付けたこの不思議な空回りする〝〇〟を踏付けている

「私と〈〇〉の感覚について」一九八三年

⑭

大浪の波頭に立つ人よ
風と水鳥が飛び交う
その感激の歌声を解き明かそう
血の散乱
だんだんと遠くへ広まり
痛みを振り返れば
憤怒の川を鎮める
逆流の川が流れてくる
太陽は静やかな額を撫でおおす

「思想者」一九九一年

⑭

ある空間が
新たな果てしない広さを持つ
ある天体が
新たな大きな蒼穹を持つ

我が身体に広がる細胞は
辿り着けない彼方にある
及ばない遥かなる星は
我が血肉の内に姿を隠匿する

「白日将尽」二〇〇二年

⑮
静まり返る静寂のなか
天空の下で寝そべると
開いた身体は本の如く
（略）
ページを目巡らす毎に
それぞれ既知と未知の日々
不思議で感動する新しい一日
（略）

「今生有約」二〇〇五年

⑯
目を閉じると
全身に開いた目が広がる
地面に胡座をかいて瞑想し
自分で自分を内観する
体内に

四季の風と水が起伏する
その瞬間毎に
筋肉が
無形に移動する土石流の如く
骨格が密かに動き
体外の竹の如く
（略）

「宇宙人体」二〇〇六年

⑰

（略）
浮き雲は
心中の明け方より上り
落日は黄昏の臍に沈む
血肉の時空は浩瀚無窮
地球は子宮の卵巣より小さく
陰茎という地軸を取り巻く

「形骸之外」二〇〇六年

詩論

① 私にとって、詩歌は永遠に人類の偉大なる渇望と良知でなければならない。

（略）
私は殉詩者になるほかない。

「殉詩者説」《黄翔禁毀詩選》一九九九年

②

詩は行動芸術であり、詩人は行動の芸術家である。詩は詩人生命の全体的戦慄だ。かれらは行動を以て、当代の閉鎖的抑圧的中国文化を震撼させ、五四新文化運動の反封建、反専制、反伝統の偉大な精神との疎通を直にはかり、当代中国新文化の風潮を打ち出す。かれらの理論は理論自体の深刻な〝無理論〟を超越することを試みる。かれらの哲学は伝統〝観念哲学〟と対立する「情緒哲学」だ。かれらの詩は人間の広範な〝全体経験〟で、人体より発する〝宇宙情緒〟なのだ。

《鋒芒畢的傷口》、二〇〇二年

③

・情緒は生命における奥義の騒擾であり、計り知れない〝原欲〟と激情の平静に対する破壊である。（略）
・情緒哲学は伝統文化的な、人為的な、人間という主体を離れた角度から世界を解釈しないことを意味する。その上、直に人間自身に回帰し生命の内部における騒擾の波瀾と過程より、哲学の真諦を探求し発見する。（略）
・あらゆる形式はすべて〈情緒〉の感応であり、瞬間的表現である。〝情緒〟は過程、傾向、流れであり、情緒と非情緒の間に介している。（略）
・情緒哲学は心理および生理に基づく人間の〈全体経験〉を主張し、頭脳あるいはある種の抽象概念的認識ではない。（略）
・人間と宇宙の相互関係は〝円〟の調和である。人間の出現は永遠の〝宇宙事件〟である。（略）

・「宇宙情緒」は〝人体経験〟の拡大と〝瀰漫〟である。我々は〝冥冥〟のなかで宇宙の遥かなるある星が、自己の身体のある細胞と密かに感応しているのを感じないことはないだろう。

・「宇宙情緒」は〝経験人体〟の無限の拡大である。宇宙は膨張された人であり、人体は収縮された宇宙である。

「情緒哲学」《沈思的暴雷》二〇〇二年

④

（略）私の創作はすべて生命の内在するものを表現したものだ。すべての創作は自覚と非自覚のもの、おおくのものは無意識で予期できないものだ。前世紀七八年の〈民主の壁〉に火を点けたことも含め、計画的なものはなく、ただ圧迫された生命の衝動、あるいは抑圧された精神が飽和状態に至った〝自爆〟だったのかも知れない。後になってやっと自分が何をしたか、この世界に何があったかを意識するのだ。だからこそ〈民主の壁〉のようなはじめての民衆による自由な刊行物が作られ、はじめての人文精神団体を誕生させたのだ。

《地球—生前的原郷与身後的遺址》二〇〇九年

二　「独唱」と黄翔詩想

1　「独唱」の視点

「独唱」は、黄翔の処女作で一九六二年に詠われ、黄翔詩想の蘊奥のきわみと言える作品である。Ａ４版で六六〇頁にもおよぶ大著《黄翔―狂飲不醉的獣形》の巻頭に掲載されていたが、その後、本書のジャンルに基づき、《黄翔詩歌総集》（Cozy House Publisher. New York、二〇〇七年）上・下篇の上篇に収められた。

僕は誰だ
僕は瀑布たる孤魂
永久に人の群れを離れた
孤独の詩
僕の漂泊する歌声は夢の
さすらう足跡
僕の唯一の聴衆は

静寂なのだ

「独唱」（上篇十九頁）

旧詩の韻律と形式から離れたこの短詩は、言うまでもなく自由体の新詩であり、そのテクストにはシンボリズムの影響が見られ、形象や暗喩などが巧みに駆使されている。例えば、〈瀑布〉、〈歌声〉、〈足音〉、〈聴衆〉などの言葉からは、水、音、人のイメージが読み取れるし、そのイメージはいずれも生命を表している。だが、その〈生命〉は〈孤独〉のあまり、〈静寂〉をたよりにさすらっている。ここでは、〈僕〉を〈孤魂〉を〈瀑布〉、〈漂泊の歌声〉を聴いてくれる〈聴衆〉を〈静寂〉に喩えている。そこには、もはや現実社会のすべてに見放され、孤独のどん底で浮遊している〈僕〉の心象が映し出されている。また、

僕は誰だ
人の群れを離れた孤独の詩

この冒頭のフレーズは、自問自答であり、その歌声の聴衆が〈静寂〉であれば、この時の〈僕〉は、ひとりぼっちで人恋しくも人影すら見えない極限状態にいることを表している。そして、仮にその状態が心理状態に過ぎないとすれば、〈僕〉の抱くその孤独感はなおいっそう絶望的なものであると考えられる。いわば、このような状況下において、詩人の〈孤魂〉は人間の群れに拒絶され、行き場を失っているのである。

じじつ、「独唱」が詠われた時期の詩人は、まさにそうした極限状態にあった。なぜなら、さきに述べた〈叛国投敵罪〉の出獄直後であったからだ。その時の詩人は、おそらく孤独のあまり、押し黙った〈静寂〉の前で人間とは何かについて思索し、自身の〈孤魂〉と向き合うほかなす術がなかったのだろう。〈僕は誰だ〉

と問いかけるように、黄翔はこの時から、〈人間とは何か〉という探求をはじめたように思われる。後の「聴」、「天空」、「宇宙情緒」、「暮日独白」などが、詩人のその道のりを反映していると同時に、自然界から慰藉を受けたり、自然界に愛惜を覚えたりし、互いに寄り添う姿勢も「独唱」からすでに窺える。この短詩からふたつの視点を獲得できる。ひとつは人間と社会の関係であり、もうひとつは人間と自然の関係である。いわゆる人間の外在と内在から構成された世界のことである。この〈外在〉と〈内在〉の世界を明らかにすることこそ、詩人理解において、重要なアプローチとなるであろう。

一方、当時の詩壇と言えば、詩は毛沢東の「文藝講話」に基づいて、社会主義中国により大きな貢献をすべきものと唱えられ、賀敬之と郭小川の「声を放って歌おう」や「困難に向かって前進しよう」などが、時代の歌声となっていた。

ああ、なんと素晴らしい
我らの生活
我らの祖国……
（賀敬之）

暗黒は長い間かかって消滅した
太陽とともに
滔々とやってきたのは
勝利と喜びの高潮だった（注5）
（郭小川）

こうした社会主義中国を詠う〈大合唱〉が求められた時代に、黄は敢えて許されぬひとりの人間の心声を詠いあげた。しかしながら、その後の詩作活動は「独唱」のような言語の扱われ方は少なく、むしろ戦闘的激情に溢れる詩歌がおおく詠われている。そのためかも知れないが、黄は時代に抵抗する詩人として、その詩歌の政治的意義がおおく論じられている。だが、その視点のみでは詩人の根源的詩想は見落とされやすい。「独唱」を契機に、黄は〈外在〉世界に触発され、〈内在〉世界が芽生えつつも過酷な社会生活のなかにあって、〈外在〉世界に心が奪われてしまったようである。しかし、〈内在〉世界における思惟はそこで停滞したわけではない。のちに論じる予定の詩論「宇宙哲学」と「宇宙情緒」に見られる詩想は、まさに「独唱」の底流そのものである。ゆえに詩人理解においては、彼の〈内在〉世界を考察し、「独唱」の底流で流れ続けたその詩想を明らかにすることが、不可欠であると考える。

2　アウトサイダーとその抗争

誤解を免れるために、先ずは言明しておきたい。本書で用いる〈アウトサイダー〉は、コリン・ウィルソン（1931-）が提示したアウトサイダー理論や、日本でも一時ブームとなったアウトサイダー文学とは無関係である。すなわち言語上の意味に限定する役割を果たすものとしている。いわば、〈社会の既成の枠組みからはずれ、独自の思想をもって行動する人、局外者、異邦人〉ということを表す（『大辞林』三省堂一九九七年）。中国社会において、黄は生まれながらにして、そうした意味のアウトサイダーであり、その社会の枠組みのなかでは、生の実在感を感じ得ない詩人であった。

黄は、〈叛国投敵罪〉による四年間の懲役を終えた後、故郷桂東県を離れ、貴州省の農場や工場などを転々としながら働いた。そしてそこで、「独唱」に続く詩作活動を本格的に開始する。傅正明は、《暗黒詩人》（Cozy House Publisher. New York、二〇〇三年）において黄翔詩歌を次の三つの段階に分類している。一九五九年から一九六八年までを初期、一九六九年から一九八九年までを精華を放つ中期、アメリカ亡命後の一九九七年以降を後期としている。この分類については、筆者も賛同するところであり、それぞれの段階で詩人黄翔の変化を窺うことができる。そして、初期の創作と考えられる作品については、そのおおくは散逸しているものの、「独唱」と「野獣」がこの時期の代表作と考えられる。

僕は捕らわれている一匹の野獣
僕はたった今捕らわれたばかりの野獣
僕は野獣に踏みにじられた野獣
僕は野獣を踏みにじる野獣（略）
例え一本の骨しか残らずとも
僕はその憎むべき時代の喉をむせさせてやる

「野獣」（上篇一一一頁）

ここにおける〈僕〉と〈野獣〉の関係を考察すると、互いに〈踏みにじる〉ものと〈踏みにじられる〉ものという関係にある。この「野獣」は、詩人のおかれた人為的社会—すなわち詩人の〈外在〉世界であることは言うまでもない。アウトサイダーであることを強いられた詩人は、この社会と相容れることはできないが、それでもそこで自身の存在の場、生の自覚を獲得したいと欲している。張嘉諺は黄翔テクストを〈生命テクスト〉（注6）と分析する。つまり、彼のこの時期の詩作は、詩の言語の問題を超えて、命がけで己の心の声を詠っていたのである。

このように、彼の初期の作品である「独唱」と「野獣」は、確かにこの時期の詩人を象徴しており、それぞれ人間の孤独感、または人間の不屈の精神が詠われていたため、鄭義（1947-）は黄の「出版会祝辞」において、彼に〈詩獣〉の名を贈った。

浩瀚無辺な中国詩歌において、すでに詩仙李白、詩聖杜甫、詩鬼李賀がいる。もちろんほかにも幾千幾万の詩人がいるが、振り返ってみれば「人、鬼、神」の三界が揃い、まだ現れていないのは獣だ。黄翔自身が認めるかはともかくとして、貴方は一匹の詩獣だ。

「出版会祝辞」《黄翔禁毀詩選》明鏡出版社、一九九九年

鄭義が、黄翔を李白、杜甫、李賀と並べて評価した理由については、ここでは論じない。ここで注目したいのは、この時期の詩人の止まるところを知らない地下活動である。〈野獣〉となって、時代という〈野獣〉に咆哮し続けた黄は、「白骨」、「長城の自白」、「松明の歌」、「僕はある戦争を見た」などを謳いあげたが、いずれもこの時期における詩人と現実社会の関係、および詩人の生のリアリティーを反映するものである。

一九六九年から一九八九年までの中期においては、初期の活動の流れを受け継ぎつつも、その活動は激しさを増していった。この時期においては、前衛詩人として、啓蒙詩を高らかに詠う一方、新たな文学思潮を起こそうとする活動が際立つ。その代償としての投獄も重なるが、詩人はもはや危険を顧みない。

一代の暴君が倒れた

不義の権力の頂上から
錆びた剣の先から
一世代の重圧で曲がった背中から
億万の喘ぎと流血の心から

（略）

彼は死んだ
彼の頭上には
太陽が依然と光り輝いている
千個万個の星が依然と動いている
地球は停まってはいない
広漠たる宇宙において
一枚の木の葉が死んだように
小鳥のさえずりが消えたように
一粒の微塵が落ちたように
大自然が彼に関心を示さず
冷淡なまま
勝手に溶ければというように

（略）
人民は蓄積された千代の麻痺から目覚め
従順と絶望で出来た手枷を振り切り
自由に向かって進み
かれらはざわめく大森林のように
自由よ――我らは君を知っている　ウワアン、ウワアンと叫ぶ

「倒下的偶像」（上篇四一‐四五頁）

一〇一行の長詩を一気に詠い上げ、題名のすぐ下に〈ニコライの支配が永遠に罵倒を浴びるように〉というゲルツェンの名句を引用している。その後の七八年十月十日、彼は同人〈啓蒙社〉の李家華、莫建剛とともについに北京へと向かった。その翌日、北京の中心街にある官報《人民日報》の建物の壁に巨大な〈松明〉と〈啓蒙〉という文字を書き、「火神交響詩」をはじめ、一連の啓蒙詩を貼り付けた。そして、〈毛沢東は功績七分、誤りは三分〉、〈文化大革命は新たに評価しなければならない〉と唱え、詩作を朗読した。十月十日とは、辛亥革命の記念日であり、この近代民主主義の啓蒙運動を継承するため、この日を選んだという。さらに、同年十一月二四日、李家華の「《火神交響詩》を論ず」を天安門広場に貼り出し、民間結社〈啓蒙社〉の結成を正式に発表した。この一連の芸術活動は、共和国建国以来はじめての文学活動であった。マスコミ取材が殺到し、政府機関も翌日の二五日に〈民主討論会〉を開いた。それを契機に全国各地に自由結社が現れた。その一ヵ月後、北京市内に〝民主牆〟（注7）も現れ、《中国人権同盟》、《探索》、《今天》、《北京之春》、《民主之声》、《海浪花》などのような雑誌も登場した。

引き続き、黄翔らは〝民主牆〟に「カーター大統領に送る」書簡、論文などを貼り出し、中国の人権問題を

国際世論に突きつけた。これも、建国以来はじめての出来事であった。

あぁ―中国よ　君はもしかしたら失敗し挫折する
誤解と歪曲或は　中傷のどよめきの中に埋もれ
自由と共に再び監獄につぎ込まれる
だが中国よ　君は打ち勝っても失敗しても
君は永遠に　立つ―民主の壁の上に立つ
倒れる―民主の壁の下に倒れる
そして今に誕生する共和国の憲法―人民の新憲法において
君の偉大な署名を残そう

「民主牆頌」（上篇五六 - 五七頁）

一九七九年三月に「民主牆頌」を詠いあげた時点で、黄翔はすでに再度の投獄を予感していたが、その活動をやめることはなかった。同年一月、北京の民主運動家魏京生（1950-）が逮捕され、四月に黄と同人らも貴陽市で拘束された。しかし、出獄後も、〈崛起的一代〉、〈中国詩歌天体星団〉などの結社参画に招かれ、再び北京郊外の圓明園藝術村にある民間誌《大騒動》の主筆者となり、ロックンロールを取り入れた詩の朗読や行動芸術などに積極的にかかわった。そして、八六年十二月、〈中国詩歌天体星団〉の招請で、黄は北京大学第一回〈文学藝術祭〉に出席するが、祭典の最初から政府の妨害を受けたため、〈自由文学大爆発〉行動芸術を引き起こそうと決意する。その後は、北京大学で着々とその準備を進め、即興講演をおこなった。一九六〇年代のラテン・アメリカの〈Boom〉文学運動（注8）を模倣し、三日、北京大学で〈爆発〉行動芸術をおこなった後、魯迅文学院で三時間の即興演説もおこなった。四日、北京師範大学、五日、人民大学、中央工藝美術学院、さらに南京、上海などの大学と連絡を取り、行動芸術を全国的に広めようとした。かれらは次のように主張する。

詩は行動芸術で、詩人は行動の芸術家である。詩は詩人生命の全体的戦慄だ。彼らは行動を以て当代の閉鎖的抑圧的中国文化を震撼させ、〈五・四〉新文化運動の反封建、反専制、反伝統の偉大な精神との疎通を直にはかり、現代と当代中国新文化の風潮を打ち出す。彼らの理論は理論自体の本質〈無理論〉を超越することを試みる。かれらの哲学は伝統〝観念哲学〟と対立する〈情緒哲学〉だ。彼らの詩は人間のさまざまな〝全体経験〟で、〝原欲〟より噴射する〈宇宙情緒〉だ（注9）。

このように、七〇年代末期から八〇年代中期までに展開された地下活動からは、黄翔がアウトサイダーとしての運命を甘受することを潔しとせず、積極的に社会と関わっていたことが分かる。詩人のそれらの活動の当時の詩壇への貢献は大きい。また、長い間、閉塞していた中国詩壇にラテン・アメリカの〈Boom〉思想を取り入れたことやプロパガンダテクストに〈広漠たる宇宙〉、〈木の葉〉、〈小鳥のさえずり〉、〈一粒の微塵〉、〈大自然〉のテクストを呈したことなどは、後の新詩の再構築に大きな役割を果したに違いない。その啓蒙思想とモダニズム思想は、まさに陳独秀と胡適が唱えた、二十世紀初期の新詩の系譜を受け継いだものと見受けられる。

3　「宇宙情緒」にいたるまで

「竹林」、「古松」、「聴」、「天空」は、《黄翔詩歌総集》の上篇に収められている。本書は〈巻一～巻八〉と、その関連論文からなる七〇〇頁を超える上下二冊の詩集である。その〈巻一〉は「我在暗黒中揺滚喧嘩」（僕は暗黒のなかで騒ぎ立てる）と題され、一九五九年から一九九六年までに詠われたものと記されている。その主たるものは、**2**で紹介した〈地下詩歌〉である。〈巻二〉は「独自寂寞中悄声細語」（寂寞のなかひとりでささやく）と題され、〈巻一〉の作品群と重なる一九六九年から一九八九年までに詠われたものと記されている。川、鳥、木、愛、人とその思い出やその孤独感などが詠われている。つまり、〈巻一〉も〈巻二〉も実質、同じ時期に詠われたものである。いわば、詩人は〈外在〉世界の現実社会に抵抗しながら、また〈内在〉世界の〈孤魂〉をも探求し続けていたのである。「竹林」、「古松」、「聴」、「天空」などの作品において、人間の孤独感を慰藉する自然、慈愛に満ちた自然を愛惜する人間といった世界観が鮮やかに顕れている。それらのものはいずれも人間と自然の関係が詠われており、「独唱」の底流を継承する思想が見られる。

「竹林」（上篇八一頁）

憂え苦しむ黒き霧の中　うなだれて耐える竹林
太陽が昇るや嬉し涙が　こぼれ落ちそう

「古松」（上篇八二頁）

お前はじっと故郷の小山に立っている
お前は無尽蔵の時間のなかに放逐されたのだ

この二首の短詩が詠われた詳しい日時は記されていない。しかし、〈巻二〉のはじめに掲載されていることから、六〇年代半ば頃のものと推察される。「竹林」と「古松」には、それぞれ詩人自身をメタファーとする擬人法が用いられている。「竹林」の場合、詩人は現実において苦痛を強いられているが、それでも太陽が昇ってくるとやはり嬉し涙をこらえることはできない。それは自然界からの慰藉と、それへの愛惜を覚えたからに違いない。そして、故郷の小山にこつ然と立っている「古松」の姿も、孤独な詩人と重ねられており、〈無尽蔵の時間〉のなかに追いやられてしまったその存在に、生の実感の欠如を悲嘆している。そこに表れた孤独感は「独唱」の孤魂を連想させる。さらに、「聴」においては、かつて孤独に耐えきれず、その歌声を〈静寂〉に語りかけていたのに対し、今ではその聞き手となっている。

夜の帳が降りた時、故郷の風物が目の前に開いた、まるで筆跡が模糊たる本のようだ
小川は砕けた波を打ち　竹林は微かに音を立てる
かれらが未知なるとこしえの物事を、この本の中で延々と議論しているのが僕に聞こえた

「聴」（上篇八七頁）

「独唱」では、詩人の歌声を聴く〈静寂〉が受け身であったが、「聴」では、〈静寂〉の議論を聞く詩人が受け身になっている。つまり、詩人と〈静寂〉の融合はさらに進み、この時はすでに一体感をもつようになった。だとすれば、さきに考察した、まだ曖昧だった詩人の〈内在〉世界が、この時より具象的になってきたと言える。ただし、この時期の詩人は自然没入の傾向が見られるものの、「小川」と「竹林」が論議した〈とこしえの物事〉をまだ了悟していない。その答えを求めて、彼の思索はついに天空へ向かった。

どんな色でお前を描けばいいのだろう
あぁ—天空よ
遥かなる場所よりお前を仰ぎ
朦朧とした漆黒の水面を仰ぐようだが
お前の青い色の奥義を知ることはできない
お前は森羅万象で広大な境地
生と死の間で開いている
僕がまだ読めない一篇の詩を
収蔵しているのだ

「天空」（上篇一〇三頁）

従来の黄翔批評と論考において、「天空」をとり上げたものは、管見の限りまだ存在しない。しかし、この詩が《黄翔詩歌総集》の巻頭詩とされていることから、この詩に深い寓意を寄せていた詩人の心象が垣間見られるだろう。〈この詩こそ私の詩想のキーワードだ〉と、詩人が囁きかけてくるかのように思える。なぜなら、そこには、〈生と死の間で開いている／僕がまだ読めない一篇の詩を収蔵している〉からである。

これらの詩歌は、六〇年代半ば以降に謳われたが、その背景には文化大革命があった。詩人は〈外在〉世界との衝突がますます激しくなり、現にくり返し投獄されていた。こうした現実社会への絶望感のなか、人間の本質とは何かという探求心も必然的欲求として、いっそう強まったことであろう。しかし、その回答はもはや〈外在〉世界では得られないということを、詩人はこの時自覚していたに違いない。したがって、人間の情動に影響をおよぼす天空、つまり森羅万象の宇宙に関心を抱きはじめたのだ。「竹林」と「古松」の孤独感を詠い、「聴」と「天空」の未知なる世界を追求するとともに更なる「宇宙情緒」へ展開していったのである。

三　「宇宙哲学」と「宇宙情緒」

1　〈天人合一〉と〈宇宙意識〉

詩論「宇宙情緒」には、〈天人合一〉思想および〈宇宙意識〉思想が見られる。黄翔理解の予備的資料として、以下、それらの思想についての説明をおこなう。

〈天人合一〉は、〈天人感応〉とも言う。中国の古代哲学思想であり、天と人とは、対立するのではなく一体を目指すものであり、儒教、道教、仏教において、おのおの独自の説が存在し、天と人間との関係を明らかにしている。つまり、自然と人間との関係をどのようにとらえているかが説かれている。河野文武がその概念について、次のように解釈している。

中国古代の春秋戦国時代から魏晋南北朝（紀元前七七〇年〜紀元五八一年）までは、いわゆる中華文明の成長期から成熟期までの時期である。その特徴は全体的に〝天人合一〟の思想を基盤にして、倫理・道徳等の社会性を中心に展開した後に、純粋なる人間性の追求に転ずる、あるいは回帰するところにあると言える。その一貫しているテーゼは、〝天〟と〝人〟すなわち〝自然〟と〝人間〟の相関性の解明・解釈と両者の同質性・同義性に基づいた、理想的人格への追求である。

このような精神文明中心の文化観は、必然的に自然崇拝から自然憧憬に傾き、自然美と人間性との相似性、自然現象と人格的品徳との比較となり、当然のごとく、棄智・無欲にして逍遥自在なる生き方こそ人生の最高の境地である、という人生観・文明観に行き着くようになる（注10）。

一方、〈宇宙意識〉の場合、リチャード・モーリス・バック（1837-1902）が『宇宙意識』（注11）において、人間の有する高次元の意識として解釈している。人間は〈単純意識〉と〈自己意識〉により、〈宇宙意識〉に昇華する。〈宇宙意識〉の特徴は、文字通り宇宙という森羅万象の生命秩序にあるという。彼によれば、人間が〈宇宙意識〉に到達した場合、〈その人を存在の新たな領域へ連れて行き、ほとんど新しい種の一員にしてしまうような知的光明あるいは啓示が起こる。これに、道徳的な高揚状態、形容し難い上昇の感覚、幸福感と喜び、倫理観の高まりといった要素が加わる。これは、知的能力の拡大と同様に非常に顕著な特徴であり、個人と人類全体の両方にとって、知的能力の拡大以上に重要なものである〉という。

2 「情緒哲学」と「宇宙情緒」

「情緒哲学」と「宇宙情緒」は、黄翔詩学として《沈思的雷暴》（二〇〇二年）に収められ、一九八一年から一九九二年までに書いたものとされている。本書の二章として詩学一から五までの「情緒哲学」、「肉体の太陽」、「〈壷〉の中のハイデッガー」、「人体深淵体験　宇宙情緒」、「沈黙を翻訳する」がまとめられている。本論は「宇宙情緒」を中心としているが、「情緒哲学」はその論の核となっているため、それについての言及を避けることはできない。

詩学その一「情緒哲学」は、詩人の自問自答から始まる。

　あなたが提示した「情緒哲学」は、人々の一般的常識で受け入れられるものなのか。

　情緒哲学は、ある種の非常識的憶測ではない。常識的状況のもとで受け入れられないこともない。

こうした答弁の中で「宇宙情緒」の論が展開されてゆく。

・情緒は生命における奥義の騒擾であり、計り知れない〝原欲〟と激情の平静に対する破壊である。（略）

・情緒哲学は伝統文化的な、人為的な、人間という主体を離れた角度から世界を解釈しないことを意味する。そのうえ、直に人間自身に回帰し生命の内部における騒擾の波瀾と過程より、哲学の真諦を探求し発見する。（略）

・あらゆる形式はすべて〝情緒〟の感応であり瞬間的表現である。〝情緒〟は過程、傾向、流れであり、情緒と非情緒の間に介在している。（略）

・情緒哲学は心理および生理に基づく人間の〝全体経験〟を主張し、頭脳あるいは、ある種の抽象概念的認識ではない。（略）

・「宇宙情緒」は〝人体経験〟の拡大と瀰漫である。我々は〝冥冥〟の中で宇宙の遥かなるある星が自己の身体のある細胞と密かに感応しているのを感じないことはないだろう。

・「宇宙情緒」は、人体経験の無限の展開である。宇宙は膨張された人体であり、人体は凝縮された宇宙

である。（略）

《沈思的雷暴》

詩学その一では、「宇宙哲学」が以上のように論じられ、詩学その四「人体深淵体験」においては、「宇宙情緒」が次のように説かれている。

・微かなため息や一本の皺のひきつりなどは、すべて導火線のように忽ち生命の頂点を経験する宇宙情緒を誘発することができる。これはすべて人々の心的〈深淵体験〉によって現れ、この経験は最終的に詩となる。そういう意味では普通の人間の誰もが詩的要素を備え、特定の瞬間において詩人となり得る。

・人体には敏感に宇宙を触発する神経が密集している。その神経は極平凡で頻繁に触れている日常の物事にも及んでいる。（略）

・あらゆるものの中、すべて偶然に宇宙情緒とぶつかり合う契機をもっている。一滴の水が天に届く波涛のように。（略）

・詩は穿透力をもつオーロラであり、瞬間的に全生命を凝集して、宇宙へ激突するのである。（略）

・「宇宙情緒」は人類の〈第三の目〉である。

・人類のはじめは額の中央に目があったと伝説で言われているように、人類の〈天の目〉だ。「宇宙情緒」は生命の第三の川岸である。

・そこでこそ、人類はやっと足が地についていると感じられる。（略）

・「宇宙情緒」は構造を超えた最も自由な状態である（略）

《沈思的雷暴》

黄は、このように自己の詩想を語る一方、また「〝壷〟の中のハイデッガー」において、ハイデッガー思想に異を唱えているが、後に詠んだ『存在と時間』の思想に類似する詩歌からすると、ハイデッガー思想を強く意識していたと考えられる。それについては後の考察とする。

3　〈天人合一〉と〈宇宙意識〉思想の受容

さきに掲げた傅正明の《黒暗詩人》は、黄翔詩歌の色彩を中心にその芸術性を論じているが、「宇宙意識」を考察するにあたり、〈天人合一〉思想とリチャード・モーリス・バックの『宇宙意識』との相関性を述べ、中国の〈蓋天説〉(注12)およびアインシュタインの相対性理論の解説をとおして、黄の詩歌の色彩、時空、幻想性、宗教性を論じている。筆者は、傅が〈天人合一〉思想とリチャード・モーリス・バックの『宇宙意識』や、〈蓋天説〉とアインシュタインの相対性理論などに着眼したのは、いわゆる哲学と科学の両極的視点から、詩人を捉えようとしたからだと考えている。以下、前者を視点①、後者を視点②とする考察を試みていく。

視点②の〈蓋天説〉とは、いわゆる宇宙像の探索論であり、かつてのエジプト、ギリシャ、インドなどの古代文明と並び、今日の宇宙解明につながる中国古代の天文学である。つまり、〈蓋天説〉もアインシュタインの相対性理論も古代と近代の世界における、宇宙解明を論じたものである。それについて今日では、〈宇宙は物質のもとである元素によって生成され、中でも最も軽い二種類の元素すなわち水素やヘリウムが大量存在していることが知られている〉(注13)。しかし、視点①は、〈情緒哲学は心理および生理に基づく人間の全体経験であると主張する詩人の立場を汲み取って、筆者も共鳴を覚える。ただし、終始〈色彩〉、〈時空〉、〈幻想性〉、〈宗教性〉を軸に黄翔詩歌の芸術性を論じる傅と異なり、筆者は具体的詩歌をとおして黄翔の詩想を究明したい。詩論「宇宙情緒」について、傅は〈人体深淵体験〉が宇宙意識の情緒化であり、その思想は東洋の〈天人合一〉思想を融合したリチャード・モーリス・バックの『宇宙意識』と類似している（《黒暗詩人》二〇一頁）と述べたのみで、具体的な分析はおこなっていない。以下において、この問題をより明確に掘り下げるとともに、「独唱」の渓流から湧き出て、〈天人合一〉思想という大河へと注ぎ込んだ、黄翔詩想の考察を試みる。

筆者は、「宇宙情緒」にいたると、詩人は「聴」のなかで〈小川〉と〈竹林〉が論議した〈とこしえの物事〉、〈孤魂〉が長い間向き合ってきたのは、人間存在の有りようであった。詩人は、アウトサイダーとして、さまざまな抗争と苦難を経験しながら、終始一貫して人間存在そのものを凝視し、追究し続けてきたのである。その結果として、和辻哲郎が『風土』（岩波文庫一九七九年版）により人間の解釈を試みたのと同様に、黄翔は「宇宙情緒」により独自の人間観を確立した。〈我々は〝冥冥〟のなかで宇宙の遥かなる星が、自己の身体のある細胞と密かに感応しているのを感じないことはないだろう〉と語ったように、「宇宙情緒」を詩歌においても体現する。

ある空間が
新たな果てしない広さをもつ
ある天体が
新たな大きい蒼穹をもつ
我が身体に広がる細胞は
辿り着けない彼方にある

及ばない遥かなる星は
我が血肉の内に姿を隠匿する
（略）

「白日将尽」（下篇五〇四頁）

自然界で生きている私たち人間は、決して孤立して存在しているのではない。黄は宇宙との〈感応〉によって、体内の神経が放射線のように働き、それによって人体を天体および星と交信させることで、無限の境地への到達を志向している。彼はまた、人間の誰もが詩的要素を備えており、特定の瞬間において詩人となり得ると考えた。なぜなら、人体には宇宙と交感する神経が密集しており、その神経は頻繁に日常の物事におよぶ。そのため〈深淵体験〉における〈宇宙情緒〉によって人間の誰もが天体や星などと交信可能であるからだ。彼によれば、人間が〈第三の目〉、〈生命の第三の川岸〉である〈宇宙情緒〉に昇華した場合、〈構造を超えた最も自由な状態〉を迎えることができるという。その境地は次のように詠われている。

（略）
夢津々
水汽濛々として
起きて巻き上げる
身体を覆う川の流れ
激灩と光り輝く波の
緞子の布団

（略）

「暮日独白」（下篇五四九頁）

目を閉じると
全身に開いた目が広がる
地面に胡座をかいて瞑想し
自分で自分を内観する
体内に
四季の風と水が起伏する
その瞬間毎に
筋肉は
無形に移動する土石流の如く
骨格が密かに動き
体外の竹の如く
（略）

「宇宙人体」（下篇五八一頁）

静まり返る静寂の中
天空の下で寝そべると
開いた身体は本の如く
（略）

ページをめくる毎に
それぞれ既知と未知の日々
不思議でかつ感動的な新しい一日
（略）

「今生有約」（下篇五七八頁）

「暮日独白」には、身体と水とが融合した生命の永遠性が詠われている。〈起きて巻き上げる／身体を覆う川の流れ〉とは、無重力で軽快な心地である。そのうえ、〈川の流れ〉を〈緞子の布団〉に喩えると、〈構造を超えた最も自由な状態〉が訪れたように、人間の最も快適な感覚や生命本来の自在感が体現される。「宇宙人体」においても同様で、自然と人間の関係が詠われている。いわば、自身を内観することにより、これまで探求してきた神秘的で複雑な人間の本質を了解する。それは体内で起伏する〈四季の風と水〉であり、人間の筋肉や骨格なども外界にある土石流や竹などとは、本来変わらない。すなわち人間は自然の一部であるとしているのだ。そして、「今生有約」においても、こうした人間と自然との相関性を体感したことによって、肉体も精神も解き放たれ、〈不思議でかつ感動的な新しい一日〉が迎えられることを詠った。この境地こそ、リチャード・モーリス・バックの唱えた〈存在の新たな領域〉であり、〈天人合一〉思想の自然回帰そのものである。したがって、この境地こそが詩人の志向する人間存在の有りようであり、詩人の了悟した〈生と死の間で開いて〉いた〈一篇の詩〉なのである。この境地にいたってはじめて、詩人の〈内在〉世界も〈外在〉世界を超越し、「独唱」でさすらっていた〈孤魂〉も、ようやく自然というふるさとに安息できたのである。

四 〈〇〉の世界観

1 黄翔とハイデッガー

ハイデッガー（1889-1976）は周知のとおり、二十世紀の西欧哲学を代表する巨匠である。彼は、現象学の手法を用いて、人間の存在を論理的に解き明かしたが、その思想は著書『存在と時間』（注14）に集約していると言える。本書はもともとフッサール（1859-1938）が創刊した『哲学および現象学研究のための年報』第八巻（一九二七年）の別冊として発表されたが、後に単行本としてまとめられた。それから一世紀あまり経った今日にいたっても、なお多様な議論が展開されている。しかし、分かり易く言えば、本書はいわゆる我われの平素の日常をとおして、その日常を超えた次元で、存在の意義および時間のあり方を読み解いたものと言えよう。

さきに述べたように黄翔は、ハイデッガー思想に異を唱えていたが、本当はハイデッガーの『存在と時間』を強く意識していたと考えられる。

「詩学その三」において、彼は次のように述べている。

・カントがデカルトを継承し、ハイデッガーがカントを継承したが、ハイデッガーの概念の〝壷〟のなかの非理性哲学は依然として理性的で、思惟と言語形式も依然として古典的だ。
・存在とは定義でもなければ、把握できる語彙構造でもない。それは規定されない生命情緒の直接性であり、理性の領悟の外に隠されていて、哲学情緒より感応するほかない。

《沈思的雷暴》

つまり黄は、ハイデッガーが古来の西欧哲学観念の延長線上にあって、依然として理性の〝壷〟に囚われているとし、存在は、〈宇宙情緒〉による生命の〝原欲〟と激情にあるとしている。しかしながら、「白日将尽」と「私と〈〇〉の感覚について」においては、ハイデッガーの「気遣いの存在論的意味としての時間性」（第三巻第三章第六五節）や「内存在そのもの」（第二巻第五章第二八節）などのように、時間と存在の思考にとらわれていたのである。両者の具体的捉え方を見てみよう。

ハイデッガーの時間性

時間性は、根源的な〈おのれの外へと脱け出ている脱自〉それ自体なのである。

（『存在と時間』第三巻六五頁）

黄翔の時間性

ある空間が
新たな果てしない広さをもつ
ある天体が

新たな大きい蒼穹をもつ
我が身体に広がる細胞は
辿り着けない彼方にある
及ばない遥かなる星は
我が血肉の内に姿を隠匿する

「白日将尽」

〈脱自〉の〈時間〉とは、時空が自身の内から外へと踏み出て、また戻ってきて統一されることであり、すなわちはじめもなければ終わりもない連続する時空のことである。黄は〈我が身体に広がる細胞〉は〈辿り着けない彼方にある〉、〈及ばない遥かなる星〉が、〈我が血肉の内に姿を隠匿する〉と詠っている。それは時間への思考がなされているのみならず、その思考の仕方もハイデッガーと類似していることが明らかであろう。

ハイデッガーの〈存在〉観

〈現〉という表現は、こうした本質上の開示性を指している。この開示性によってこの生存者（現存在）は、世界が現にそこに開示されて存在していることといっしょになって、おのれ自身にとっても〈現〉にそこに存在しているのである。

（『存在と時間』第二巻七頁）

黄翔の〈存在〉観

〈止まれ、抜け出させてくれ〉と動転する〈○〉の中に落ちてゆく僕はその〈○〉に叫んだ。その〈○〉は依然として停まることなく周り、ちっとも僕のことを気に留めない。

昼間とも暗夜とも関係なしに、なぜ停まることなく回るのだろうか。
僕は〝今〟懸命に踏みつけている止むことなく移動している〝点〟の上より滑り落ちたいものだ。もしもこの内容のない空虚で知りようもない〈〇〉の輪から抜け出せるならば。しかし僕は依然として偶然踏付けたこの不思議な空回りする〈〇〉を踏付けている。

「私と〈〇〉の感覚について」(上篇三〇四 - 三〇五頁)

「私と〈〇〉の感覚について」は、明らかに〈存在〉について思考している。黄翔の〈〈〇〉を踏付けている僕〉とハイデッガーの〈〈現〉にそこに存在している〉とは、じつに響き合っているように思える。もちろん、黄の〈〇〉の世界はハイデッガーの〈現存在〉を思い起こさせるものの、時間性のような類似性をもたず、黄は東洋的存在の仕方を思考している。以下、視点を変えてさらに黄翔の〈〇〉の世界を究明したい。

2 〈〇〉の展開

「私と〈〇〉の感覚について」は、《黄翔詩歌総集》上篇の「非記念碑〝弱〟の肖像」に収められ、一九八三年に書かれたと記されている。その〈〇〉の連続性はハイデッガーの〈時間性〉に止まらず、さまざまな往来の連続が考えられる。なぜなら、〈到達は未到達にある〉(《黄翔詩歌総集》下篇六一九頁)において、黄は〈生命の性質は無性質、人生の到達は永遠の未到達だ〉とも語っているからである。なぜ到達しないのか、それは詩人の世界も〈〇〉であり、〈停まることなく回る〉からである。

〈〇〉という宇宙観は、古今東西おおくの先達によって言い尽くされてきた。釈迦牟尼は、仏教の〈輪廻転生〉において、それを象徴する仏法を説いていたのであり、老子は、タオイズムにおいて、それを〈反者道之動、弱者道之用〉、〈周行而不殆〉（注15）と解釈した。いわば、〈道〉は静止するのではなく〈〇〉のように停まることなく回り、回ることによって全体的均衡を保ち、自然回帰するのである。

〈〇〉に関する解説を求めた筆者に、黄は次のように回答している。

「〇」という詩は、無意識のなかで創作し、「非記念碑〝弱〟の肖像」の最後の一首としてまとめた。表題も詩の完成後に付けたものだ。その時になって、私もようやく心穏やかになり、落ち着いた心境で、〈〇〉が宇宙生命のすべての存在の隠形の輪だと感知したのだ。（略）

私にとって、〈〇〉は〝浮世の夢〟のなかで、詩を以て哲学の形式を模擬して、〝宇宙の暗語〟を解読する追跡と試みであった。（二〇一〇年一〇月六日付の書簡）

では黄は、〈〈宇宙の暗語〉を解読しようとする追跡と試み〉を如何におこなったのだろうか。さきの「古松」の考察が思い浮かぶが、それは「私と〈〇〉の感覚について」においても響き合うものである。

「古松」

お前は無尽蔵の時間のなかに放逐されたのだ。

「私と〈〇〉の感覚について」

動転する円の輪に落ちてゆく僕、その円は依然として停まることなく周り、ちっとも僕のことを気に留めない。

「古松」は、六〇年代半ば頃に書かれたと推測されているが、「私と〈〇〉の感覚について」にいたっては、それから数十年も過ぎている。しかし、かつての孤独感と虚無感は過去と変わらない。ゆえに詩人は〈宇宙生命のすべての存在の隠形の輪〉を追跡したのだろう。その結果、〈無尽蔵の時間〉がはっきりした〈〇〉の輪〉として解明され、その輪を停まることなく回る〈〇〉として捉えられた。すなわち、詩人のすべての知的営為は人が〈心穏やか〉で、〈落ち着いた心境〉に到達するためにあったのだ。そして、〈無尽蔵の時間〉が〈〇〉の世界に昇華された時点で、詩人の自己回帰も達成されたのである。さきにとり上げた「暮日独白」こそ、詩人が追い求めた境地そのものであろう。

夢津々
水汽濛々として
起きて巻き上げる
身体を覆う川の流れ
瀲灔と光り輝く波の
緞子の布団

「暮日独白」

川を布団とし、生命の源である〈水〉と同居する境地を獲得した詩人は、心の安らぎのみならず、「独唱」の孤魂も自然に溶け込ませた、人間と自然が一体化する世界を編み出しているのである。その心地よさは、ハイデッガーの〈無気分のうちでおのれ自身に飽き飽きしている〉、〈存在が重荷としてあらわになっている〉(注16)とは異質であり、〈天人合一〉思想とタオイズム思想に帰着していると言えよう。彼は〈人間と宇宙の相互関係は〈○の調和である〉（「情緒哲学」）と考え、人間と自然の全体的均衡を願い、万物と〈感応〉し合える関係になることを志向している。彼自身の言葉で言うならば、〈人間は自身の内面における深層を凝視すると、万物と共通の場所より集まり、共通の場所へ帰ってゆくことが分かる。万物は同源だ〉（注17）ということになる。いわば、黄の〈○〉の世界観は、ハイデッガーの〈時間性〉を有しながら、〈天人合一〉思想とタオイズム思想に融合された、中国の伝統的人間観をもつものである。

五　〈円環構造〉テクスト

黄翔は、生まれながらにして、アウトサイダーとしての人生を強いられた。その困難な道のりのなか、彼は多感に成長するとともに、人間の孤独感や生命の有りように深い苦悩を抱き、処女詩「独唱」を詠歌した。詩こそ人間の心声を発するものであり、自身の〈苦悩〉を創作を通じて解き放そうとしたからであろう。しかし、彼が遭遇した時代は、個人の歌声が許されなかった。そのため、彼のその後の詩作活動は、さまざまな変遷を迫られた。「独唱」から、前衛詩とその朗読、詩論およびもろもろの文芸思潮を巻き起こしながら、「天空」、「宇宙情緒」、「暮日独白」へと展開されていった。これまでの考察に見られるように、黄のあらゆる活動をふたつの視点より、捉えることができる。視点その①では、詩人の遭遇した社会との関わり方、視点その②では、詩人と〈孤魂〉の向き合い方が考えられる。その①には人間と社会の関係、その②には人間と自然の関係が見てとれる。いわば、黄翔詩歌における人間の〈外在〉と〈内在〉というふたつの世界が追及されているのである。その〈外在〉世界とは、規制を受ける個々の人間と社会との関係であり、他方の〈内在〉世界とは、いっさいの制約を受けることなく、自由に感知することができ、無限に思想することが可能な人間と自然の関係である。

一般論として、私たちは自身のおかれた社会をつねに意識しているが、自然界に触発された己の内面の変化については、あまり意識していないのではないだろうか。しかし黄翔は、〈人間の孤魂〉を追求してやまなかった。なぜだろうか。それは、彼が社会に翻弄され、人間への懐疑に駆られたためである。度々投獄された彼は、社会との確執を痛感し、極度の絶望感に陥った。そこで〈静寂〉との対話を試み、その結果、「宇宙情緒」と「暮日独白」の境地に昇華することができた。それによって、彼の人間観と世界観が確立されたのである。

したがって、黄の詩作活動において、彼の内部での、それぞれの時期の変化が無数の〈円環〉を形成していることが認められよう。処女詩「独唱」から出発して、前衛詩、「宇宙情緒」、「私と〈○〉の感覚について」、「暮日独白」などへ向かってはまた、「独唱」という中心円に舞い戻るのである。その活動を図式で示せば、次のような〈円環構造〉が見られる。以下ＡＢＣＤの四段階で示す。

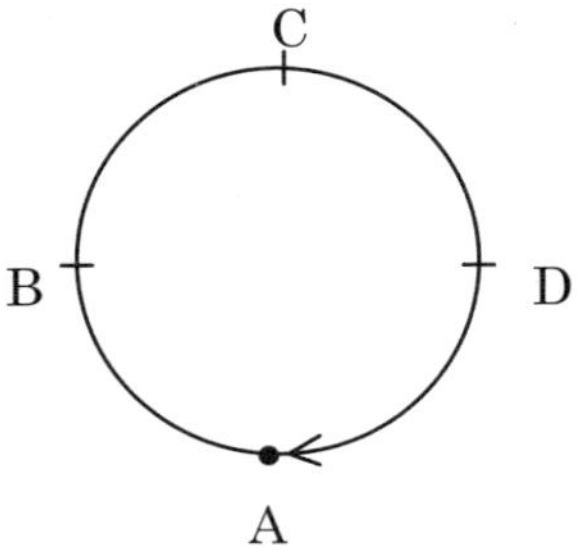

Ａ＝「独唱」＝〈孤魂〉の凝視
Ｂ＝前衛詩＝社会との抗争
Ｃ＝「宇宙哲学」＝独自の詩精神
Ｄ＝「暮日独白」＝「独唱」への回帰

つまり、Ａの地点からスタートし、ＢへＣへＤへと進み、絶えず〈孤魂〉の追跡と了悟に苦闘し続けていた。したがって、魂の牢獄から解放されたところで、喜びを手に〈孤魂〉と再会できるのである。その道のりは自分から出発し、自分に舞い戻る〈円環〉を形成し、限りない射程をもつ〈内空間〉を生み出している。すなわち、おのおのの時期の活動が、おのおのの〈円環〉を形成しながらも始発点の「独唱」から終点の「暮日独白」を繋いでいる。それらの〈円環〉は、彼の詩作活動の〈内空間〉の展開をみせながら、彼の内的旅を知らしめている。端的に言えば、彼の人間観と世界観が確立された時点の「暮日独白」においては、「独唱」におけるすべての苦悶から解き放たれているのだ。

ところで、黄は旅の終点で何に気づいたのだろうか。

人間とは何か。これは人間の自己懐疑から提起した質問だ。
人間は何処にいるのか、と人間が絶え間なく宇宙のなかで自己の位置を捜し続けている。
人間は高ぶり、苦しみ、空想する。肉体は四方八方に蔓延し、果てしなく想像を膨らませる。（略）
人間はこれほど自信と独尊に満ち、太陽の照らした大地の上での活動を〈創造〉と言うのだ。巨大な建物から一篇の詩までに。人間はこんなにもうぬぼれている。〈偉大〉、〈英雄〉、〈首領〉、〈世界を変えた〉、〈一代の先駆者〉と誇張して自己を光らす。永年の間に積み上げてきたすべての文化的〈創造〉が、どれくらい重いかには気づいていない。人間はすでにそれを背負えない。ますます厚くますます高く積み上げたこれらの文化的産物は、ある日突然崩れ落ち、人間自身を埋めてしまう可能性がきっとあるのだ（略）(注18)。

それはいわば、人間への深い内省であった。では彼の求める理想郷とはどのようなものであろうか。「〈人〉是成形於未遂者」（〈人間〉は未だ完全な人間に遂げられていない者だ）において、彼は右のように述べている一方、「宇宙哲学」においては、また、人間は自身の内面における深層を凝視すると、万物と共通の場所より集まり、共通の場所へ帰ってゆくことが分かる。万物は同源だ。

と語る。そこには、彼の人間観と世界観が同居している。すなわち、内省をとおして、人間は自然の一部であり、自然の秩序に背馳してはならず、宇宙の法則にしたがうことこそが、人間の本来の有りようである、と彼は志向している。その詩想は〈天人合一〉思想とタオイズム思想から由来し、ハイデッガーの循環論にも通底している。そのため、彼の詩歌は特定の国と文化を超えたものであり、東西思想を融合した地球規模の〈孤魂〉の探求がおこなわれたものと言える。こうした観点から黄翔をコスモポリタン詩人と位置づけたい。

【注】

1　本書で扱った黄翔のすべてのデータは、《自由之血》（上・下篇、Cozy House Publisher. New York　二〇〇三年）による。

2　黄翔、「殷紅荆棘的沉寂」《黄翔―狂飲不酔的獣形》、天下華人出版社、一九九八年

3　ホイットマン著、長沼重隆訳、『草の葉―ホイットマン詩集』、角川文庫、一九九九年版

人の自我を私は歌う、一個の独立した人間を、しかもなお私は〈民主的〉という言葉、〈大衆とともに〉という言葉を口にする。

頭の天辺から足の爪先まで、人体の機構について私は歌う、〈詩神〉にとって価値あるものは人相ばかりではない、また脳髄ばかりでもない、〈人体〉こそはるかに価値ありとするものだ、〈女性〉をも〈男性〉と同等に私は歌う。

その情熱、その脈搏、またその活力に、広大無辺の〈生命〉について、神聖なる法則のもとに打ち出された奔放不羈の行動のゆえに、欣然として、〈近代人〉を私は歌う。

「人の自我を私は詠う」、七 - 九頁

さあ、俺の黒く陽にやけた子供たちよ、整然と、しっかりついておいで、お前たちの得物を用意しろよ、ピストルはもったか、鋭い刃のついた斧はもったか。

開拓者よ！おお、開拓者よ！

俺たちはここで手間どってはおれないのだ、俺の愛する人々よ、俺たちは前進せねばならない、俺たちは危険の矢面に立ち向わねばならないのだ、俺たちは若くて元気な人間だ。ほかの人々はみんな俺たちを当てにして

いる。
開拓者よ！おお、開拓者よ！
おお、お前ら若者たち、西部の若者たちよ、逸りに逸り、元気いっぱい、
男らしい誇りと友情にみち溢れた者ども、
俺ははっきり見ている。西部の若者たちよ、お前たちが最先頭と一緒に歩いているのを見るのだ、
開拓者よ！おお、開拓者よ！（略）

「開拓者よ！おお、開拓者よ」、一七八‐一八六頁

4　詩の引用は《黄翔詩歌総集》上篇・下篇（Cozy House Publisher. New York、二〇〇七年）による、以下頁のみを記す。

5　謝冕著・岩佐昌暲編訳、『中国現代詩の歩み』、中国書店、二〇一一年、二九〇頁

6　張嘉諺、「中国摩羅詩人―黄翔」《黄翔詩歌総集》下篇収録

7　民主牆　北京市内の西単にあり、文化大革命期に民主の声を主張する紙新聞を貼った広場。

8　野谷文昭は、「ビートルズとキューバの感受性」（『現代文芸論研究室論集』第二号、東京大学大学院人文社会系研究科・文学部　現代文芸論研究室、二〇一〇年）において、次のように解説する。

シスネロスも、ドノソと同じく、キューバ革命と世界主義を一九六〇年代の特徴として挙げている。つまりキューバ革命というラテン・アメリカの内から外へ発信された運動と、世界主義という既存の外在的な要素を内へ取り込む運動という、方向性の異なるふたつの運動が同時に存在したということである。そして世界主義を取り込んで新たに創出されたのが、〈ブーム〉期の新小説だった。もっとも、詩の分野では、十九世紀末から二十世紀初頭にかけて現れた近代主義と、一九三〇年代の前衛主義が類似する傾向を示していたことが、〈ブーム〉の基盤にあることも見逃せない。

9　黄翔、《鋒芒畢露的傷口》、台湾桂冠図書股份有限公司、二〇〇二年、三九頁

10　河野文武、「中国古代文化の中の自然観と審美観について」『多摩大学研究紀要』No.9、多摩大学経営情報学部、二〇〇五年

11　リチャード・モーリス・バック著、尾本憲昭訳、『宇宙意識』、株式会社ナチュラルスピリット出版、二〇〇四年、九 - 一二頁

12　中国最古の宇宙論。天は広げた蓋のようにまるく、地は碁盤のように四角だとした、天円地方に基づく第一次蓋天説と、天はドーム形、地は伏せた盤の形をしており、両者は同心球的な状態にあるとした第二次蓋天説がある。前者は周初には成立しており，後者は渾天説の影響のもとに、前漢末ころにできあがったとされる。後漢末の趙爽が注釈をつけた『周髀算経』に論じられていることから、蓋天説は周髀説とも称される。(『世界大百科事典』第二版、二〇〇六年)

13　福江翼、『生命は、どこで生まれたのか』、詳伝社、二〇一一年、二二八 - 二二九頁

14　ハイデッガー著、原佑渡辺二郎訳、『存在と時間』、中央公論新社、二〇〇八年

15　《老子（二十二子）》(魏王弼注、唐陸徳明撰音義)、上海古籍出版社、一九八六年

16　「情状性としての現にそこに開示されている現存在」、前掲注14、第一巻第五章第二九節

17　黄翔、「情緒哲学」《沈思的暴雷》、台湾桂冠図書股份有限公司、二〇〇二年、一六七頁

18　黄翔、「〈人〉是成形於未遂者」前掲注17、一六七 - 一六八頁

V 高行健と円環構造テクスト

一　高行健とモダニズム

1　高行健とその研究

高行健は、一九四〇年に中国江西省で生まれた。十歳の時から小説を描くことを夢見て筆をならしはじめた。しかし、小学校は一年しか通わず、自宅で母親に演劇を教わり、後の彼の演劇における素養を培ったという。現在はフランスに在住し、小説家、劇作家、画家として活躍している。

高は一九六二年に、北京外語学院（現在の北京語言文化大学）に入り、外国語学部のフランス語科で学んだ。卒業後、中国国際書店で翻訳に従事するが、間もなく文化大革命に遭遇する。知識人狩りの動乱の中、彼は安徽省のある山村に送られ、再び北京へ帰還できたのは、一九七五年のことであった。帰京後、《中国建設》雑誌社フランス語部門の主任に就任するが、一九七七年に中国作家協会対外連絡委員会に転任する。七〇年代末より作品を発表し、《有只鴿子叫紅唇儿》をはじめ、モダニズム作家として注目を浴びる。その後の八一年に専業劇作家として、北京人民芸術劇院に再度転任し、その後、実験的演劇における戯曲《絶対信号》（一九八二年）、《車站》（一九八三年）を発表するや否や、たちまち話題作となった。

一九八五年以降は、ヨーロッパ各地で絵画の個展をひらき、八七年に水墨画が評価され、ドイツのモラト芸術学研究所の招聘を受けた。さらに、その翌年フランス文化省の招聘を受けることとなる。パリ滞在中に天安門事件（一九八九年）が勃発すると、それを契機に《逃亡》を発表し、政治亡命を果たすとともに、フランス国籍（一九九七年）を取得する。二〇〇〇年には《霊山》で中国人初のノーベル文学賞を受賞した。文筆活動以外にも評論、画家、監督として、さまざまな分野で活躍している。

高は、劇作や小説、絵画など、多岐のジャンルにわたって活躍している。また、八〇年代半ば頃のモダニズム論争の代表的存在でもあったため、彼に関する研究は中国国内外において、比較的早い時期からおこなわれていた。しかし、政治亡命が果たされたのち、中国国内ではその存在が人々に忘れ去られたかのようであり、二〇〇〇年度のノーベル文学賞受賞作《霊山》もほとんど知られていない。一方、日本ではそれを契機に、彼への関心がさらに拡大され、論評や翻訳など一時的にブームとなった。したがって、紙幅の関係上、その先行研究をを一々列挙せず、本書の対象作品である《霊山》に関するもののみ紹介することとする。

人称による作品の表象は、《霊山》のほかに、《ある男の聖書》にも使用されている手法であることは周知のことである。後者は、本書において、《霊山》の補助的説明として触れているため、その先行研究はここでは取り扱わない。

①藤井省三、「言語を盗んで逃亡する極北の作家」『朝日新聞』夕刊、二〇〇〇年十月十三日
②三浦雅士、「中国四千年発酵する時空に酔う」『毎日新聞』、二〇〇三年十一月二日
③山口守、「霊山を探す「私」の旅」『読書人』、日本書籍出版協会、二〇〇三年
④馬建、「自生自滅を選択する—高行健の亡命文学と大陸文学」『藍・BLUE』総第二〇号、《藍・BLUE》文学会、二〇〇五年

⑤劉燕子、「高行健へのインタビュー・パリ高行健宅にて」『藍・BLUE』総第二〇号、《藍・BLUE》文学会、二〇〇五年
⑥飯塚容、「「人称」の実験と「多声部」の試み」尾崎文昭編、『「規範」からの離脱』、山川出版社、二〇〇六年
⑦橋本陽介、「高行健の『霊山』における語る声の流動と「言葉の流れ」」『日本中国学会報』第六〇集、日本中国学会、二〇〇八年
⑧劉静華、「『霊山』における自我と無我の間及びその相克―人称表象を手がかりとして―」『文学部論叢』第一〇一号、熊本大学文学部、二〇一〇年
⑨森岡優紀、「中国新時期のモダニズムと高行健の形式実験」『立命館言語文化研究』二二巻四号、立命館大学国際言語文化研究所、二〇一一年

右の先行研究から《霊山》は、紹介から評論、評論から研究へと発展していったことが見て取れる。評論①、②、③は、作品の幻想性や人間の内面世界を探求していると論じたもので、④、⑤は、亡命文学を紹介し、《霊山》の賞賛と批判について、作者にインタビューしたものである。⑥、⑦、⑨は、〈意識の流れ〉を用いた作品のテクストにおける方法論とモダニズム小説としての論であり、⑧は、伝統的文化である道家思想より、〈人称表象〉を考察したものである。

2　《現代小説技巧初探》と〈意識の流れ〉

〈意識の流れ〉は、本来アメリカの心理学者ウイリアム・ジェイムズ（1842-1910）が提起した心理学の一概念であり、人間の意識はイメージや観念などによる主観的思考と連想の、絶え間ない流れから成り立っているとする観念である。それを文学の用語としてとり上げたのは、メイ・シンクレア（1863-1964）である。彼女はドロシー・リチャードソン（1873-1957）への評論において、〈意識の流れ〉という表現をはじめて用いた。その後、ヴァージニア・ウルフ（1882-1941）らに継承され、文学上の一手法として応用されるようになった。『ユリシーズ』（ジョイス）、『灯台へ』（ウルフ）、『響きと怒り』（フォークナー）などがその手法を試みる作品である。いわゆる人間の意識は計画的、秩序的な静なるものにあらず、絶え間なく移ろう主観的思考による、自由な連想、追憶、想像、幻覚などの動的流れである。つまり、人称形式や内的独白などの幻想的表象方法が、文学における〈意識の流れ〉の手法とされているのである（注1）。

一九八〇年代の中国の同時代文芸界では、文化大革命後の脱プロパガンダ文学の第一歩として、欧米文学とその理論の受容が急速に進められ、〈意識の流れ〉やマジックリアリズムの受容が顕著に見られた。しかし他方では、北島、芒克、顧城らの朦朧詩をはじめ、劉再復の「文学の主体性論」などがまた、ブルジョワ的産物として〈精神汚染運動〉の政治的キャンペーンで糾弾された。こうした状況のなか、欧米文学理論の受容の是非をめぐる論争、いわゆる〈モダニズム論争〉が展開されたのである。

高の《現代小説技巧初探》は、〈モダニズム論争〉の争点となり、批判対象とされた。本書は月刊誌《随筆》（広州人民出版社）に連載され、後の一九八一年に花城出版社が単行本として出版したものであり、西洋のモダニズム文学を解説し、〈意識の流れ〉の技巧を原点に脱プロパガンダ文学より新たな文学理論が語られている。

現代心理学者達は、人間の心理活動が必ずしも論理的に演繹されるものではないことを発見した。思想と感情、意識と潜在意識、意志と衝動、激情、欲望、固執などがほの暗い川の流れのように、生から死までに止まることなく流れてゆく。たとえ睡眠状態であっても中断する事はないのだ。理性的思惟活動は、このほの暗い河流のなかで点された幾つかの航路標識であるに過ぎない。現代文学が人間の内的世界を模写する際には、この特徴を把握しなければならない。なぜなら、この特徴こそが、意識の流れという現代的言語叙述を生じた根拠であるからだ（略）。

（略）そのうえ、この心理活動の規律は、イギリス人、フランス人あるいはドイツ人特有のものにあらず、ロシア人、日本人あるいは英語の思惟をもつアメリカ人、当然ながら中国語を話す中国人も含め、その思惟および感受形式などは、本質から言えば変わりはないはずだ。労働者と資本家、大統領と車夫たちの思想と感情は、階級意識と政治的態度においては大きな差異がある。文化水準と性格の差異ももちろんあるが、心理的規律は同じものに違いない。すべて〈意識の流れ〉という文学言語を用いて、かれらの内的世界を模写し、かれらの精神活動を表現することが出来るはずだ。たとえ堕落した資本家と反動的政治家であっても、かれらを描写するこの言語方法も堕落しており、反動的であるとは思えない。まさに帝王の限りない功徳を記載する文語文自体罪はないのと同じことである（注2）。

このような文芸理論は、現在にしてみればさほど過激なものではないが、文化大革命収束から五年後という中国社会の状況下においては、刺激的であった。高の理論は、社会文学が主張する階級性を真っ向から覆していたため、その思想の容認は得られなかった。しかし、高は生命本来の有りようを追究する〈意識の流れ〉の手法に傾倒し、その実践の試みを続けた。この理論を発表した翌年に戯劇《絶対信号》、さらにその翌年に不条理劇《車站》を書いた。その頃に展開された〈精神汚染運動〉という政治的キャンペーンでは、高の文芸理論は従来の社会主義リアリズム手法と相容れぬものと見なされ、西洋から流入した頽廃的思想であり、モダニズム文学に汚染された作品を生むものだと批判された。だが、高はこの文芸理論を堅持し、後に更なる実験において、ノーベル賞に輝いた《霊山》、また《ある男の聖書》などを打ちだしたのである。

3　新時期文学とモダニズム文学

中国のモダニズム文学は、一九三〇年代に劉吶鴎（1900-39）、穆時英（1912-40）、施蟄存（1905-2003）らによって、その紹介と実践が行われた（注3）。劉は当時日本の植民地であった台湾で生まれ育ち、その後、東京の青山学院大学、慶應義塾大学で学んだ。彼は、日本の新感覚派に傾倒し、横光利一、川端康成が創刊した『文芸時代』（一九二四年）に影響を受け、『七階の運動』（横光利一）、『色情文化』（片岡鉄兵）、『橋』（池谷信三郎）などの翻訳をはじめ、モダニズム手法の創作を試みた。短編集《都市風景線》は、モンタージュ、〈意識の流れ〉、心理分析、象徴主義などの手法によって、三〇年代の上海の都会風景を再現したものであった。同じ時期、穆も短編小説「南北極」（《小説月報》第二二巻第一号、一九三一年）、「空閑少佐」（《白金的女体塑像》に収録。上海現代書局、一九三四年）を描き、人間の内面の美意識や文学の新たな手法などの模索を試みた。施の場合は、〈新感覚派〉の発展に伴い、一九三二年に創刊された雑誌《現代》の編集長を務め、フロイトの精神分析学に基づく実験的小説を手掛け、劉と穆の作品を積極的に掲載したうえ、ジョイス、フォークナー、アポリネール、横光利一などの外国文学におけるモダニズム作家やその作品などを精力的に紹介した。

しかし、戦禍の真っただなかの中国において、モダニズム文学の持続と発展は困難であった。一部のモダニストが政治に参与したことで漢奸とされた。また、社会問題、戦争問題を創作に取り込んでいたにも関わらず、大衆の心理にそくすることができず、むしろ遊離していったようであった。その時期の中国は、近代市民社会というにはほど遠く、こうした芸術的探索論を育む土壌も空間も備えていなかった、と考えるほかはなかろう。

そして、それから半世紀が過ぎた一九八〇年代の〈新時期文学〉の時代を迎えると、脱プロパガンダ文学が求められ、この系譜を辿るモダニズム文学が再び現れたのである。その展開は政治的支配に阻隔されたが、高行健、王蒙などはその桎梏に抵抗し、劉、穆、施の〈意識の流れ〉の理論を継承した。この時期の実験小説として、いち早く注目を浴びたのは、高の《現代小説技巧初探》と戯劇《絶対信号》、《車站》、王蒙の《海之夢》、《蝴蝶》、《夜之眼》、《春之音》などであった。それらの作品は人間の内面の独白や自由な連想によって、人物像の心理状況にそくした構造と描写をおこなう創作であり、これまでの社会主義リアリズム手法の人物造形とは対立していた。二人は新時代の到来において、文学が政治的束縛から解放され、自由な空間をもつべきものだと示唆し、モダニズム文学の開拓に大いに貢献した。

二　《霊山》と人称表象

1　《霊山》と《ある男の聖書》

高の人称を用いる創作といえば、《霊山》と《ある男の聖書》が思い起こされる。彼はこの人称表象の手法によって、自身のテクストを確立させ、世界的な注目を集めえたのである。ふたつの作品はともに台湾聯経出版公司が、一九九〇年と一九九八年に発行した長編小説である。それぞれ飯塚容によって邦訳されている（二〇〇三年、二〇〇一年、集英社）。

《霊山》は（以下《霊山》を作品名とし、〈霊山〉を作品に登場する山名とする）、高が中国からフランスへの移住を経て、七年間（一九八二‐八九年）にわたって書き継いだものである。八一章から構成されているこの作品は、肺癌と診断された〝我〟が旅に出ることからはじまる。物語は一人称〝我〟と二人称〝你〟の交錯する独白から展開される。その旅の構図は、地理的にも心理的にも〈円環〉の構図をめぐってくり広げられている。そしてその円環のなかで、〝我〟の視点をとおして中国の歴史的文化的背景を跡づけながら、過去の時間と空間が淡々と語られている。図式で表せば、次のような〈円環構造〉が導かれる。

図1　ふたつの旅

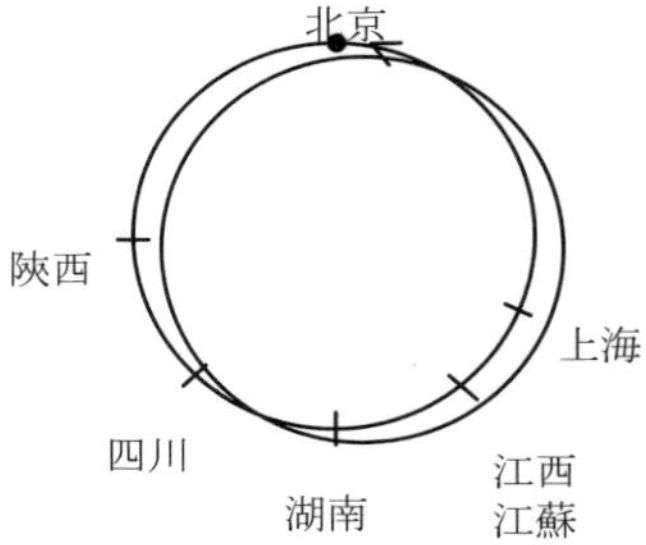

円環①　現実の旅
円環②　内的旅

〝我〟の旅は、北京から西南へ南下して、また東へ進み北上しながら北京へ引き返してくる。つまり、この国の中心である北京および、この民族の文化の発祥地とされる黄河流域の探索を試みているのである。

以下、作品の核心を捕捉しながら紹介する。

第一章

二人称の〝你〟が旅の道すがら〈霊山〉という場所があると聞き、オンボロの長距離バスに乗りこみ、中国の西南部にある山岳地帯を訪ねようとする様子が独白形式で語られる。その明確な地理位置は烏伊鎮の憂水の水源にあって、辺りは全てが〈原始生態のまま〉という。

第二章

一人称の〝我〟がチベット高原と四川盆地附近で火を操る老人に出あい、肺癌と誤診されたショックから目が覚める。そして、〝你〟が〈霊山〉を目指す頃に、〝我〟は長江沿岸辺りを漫遊し、ともに〈霊山〉

を探し求めているが、互いに距離がおかれている。

第五章

〝你〟が三人称〝她〟と出あい、彼女を〈霊山〉の旅に誘い込む。孤独が互いの距離を縮め、ふたりは間もなく結ばれ、神話、民間伝承、民謡、古典文学、古代史、道教、仏教、シャーマニズム、男女の愛、道中の見聞などを語りながら、バーチャルな世界を築いてゆくが、旅の終わる頃に〝她〟は自分が愛されていないと言い、〝你〟から去っていく。〝你〟も〈霊山〉を探し求める長い旅をしたものの、目にしたのは子宝を祈願する〈霊岩〉であった。

第三一章

〝你〟と〝她〟は関係のもつれから、〈これは男の世界だ〉（一七九頁）、〈それは女性の哲学だ〉（一八〇頁）とそれぞれ語り、男女の思考の違いを主張する。

第三五章

〝我〟は原生林に踏み入るが、〈絨毯のような〝金髪蘚〟の上で転がる夢〉にいたることなく、湿っぽい洞窟に戻って、過去と現在という時間の軸にそって絶えず内的覚知と経験的自我を感知する。さらに〈自分がいつも自分自身でありたいから、自分の精神と自我を見いだしたい〉（二〇四頁）ため、困惑しているのだと内省する。

第六二章

三人称の〝他〟（彼）が現れる。

第七二章

〝他〟は人称や創作などの問題について語る。

第七八章
〝你〟と〝我〟はついに長い旅を終え対面する。

第八一章
〝我〟が、今の〈自分が何処にいるのか判らない、この極楽が何処からやってきたのかも判らない、極楽はこんなに安らかだ〉と語り、物語が終わる。

《ある男の聖書》は、《霊山》と同様に人称形式で語られているが、長編にして〝他〟と〝她〟の三人称のみで構成されている。主人公〝他〟は、母国を離れ、フランス国籍のパスポートを手に旅する道中、〝她〟とするユダヤ系ドイツ人女性マルグリットと出あった。ふたりはそれぞれ自身の心の問題に踏み込み、〝他〟の過去と〝她〟の現在を交錯させながら語り合う。この作品は一人称が用いられていない。そこには、〝他〟がかつて文化大革命を経験し、尊厳も自我も奪われたゆえ、たとえ現在自由の身であっても、すでに本来の一人称である〝我〟に戻れない。そのため一人称を用いることはもうできない、という作者の意図が込められているという。

西永良成は、本書について次のように批評している。

共産主義＝全体主義の経験をただ告発するのではなく、（中略）自分自身を含む現実の人間の弱さゆえの蛮行として思考しようという点においては、クンデラの小説のいくつかに近い。（中略）ニーチェ的な解放の思想に由来する（注4）。

西永が分析したように、高自身も劉燕子との対談において、本書は〈全体主義の経験〉、文化大革命の災難が生み出した〈自身を含む現実の人間の弱さ〉と苦境を描いた作品だと述べている。以下、その対話を紹介する。

劉　国内では先生が出国後に書かれた《ある男の聖書》は、言葉遣いが粗雑で、北京からパリへと書き続かれた《霊山》よりはるかに見劣りすると言われていますが、この指摘に納得されますか。

高　このふたつの作品は全く異質なものです。《霊山》は濃厚な中国文化を背景にしましたから、言葉遣いもそれに相応しいものを工夫しました。しかし、《ある男の聖書》は文革前後の災難、政治が日常のあらゆる細部にしみ込んだ当時の中国人の苦境を描いたものです。（中略）当時の時代的雰囲気を浮びあがらせながらその表現方法を選び取ったのです。ふたつの長篇は言葉遣いも、構造も、方法も全く異なるものです。（中略）表現が粗雑とは決して思いません。粗雑ないし醜悪、ひいては極めて凶暴残虐なのは当時の政治でした。それこそが読者に伝えたいものです（注5）。

これまでの高の作品研究では、《ある男の聖書》がつねに《霊山》の上篇であるかのように分析する傾向が見られる。それはともに旅と人称形式を用い、自己解剖を目指す作品であったからに違いない。しかしながら、悠久横溢な文化を背景とする《霊山》に対し、《ある男の聖書》は文化大革命を背景にしている。さらに人物造形も〝我〟から〝你〟、〝她〟、〝他〟が派生される《霊山》に対し、《ある男の聖書》は〝他〟と〝她〟だけに絞られている。いわば、このふたつの作品は、共通性をもつものの、その構造上の相違からすれば、独立するものと考えられる。そのため、本書では《霊山》だけ扱うこととする。

2　現実から虚実へ

一九八〇年代初期以降の中国文学界は、脱文化大革命の第一歩として、傷痕文学、朦朧詩、反思文学、ルーツ文学などの文芸思潮が押し進められた後、欧米文学とその理論の受容に見られる実験的創作を試みる作家が現れた。さきに述べてきたヒューマニズム論争とモダニズム論争は、その一連のプロセスの中でもっとも際立つものであり、権力者と文化人の対峙が克明に反映されている。言い換えれば、社会主義理論を堅持しようとする権力者たちは、力づくで進歩的思想を有する者を弾劾し、弾劾された文化人たちは、人間がイデオロギーに束縛されることなく人間自身に回帰しなければならないといったテーゼをくり広げたのである。高の《霊山》は、まさにこのような過酷な背景のもとで構想されたものである。創作に関する経緯について、彼は次のように語っている。

戯曲を研究している友人が夜中に自転車でやってきて、〈大変だ、賀敬之氏がお前の戯曲が《海瑞罷官》(注6)よりも深刻で建国以来もっとも悪辣な戯曲だ、高のような人間は青海辺りで鍛えるべきだというのだ〉と知らせてくれた。私はそれらの話の意味を必要以上に理解したので、北京から逃れることを決心した。この最初の〈逃亡〉は五ヶ月くらいで、一万五千キロメートルを跋渉し、北京から四川省の西北部、チベット高原から東海辺り、四方八方と身を隠していたのだ(注7)。

賀敬之は、リアリズム詩人であり、当時中国文化部副部長代理であり、文学会やマスコミなどに主導的統制力をもつ者であった。高が八二年に〈一万五千キロメートル〉の旅に出たのであれば、賀が糾弾した戯曲はさきで触れた《車站》であると推定される。この戯曲には、〈意識の流れ〉の手法が用いられ、北京郊外のバス停を舞台に、やってこないバスを永遠に待ち続ける人々を描いている。人々は希望を抱いてバスを待つが、何台かのバスが素通りしてゆく。自分達はそこですでに十年も待ち続けていたことに、かれらはふと気付く。それでも何人かの〈沈黙的人〉（沈黙する人）が姿を消していく以外は、おおくの人はバスがやってくるのを期待して、バス停を離れようとしない、という内容である。〈沈黙する人〉と〈不条理〉を視点に、魯迅の「過客」（《野草》一九二四 - 二六）とベケット（1906-89）の『ゴドーを待ちながら』から影響を受けたと論じられているが（注8）、賀は、盲目的に西洋モダニズムを受容し、社会主義社会の不条理を描くものであると指摘したのだった。

高は、こうした迫害を避けるために、危険な現実世界から逃れ、旅という虚実の世界に追いやられたが、彼がその旅で獲得したものは、芸術によるイデオロギー統制への抵抗であった。たとえば、実験小説における人称表象という構想については、後に次のように回想している。

一九八二年の夏、某出版社の親切な編集長が、長編小説を書いてみないか、小説に対するこれまでの主張を実現させてみないかと訪ねてきた。もちろん即座に承諾した。それが《霊山》を描いた経緯だ。（中略）一九八三から八四年までの二年間、《霊山》を書くために長江流域へ三度の旅をした。その最長のものは一万五千キロメートルにおよぶ長い旅だった。そして、小説の第一人称〝我〟と第二人称〝你〟という最初の構想が浮かんだ（注9）。

出版社からの依頼を快諾した高は、旅という疑似体験による人称表象を構想し、《霊山》という作品を借りて、更なる虚構の世界で自身の理論の実現を追究し、人間の自我についての探究をおこなったのである。

3　虚構から幻想へ

小説の第一人称〝我〟と第二人称〝你〟という最初の構想が浮かび、さらに〈旅〉と〈霊山〉を着想した時点で、高の思考領域はすでにバーチャルの世界に導かれ、幻想性を帯びてきている。なぜならば、旅そのものが現実から遊離しており、茫漠たる空間が広がり、捉えようのない時間が流れているうえ、〈霊山〉の不確かなイメージも底知れない神秘性に潜められ、霊的感覚すら感じられるからである。〝我〟と〝你〟の旅から、また〝她〟と〝他〟が派生して、不確実な時間に神話、文学、歴史、道教、仏教、民間伝承、シャーマニズムなどの過去の時間と〝我〟、〝你〟、〝她〟の現在の時間とが交じりあいながら、怒濤のごとく読者に押し寄せてくれば、曖昧模糊とした文化現象が脳裏に反射する一方で、筋道の整理と確認が追いつかず、読者は現実と虚構の間を彷彿させせられるだろう。

そうした幻想性において、読者はせめてもの救いとして〈霊山〉を追い求める〝我〟、〝你〟、〝她〟の軸にそって、作品を読み続けるほかない。だが、一人称の〝我〟以外は、すべて架空の存在であって、〝我〟の精妙な支配下にあることに読者は気付かない。各自がそれぞれ実在のモデルであるかのように思い続け、事実を理解した時には、すでにそのバーチャルな世界に導かれている。さらに、〝我〟、〝你〟が〈霊山〉に向かう旅は始まったが、実際にその〈霊山〉が実在するか否かは、読者は知る由もなく、終始胸をときめかせながら、〈霊山〉との対面を待ちわびる。しかし、主人公と長い旅をともにしてきたにもかかわらず、〈霊山〉を目にすることはないのだ。

このような人称表象について、作者は「文学与玄学・関於《霊山》」において次のように述べている。

〈我〉が現実世界で旅をし、それによって派生された〈你〉は想像された精神世界で旅をする。その後、〈你〉はさらに〈她〉を派生した。後に〈她〉の消失による〈我〉の異化から〈他〉が現れるのだ（注10）。

つまり、〝我〟と〝你〟はともに〈霊山〉を求めて旅するが、〝我〟の経験した後の時間より、〝你〟と〝她〟が創出され、二人を把握することによって、〝我〟自身を確認する。そして、〝我〟と〝你〟の旅を静観し、客観視する者として〝他〟を設定し、〝我〟から派生した〝你〟と〝他〟を含めた旅が、主人公の〈原始生態のまま〉へ回帰する旅として構想されている。この幻想的な物語は、〝我〟と〝你〟の旅の空間がずれるように設定されている。そのため、〝我〟がチベット高原と四川盆地近辺に辿り着いた時、〝你〟は長距離バスに乗っており、ようやく〈霊山〉へ差し向かえた頃に、〝我〟はすでに長江沿岸辺りを漫遊している。ふたりはつねに距離をおいている。そのため、〝我〟は三五章で〈霊岩〉を目にするが、〝你〟は五〇章でそれに出あうのだ。そして、旅の終わりに近づけば近づくほど、ふたりの距離も縮められ、後に合流することで主人公の現実の旅と精神の旅が統一されるのである。

この斬新な手法は、現実と虚実の間で遊離するひとりの作中人物をいくつもの側面から省察することができると同時に、作者のモダニズム理論も実践することができた。この作品は当時の同時代文学におけるカオス状態の打開を試みたものと言えるのである。

三　我、你、她、他の諸相

1　自我を求める我

我は肺癌と診断されたため、原生林に向かう旅に出た。道中、人類の原始文明となる火を操るチャン族の老人に出あった時、〈自分は実在しているのだ〉とようやく意識する。すなわち、我はそれまで虚構の世界をさまよい、自身の実在感がなかったのである。それから野生のパンダの生息の実態を観察する調査員とともに森林保護区に入り、原生林に踏み込んでいくが、奇妙な赤い足の〈雪鶏〉に見とれているうち、標高三千メートル以上の〈座標12M〉一帯でガイドを見失い、自然の驚異を体験しながら生死の境をさまよう。しかし、いつ、どのようにして脱出できたかについては説明もなく、時間と空間のモンタージュによって、再び純然たる原生林に身をおくが、〈絨毯のような金髪蘚の上で転がる夢〉にはいたることなく、深い霧に阻まれて、先へ進むことを断念せざるを得ず、引き返してくる。

湿っぽい洞窟に戻ってからの我の意識は、過去と現在の時間を軸に絶えず流動し、その内的覚知と経験的自我を感知することによって自己の内面の省察を試みる。

以下、作品から我の旅における意識の広がりと主観的自我を見いだし、その内省の過程を考察する。

〈我〉の困惑は、自分がいつも自分自身でありたいから、自分の精神と自我を見いだしたいためなんだ。（二〇四頁）

〈我〉が求めているものはただひとつの窓にすぎない。その窓のなかには明かりとぬくもりがあって、〈我〉の愛する人がいて、その人も自分を愛してくれる、それだけで十分満ち足りるものだ。それ以外のすべては虚妄に過ぎない。しかし、その窓も幻でしかない。（二〇四頁）

このような自己の内面を垣間見ながら、〈幻の窓〉にあるような〈ぬくもり〉を求める意識が、追憶と幻覚とを混ぜあわせて広がり、黄泉の世界の親類の会話まで聞こえてくる。

早く家に帰らなければならない、おばあちゃんが待っているから。食事の時間になると、おばあちゃんはいつも大声で僕を呼ぶのだ。（二〇六頁）

このままではいけない、まともな家庭を持たせるべきだ。やさしくて気立てのよい妻を見つけてやらなくてはならない。（二一二頁）

かれらが恋しい、かれらに会いたい、かれらと昔のことを語りたい。だが、かれらに設定された生活を受け止めるつもりはない。（二一二頁）

つまり、〈ぬくもり〉とする祖母の声や、壁の向こうにいる曾祖父、祖父、外祖母、母親らの会話などを懐かしく思い、かれらに会いたくなるが、〈かれらに設定された生活を受け止めるつもりはない〉。そこには意識が流れては自我に還元していくさまが見られる。

旅は続き、〝我〟は中国大陸の西南部のミャオ族の村にやってきた。そこでは龍船祭りがおこなわれていたため、娘たちの歌う民謡を聴きながら、〝我〟の意識は若い男女が本能的に求め合う風景にそって流れる。

> 人類の求愛方法は、もともとこのようなものだ。後世の文明というものが性の衝動と愛情とを切り離してしまい、また家柄、金銭、宗教などの倫理観念と文化といった負担を造出してしまった。これこそ人類の愚かさだ。（二二六頁）

〝我〟はこの時、人類の変容を懐疑し否定するが、ある娘がミャオ族の風習にのっとって自分を求めてきた時、彼は狼狽して逃げ去る。この行為からは〝我〟の心理深層の意識と自我の衝突が見られる。

> 女性との関係には、そういう自然な情愛はとうの昔になくなってしまい、あるのは欲望だけだ。しかし、一時的な快楽を求めるにしてもやはりその責任に捕らわれてしまう。〈我〉はオオカミではない。オオカミになって自然に戻って逃げ回っていたいが、この人間の姿から逃れられない。〈我〉は人間の姿をしている怪物だ、どこにいようと落ち着けるところなどはないのだ。（二二七頁）

さまざまな情景でさまざまな意識に流される〝我〟は、この時、自己を内省しながら抑圧されてきた人間の内面を凝視する。人間本来の姿をすでに失ってしまった切なさに戸惑う一方、〈女性との関係〉を〝你〟と〝她〟の関係にすり替えていくのである。

〝我〟は、引き続き道教寺院で修行している若者と僧侶の老人に出あい、意識はふたつの異時空で揺らぐ。

なぜか、この世を手放せなくてね。（二八四頁）

いつか後を追うかも知れない。（二八六頁）

〝我〟は神話の里である神農架へゆく。そこで、野人が出没している話、食用にされた話を聞き、捕らえられて絶食死した金糸猴の標本を見るにつれ、意識はさらに連想していく。

野獣が自由を失い、飼いならされるのを甘受できない場合、死を選択するほかはない。だが、それには相当な意志力が必要だ。人間は誰もがそのような意志力を持てるとは限らないんだ。（三七五頁）

自我なき生を甘受できず、無我の境地を模索しつつも自我をもつ生を渇望してしまう〝我〟は、この時、自分と金糸猴の境遇とを照合し、生と死、自我と無我の間で相克する。

〝我〟は、民謡を収集し、道教の施術の見物のため、街の郊外にある道士の家に赴く。さらにチベットへ向かう途中、ある道教寺院の道を歩いていくと、

顔と腕がひりひりする。顔に流れているのはおそらく血だ。頭を見上げると木の上に牛の目ができ、その目は〈我〉を見下ろしている。周囲を見回すと遠近の樹木もすべて巨大な目をして、凛々と〈我〉を見下ろしている。（四三四頁）

この時の意識は、〈これは自分の心理的恐怖による錯覚にすぎない、〈我〉の陰気な魂が自分自身を覗き見している〉（四三四頁）という内省であった。そしてその〈魂〉の回復を求めて、〝我〟はさらに西王母の住処である崑崙山へ往き、法律専門家の友人、女性の道士に出あい、禹の話、司馬遷の話、文化大革命の話、旅の見聞、奇妙な出来事などを独白する。無論、これらの旅による意識の流動は、すべて〝我〟の〈心理的恐怖〉と〈陰気な魂〉を省察する手段であり、また、壊れた自己の再生を図るためでもあった。しかし、原生林でガイドを見失った時点で、その再生の可能性はもはやすでに失われており、引き返してきた〈湿っぽい洞窟〉こそ、自我と無我の間で相克する〝我〟の魂を象徴するものなのである。

2 人間存在を確認する〝你〟と〝她〟

〝我〟の深層心理に迫る旅が孤独のうちに進んでいくのに比べ、〝你〟は〝我〟の主観を受け、その客体として辿り着くことのない〈霊山〉に向かう。道中〝她〟と出あうが、ふたりのグロテスクな世界には、人間存在のあり方や男女の思考形式の違いなどが示されている。

〝你〟は烏伊鎮にやってきた。この町は早くも《史記》に記載があり、治水の神禹が通りかかったことがあると伝えられている。この町のある川のほとりで〝她〟が現れた。

君も〈霊山〉のためにやってきたのかい。
お伴してもいいかい。（三二一頁）

〝你〟は、一人旅の孤独に耐えきれず、〝她〟を引き寄せようとする。人生の暗澹たる境遇の折、しかも生きる信念すらもてない彼女は、〝你〟の〈怨鬼岸〉、〈西王母の青鳥〉などの話を聞くにつけ、いくらか落ち着きを取り戻し、この町にやってきたことの次第を語りはじめる。

〝她〟は愛する人に裏切られ、継母に厭われ、気弱な父親に失望し、仕事にも愛着をもてない。そのような父母と職場を偽って旅に出たが、自殺しても確認されないようにするため、本名を隠している。

　一緒に川を渡らないかい。川の向こうには〈霊山〉という山があるんだ。その山に往けば種々な神秘が観られ、苦痛が忘れられる。しかも解脱も得られるんだ。（六七頁）

こうして、〝你〟は〝她〟と連れ立って〈霊山〉に向かい、道中で出あった墓泥棒の話や巫女の話などを彼女に語った。わびしい秋の夜、二人は強く結ばれていった。

　洪水が氾濫した後、天地の間に一艘の小舟しか残らなかった。小舟には兄妹しかいない。二人は寂しさにしのびず、強く抱き合った。相手の肉体こそが実在のものであり、自分の存在を証明してくれる唯一のものだった。（一一八頁）

〝你〟は神話「伏羲と女媧」を説き、〝她〟との関係をとおして、自己の存在ないし人間存在のあり方を確認し、次のように示唆する。

陰と陽の二枚のひき臼を合致させるように、これは天の意だ。人間の本性なのだ。（一三一頁）

二人は引き続き〈霊山〉を目指す。道中ある老婆に〈霊山〉というところはなく、〈霊岩〉ならあると諭される。しかし、〝你〟はそれを聞き入れず、〈羅女神〉、〈杞木〉、〈狐狸精〉、〈文革〉、〈火神〉、〈祝融〉などの話を語りながら、旅を進めていく。〝她〟も〝你〟に子供の頃のこと、学生時代の初体験、同僚の話などを語った。しかし、その後、〝她〟は次のように言う。

〈你〉の語るものはますます邪悪になり、ますます粗俗だ。（一七九頁）
もしも愛情が無くて欲望しか残っていないのなら、人はまた生きる意味があるのだろうか。（一八〇頁）

〝你〟が言う。

それは女性の哲学だ。（一八〇頁）
これは男の世界だ。（一七九頁）
ひとりの女とひとりの男が一緒にいた時、世界の存在がすでに出き上がったものだ。（四一九頁）

女性の物語を語ってほしいと〝你〟が提案すると、

〈你〉のように口から出任せにでたらめは言えない、私が求めているのは真実、少しもごまかしの無い真実だ。（一八〇頁）

〈你〉の愛している人は私ではない。（一八六頁）

〝她〟のこうした反発により、旅の後半で二人の関係に亀裂が入り始める。しかし、二人の旅も対話もまた続く。〝你〟はある廃墟を指して、章を超えて語り続ける。

第三六章

ここは、かつて千個の僧房を持つ寺廟で、九九九人の僧侶が修行していたが、住持が天命をまっとうした時、後継人が決まらず、大火に見舞われてしまい、寺廟も僧侶もすべて灰塵と化した。

第三八章

〝你〟は、引き続きこの廃墟について語り続ける。その五百年後、そこは土匪の住処と変わった。その一五〇〇年前には、古廟などはなく、ある藁葺きの家で一人の名士が仙人の暮らしを営んでいた。その一五四七年後、ある軍人の家が火事に見舞われた。それから、その半世紀後には、文革時代の若き男女が愛のために惨死に追い込まれた。

この二章にわたる空間移動は、〝你〟の〝她〟への独白に誘導され、自在に流動し変化する。しかもそのトラジックな廃墟が一九八〇年代までの中国を現象的に隠喩しているのは言うまでもない。つまり、僧侶と仙人は仏教、道教の隆盛時代、土匪は乱世の軍閥時代、若い青年は文化大革命時期に当たる。もしも、この断片化された歴史を連鎖し地球規模で俯瞰してみれば、この廃墟はまさに長い間の中国そのものの隠喩として読み取れるのである。

〝你〟の旅も意識も独白もさらに流れてゆく。気がつくとある山路を歩いている。〈人生はもともと決まった目標は無い、(中略)考えてみれば、人生には究極の目標などはないのだ〉(二四五頁)と物思いに耽るうち黄泉の世界に踏み入ってしまい、奇妙な老人たちに取り囲まれてしまう。しかし、

このまま死ぬに忍びず、翻然と人の世に回帰した。(二五〇頁)

いわば、この世がたとえ醜悪であっても、また手放せないものであり、絶食死した金糸猴のような意志力をもてない〝我〟と同様に、〝你〟もまた虚無的な生を選択したのである。

一方、〝她〟との関係は破局を迎える。それは、男女の愛情観の違いから生じる必然的結果であろう。〝你〟は〈幻の窓〉を求める意志もないほど虚無状態に陥って、自我の探求に没頭する。一方、〝她〟は身を寄せる家が欲しい。ふたりの関係について、〝你〟は次のように振り返る。

そうだ、〈你〉は〈她〉を誘惑した。しかし、〈她〉も〈你〉を誘惑したのだ。女の伎倆と男の貪欲、どちらにどれほどの責任があったかは、はっきりさせる必要があったろうか。(三一二頁)

この独白からすると、作品中〝你〟と〈霊山〉へ行く〝她〟(五章から)以外に、過去を回想する〝她〟(四六章)が想起させられる。後者の〝她〟が十二章でふれた〈離異的妻子〉(別れた妻)であるのならば、前

者の〝她〟の役割は〝你〟の過去の婚姻を客観的に見直す媒体であるとも考えられる。すなわち、ふたりの関係は男女の思考のあり方の違いによるものであり、どちらの是か非かははっきりさせることができない。〝你〟のひとり旅は続く。しかし、辿り着いたのは〈霊山〉ではなく、道中の老婆に諭された〈霊岩〉であり、子宝を祈願する女性の訪れる場所であった。すなわち、壮大な旅をしたものの、〝她〟を失い、〈霊山〉も探し出すことができなかった。しかし、〝她〟と結ばれたことで〝你〟の旅の意義は完成している。ふたりの関係に関する〝你〟のこれまでの独白を振り返ってみよう。

伏義と女媧
陰と陽の二枚のひき臼
天の意
人間の本性
ひとりの女とひとりの男が一緒にいた時は、世界の存在がすでに出き上がったものだ

これらの言説は、まぎれもなく人間存在のあり方を確認し、肯定するものである。そこには〈西洋から流入した頽廃的思想〉、〈モダニズムに汚染された作品〉という指摘に対する答弁が見られる。また長期にわたって、男女の性の描写を禁じてきた、社会主義リアリズム文学に対するアンチテーゼであるとも読みとれよう。

ふたりの旅は内傷を負った〝我〟が人間存在を思考し、自己の内面を確認するために距離をおいたところで、もう一人の自分〝你〟を生み出し、その結果、〝我〟が凝視した〝你〟をとおして、〈この世を手放せ〉ない自身を省察し得たことを表しているのである。

3　静観者である〝他〟

〝她〟が消失した後、〝他〟が派生した。〝他〟は〝我〟と〝你〟を客観的に概観しながら、また、作者にかわって創作における種々の思いを吐露する。七二章では、

> お前はまたルーツ派になったのか。それは閣下に貼られたレッテルだ。小説を書くことは、孤独に耐えきれず自分が楽しむためのものだと〈他〉は急いで言った。お前は虚無主義者だな。もともと主義などはないのだ。だからこそこんなに虚無的になるのだ。しかし、虚無は無とは限らない。〈他〉も戸惑うことがある。小説を書くことで大切なのは、物語ることなのか、それとも語る形式なのか。（四七一頁）

このように〝他〟は、作者の創作に対する思いと苦悩を語り、虚無的である自身の立場を明らかにしている。だが、虚無は無ではないがゆえに、創作するのであり、苦悩するのである。このように考えていくと、精神とする〝我〟、身体とする〝你〟と並んで、〝他〟は仕事として見なすことができよう。

さきに、〝我〟は作中人物の精神、〝你〟は身体としている、と述べたが、〝他〟と整合してみれば、作品における〝我〟、〝你〟、〝他〟は、まさにひとりの人間の総合的世界である。いわば、〝我〟という人間の精神と身体と事業とで立体的に表象され、余すことなく内省されているのである。

四　〈人称〉の思想的背景

1　〝你〟と〝她〟の普遍性

人称表象において、〝我、你、他〟のほかに〝她〟も忘れてはならない。〝她〟は客体〝你〟のために設定された架空の女性像である。

〈你〉は〈她〉を誘惑するが、それは〈她〉という架空の存在も〈你〉を誘惑するためであり、それぞれ自分自身の孤独を甘受できないからだ。（三一九頁）

この独白は〝你〟と〝她〟が人間の大敵である孤独に苛まれていることを解することができる。二人がその大敵を征服するには互いに引き寄せ合って、内心の寂寞を語り合うほかはない。〝我〟と〝你〟の関係では、相互の語り手と聞き手として成立するが、〝你〟と〝她〟の関係では、それのみならず人間のイデアが現れる。この時、本能的生理に支配されてゆく生物的ネイチュアに還元されざるをえない。なぜなら、作者は人間を主体としているからである。二人は長い旅の中で唯一持続する人と人の繋がりであった。

この〝你〟と〝她〟の関係は、語り手と聞き手の始まりから、陰鬱、暗澹たる結末に変化してゆく。その会話もつねに離別と不透明な前途が哀怨の饒舌に絡まれてゆく。しかし、それでも愛の営みは止まず、後にふたりの時間は人間の生理の欲求においてしか成立しなくなってしまう。したがって、この関係は人間の生理における〈孤独〉を乗り越えたものの、人間の精神におかれた矛盾、悲哀、絶望とその自己嫌悪による苛みからは免れることができなかった。そのため、ふたりに具体的人名を付与するよりも人称そのもので描かれる方が、実存在としての人間全体の孤独、不安、絶望を読み取ることができるのである。したがって、作品に用いられた人称表象も作品中の〝我〟、〝你〟、〝她〟、〝他〟から広がり、人間全般の表象へと転化するのだ。

2　人称表象とタオイズム

七八章では、〝我〟と〝你〟の諸体験が織り合わされ、二人はついに対面した。この結果にいたる前置きとして、旅における〝我〟と〝你〟は、三五章と六六章でそれぞれの体験をすり替えている。〝你〟が〈霊山〉に向かう真っただなかに、〝我〟は原生林の洞窟を出て、すぐ近くの〈霊岩〉を見た。その後、彼の旅は新たな方向へ展開していったが、十章の原生林でガイドを見失い遭難した後の旅は、実は、六六章の〝你〟が引き継いでいる。互いに体験を共有し、つねに内的距離を保ち、見えない空間をここではじめて見える空間として繋いだのである。〝她〟の消失、〝我〟と〝你〟の対面は、いわゆる〝我〟の精神と身体がついに統一されたことを表しているのだ。

一人称の〝我〟から〝你〟と〝他〟へ分散し、また統一する手法からは、東洋的世界観も読みとることができる。たとえば、六三章の〝我〟が耳を傾けた道教寺院主持の言説では、道は万物の本源で、また万物の法則でもあるのだ。主観と客観が互いに尊重すれば一と為る。起源は無から有を生み、有から無を生み、両者合一すれば先天的天人合一となり、宇宙観も人生観も統一に到達するのだ。（四一六頁）

この〈道は万物の本源〉とは、まさに《老子》の〈天下万物生於有有生於無〉（魏王弼注、唐陸徳明撰音義、「老子」《二十二子》十章、上海古籍出版社、一九八六年）のタオイズムであり、〝我〟と〝你〟が対面し、互いに抱擁することも〈主観と客観が互いに尊重すれば一と為る〉思想の志向性にあり、ふたりの自己統一から新たな領域の〝我〟が創り出されている。いわば、苦悩から解き放たれ、再生の道を見つけたのである。その境地は俗世間から逸脱した宗教的知覚に導かれていく。

極楽はこんなに安らかだ。喜びもない。喜びは憂慮に対していうものだ。（略）この時自分が何処にいるのか判らない。この極楽が何処からやってきたのも判らない。（略）（五二六頁）

極楽の安らかな境地とは、苦患のない仏の安楽世界である。すなわち〝我〟の自己回帰が達成され、喜悦にも憂慮にも捕らわれない境地に昇華したのであり、その境地こそ〈霊山〉を探す目的であったろう。

しかしながら、〈霊山〉は見つかっていない。そこで、〈霊山〉とは何か、この旅とは何か、なぜ辿り着かないのか、と読者は思うに違いないが、この余韻こそいっそう作品の幻想性を際立たせるものであろう。

また、〝我〟と〝你〟の旅には、既成神話と道教、仏教の言説がおおく用いられており、それらには作者の意図的改変が見られ、しかも〈意識の流れ〉のテクストと併用しているため、それらの題材を再吟味、再受容する際に、読者は作者の志向に左右されやすく、その思想による質疑を呼び起こす可能性が容易に約束される。したがって、文化が人に対して言うものであれば、その文化に疑問を抱いた時、その質疑も当然その文化に生きる人々に帰結するであろう。〝我〟と〝你〟の旅が、歴史的文化を凝視し続けたものであるからこそ、その確認と検証が暗示されるのである。

3　東洋と西洋の間

《霊山》は、八一章で構成されているが、章毎に人称が入れ替わるため、それぞれの言説は独立する史的伝承、あるいは物語としても成立する。八一章と言えば老子の《道徳経》と重なっているが、これは決して偶然ではあるまい。なぜなら作中には、《道徳経》に関する言説が満遍なく点在しているため、作者が老子思想を受容し、強く意識していたと考えられるからである。たとえば、五一章と六三章において、人称の概念的解説とも読み取れる次のような言説がある。そこには明らかに老子思想が窺える。

第五一章

　漢代の画像磚に彫刻された蛇身人頭の伏羲と女媧の交合する神話は、原始人の性的衝動より発生したものだ。野獣から霊怪に変わりその上また始祖神に昇華した。それは単なる欲望と生存を求める本能的化身にすぎない。その頃は個人というものは無く、〈我〉と〈你〉を区別することも出来ない。〈我〉の誕生は、はじめは死という恐怖から現れ、非自己的異物が生成した後に、いわゆる〈你〉ができたのだ。当時、人々は自己を危惧することを知らず、自我を意識するのも相手より感知し、占有することと占有されることから、或いは征服することと征服されることからそれを確認するものだった。その〈我〉、〈你〉と直接的関与しない第三者〈他〉は後になって徐々に分離していった。その後、〈我〉がまた新たな発見をし、つまりこの〈他〉はいたる所にあり、全て自己と異なる存在であるが為に、〈你〉と〈我〉の意識もこの時やっと次の順位に変わっていった。人々は他人との生存競争の中で次第に自我を忘却し、複雑な三千大千世界に組み込まれてしまって、まるで一粒の砂のようだ。（三一五頁）

伏羲と女媧については、すでに第Ⅱ部で読み解いたため、ここではその解説を省略する。

作者はこの神話をとおして、原始の時代まで遡り、人間のあり方を思考し、〝我、你、他〟を明らかにしようとしている。それと同時に現在では、〈他人との生存競争のなかで次第に自我を忘却した〉と内省し、近代ヨーロッパ文明の〈自我〉を喚起しようとしているように思われる。それによって〈欲望と生存を求める本能〉という人間存在の本質を把握し、〈野獣から霊怪に昇華した〉ことで、その存在への肯定的ないし神秘的概念を示している。しかし、〝他〟の生成は、老子の〈三は万物を生む〉と同一事象が表象されていることが見て取れる。六三章では、それについてさらに明確に示している。〈道は一を生み、一は二を生み、二は三を生み、三は万物を生む〉（四一五頁）とは、《老子》第四二章の言説である。

一方、人称の〝我、你、他〟の関係については、〈〈你〉は〈我〉の陳述する対象であり、〈我〉を傾聴する〈我〉自身で〈我〉の影にすぎ〉（三一九頁）ず、〈〈他〉もまた〈你〉の影であり、影の影である。面影がないが人称代名詞ではあるのだ（略）〉（四七一頁）という。

こうした解釈を根拠に、人称の生成は〝我〟が〝你〟を生み、〝你〟が〝他〟を生んだと位置づけることができよう。そして、〝我〟とは何かと質疑する際に〝你、他〟が浮かびあがり、〝你、他〟を質疑する際に、またすべてが〝我〟に還元することで、自我の統一が成立するのである。

ここでは、こうした東洋的人間観を読み解いたが、〝我〟の自己統一法は無論フッサールの現象学による解析もあり得る。和田渡の「フッサールの「意識流の現象学」における「心的諸体験の流れ」に巡る「現象学的ものへの還元によって、リアルな自己完結的な統一」」（『阪南論集人文・自然科学篇』第三八巻第一号、二〇〇二年）は哲学研究であり、この作品とは無関係である。しかし、その観点からの応用研究をおこなえば、新たな方法の読み解き方がまた現れるであろう。この課題は次の研究にゆずることとする。また、第Ⅰ部で掲げた〈意識の流れ〉に関する諸研究も含めた総合的観点から考えた場合、この作品が東洋と西洋の間における人間探求をおこなっていることが明らかになる。とりわけ、終章の〈神〉と〈極楽〉の表現は意味深い。神と仏は、おのおのエデンの園と極楽に君臨していることが東西思想の一般的概念として知られているが、〝我〟が〈極楽で神に見つめられた〉ことは、決して作者の恣意的言説とは思えない。なぜならこの作品は精妙な構成と技巧を究めているからだ。それは明らかに意図的言説であり、東西思想の境を溶かそうとする世界観の表れである、と思えてならない。

五　〈円環構造〉テクスト

《霊山》は〝我〟の北京から出発し、北京へ帰還する周縁型の旅において、地理的にも心理的にも巨大な〈円環〉をくり広げている。〝你〟と〝他〟の旅も含めて、見える〈円環〉と見えない〈円環〉を互いに作用させ合いながら、無数の〈円環〉を造り出している。〝我、你、他〟が辿った現実の旅と内的旅を前掲の図1の〈円環〉に内包しつつ、それぞれの〈円環〉を示している。したがって、〝我〟から派生された〝你〟と〝他〟の〈円環構造〉は、次のように現れる。

図2　〝我、你、他〟の旅

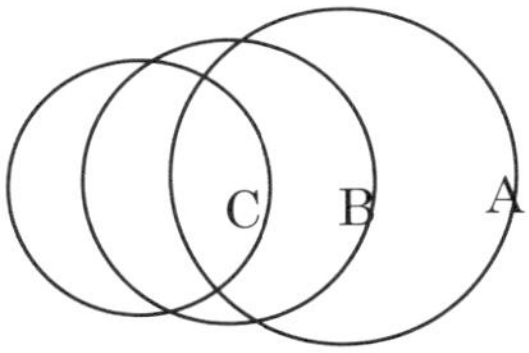

A＝〝我〟
B＝〝你〟
C＝〝他〟

このように、一人称の〝我〟が作品の中心円として、さらにおおくの〈円環〉を生み出しており、二人称の〝你〟、三人称の〝他〟のように、〝我〟の〈円環〉生成と同じ形式でおのおのの〈円環〉をくり広げている。この三つの〈円環〉は旅の地理的空間と作用し合って、作品の〈内空間〉を展開している。そして、〝我〟は主体者、〝你〟は客体者、〝他〟は静観者とすれば、〝我〟を精神、〝你〟を身体、〝他〟を仕事とした視点で分析することができる。となれば、この内省の仕方は図2のように、〝我〟を底なしの深淵として覗き込むことが期待され、その立体的透視法は、深遠かつ無限になる。

旅の終点では〝你〟と〝他〟の〈円環〉が〝我〟に還元し、さらなる〈円環構造〉を浮かびあがらせている。

図3 〝我〟＝〝我〟〝你〟〝他〟

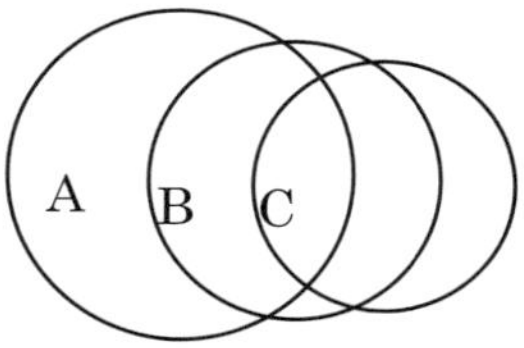

A＝〝我〟　B＝〝你〟　C＝〝他〟

図3は〝我〟から生じた無数の〈円環〉が、総合的に拡散し、収縮しては、また中心円に舞い戻るさまを表している。〝你〟と〝他〟が〝我〟自身に回帰してゆくように、旅の終点で作品のあらゆる出来事もすべて〝我〟という中心円に還元する。つまり、〝我、你、他〟の旅が終わり、おのおのの役割を果たした後に、〝我〟に収縮する。

さて、この〈円環構造〉には、作品の如何なるテーマが反映されているのだろうか。五一章の〝我〟の独白がこの問題についてのヒントを与えている。

〈我〉は、いつも意義を求め続けている。しかし意義とはなんだろう。人々が自分たちを破滅させてしまうこの記念碑ダムの建設を阻止できるというのか。結局砂の粒ほどチッポケな〈我〉の自我を求め続けるほかはない。それならば、人間の自我を追求する本を書くしかない。その本が発表出来ても出来なくてもいいのだ。（三一六頁）

右の引用から、《霊山》という作品は人間の自我を追求している作者の試みであることが読みとれる。この実験小説には作者の種々の文芸理論が用いられているが、ここで考察した〈円環構造〉では、作中人物の〝我〟の細分化をとおして、多角的視点からの自我における探究が実現され、人間の〈チッポケ〉さと無力さも解明されたのである。そして、現実社会に打ちくだかれた〝我〟の自我を再確立するために、〈原生林〉を目指したり、〈霊山〉を探し求めたりする。道中、歴史的文化に身を委ねながら、絶えず内省をおこなった〝我〟は、重厚で横溢な東洋文化を背景にして、自我と無我の間で相克した後、自我を喪失することができず、人は人間の本質に立ち返らなければならないと諦観する。では、その〈原生林〉とは、〈霊山〉とは、どのような象徴性をもつものであろうか。

無論、原生林とは〈原始のままの状態〉の自然であり、生命の源泉である。言い換えれば、作者の渇望する健全な自我として理解することができよう。したがって、〈霊山〉では、〝你〟が〝她〟と出あい、〈霊山〉へ誘い込む場面が思い起こされる。

　一緒に川を渡らないかい。川の向こうには〈霊山〉という山があるんだ。その山に往けば種々な神秘が観られ、苦痛を忘れられる。しかも解脱も得られるんだ。（六七頁）

　つまり、〈霊山〉とは心の平安を希求する幻想であるのだろう。しかし、〝我〟は原生林でガイドを見失い、生死の界でさまよった。長い旅をした〝我〟も〝你〟も〝她〟も〈霊山〉に出あうことはなかった。それはいわゆる作中人物が過去の痛みから脱却できず、本来の生の有りようを取り戻せないことを意味している。だが一方では、〝我〟と〝你〟と〝他〟で示された内的対話がおこなわれ、また、旅が終わりを迎えると、〈円環構造〉に示されたように過去のすべての物事が渦を描いて無に帰しながら〝我〟に還元しては、また新たな始まりをそこに暗示する。すなわち、内省から回帰へ向かって、再生を果たしているのである。〝我〟がふたたび北京に帰った時、癌細胞は消えたというではないか。終章では、〈自分が何処にいるのか判らない、この極楽が何処からやってきたのも判らない、極楽はこんなに安らかだ〉とあるではないか。いわば、過去のいっさいが断ち切られ、新たな生が新たに始まるのである。

　このように、《霊山》における〈円環構造〉は内省と回帰の思想に導かれているのである。

【注】

1 鷲見八重子、岡村直実編、『現代イギリスの女性作家』、勁草書房、一九八六年
2 デイヴィッド・ロッジ著、柴田元幸、斎藤兆史訳、『小説の技巧』、白水社、一九九七年
3 高行健、《現代小説技巧初探》、花城出版社、一九八一年
鈴木将久、『上海モダニズム』、中国文庫株式会社、二〇一二年
4 吉田富夫、『中国現代文学史』、朋友書店、二〇〇七年
5 西永良成、「独自の話法、不思議な明るさ」『すばる』二四巻一号、集英社、二〇〇二年
劉燕子、「高行健へのインタビュー」『藍・BLUE』総第二〇号、《藍・BLUE》文学会、二〇〇五年
6 一九五九年に北京副市長の呉晗が、海瑞（嘉靖帝を諫めて投獄されたものの、のちに隆慶帝、万暦帝に重用され清官として名を馳せた）をモデルに書いた明の戯曲。一九六五年に〈反党反社会主義の毒草〉と批判され、作者呉晗は文革中に獄死。
7 高行健、《創作論》、香港明報出版社・新加坡 青年書局聯合出版、二〇〇八年、二六二頁
8 高行健、「車站」《中国現代戯曲集》第二集、晩成書房、一九九五年
中央大学人文科学研究所編、『近代劇の変貌』、中央大学出版部、二〇〇一年
9 瀬戸宏、『中国演劇の二十世紀――中国話劇史概況』、東方書店、一九九九年
高行健、「文学与玄学・関於《霊山》」《没有主義》、香港図書有限公司、二〇〇〇年、一七六 - 一七七頁
10 前掲注9、一七三頁

Ⅵ　劉震雲と円環構造テクスト

一　劉震雲とリアリズム

1　劉震雲とその研究

劉震雲は、一九五八年に中国河南省延津県で生まれた。少年兵として一九七三年に軍隊に入ったが、七八年に兵役を終え、中学校の職員となった。翌年、北京大学の受験に合格し、入学後、文学部で中国文学を学んだ。卒業後、新聞社〈農民日報〉に入社したが、八八年にさらに魯迅文学院で修士課程を修めることとなる。創作を始めたのは大学卒業前後、つまり、八二年あたりからであり、《塔舗》、《新兵連》、《頭人》、《単位》、《官場》、《一地鶏毛》、《官人》などはその初期の作品である。

二十一世紀以降の作品は、文壇の反響はもとより、中国全土を風靡し、次々と映画化、テレビドラマ化されていった。《温故一九四二》、《我叫劉躍進》、《ケータイ》などは、いずれも高い視聴率を獲得した話題作である。現在、一部の作品は英語、ドイツ語、フランス語、日本語、韓国語、ベトナム語などに翻訳、紹介されている。

劉震雲文学を日本ではじめて取り上げたのは、新谷秀明であり、草創期の作品《単位》、《一地鶏毛》を論じている。その後、劉燕子によって『温故一九四二』（中国書店、二〇〇六年）と『ケータイ』（桜美林大学東北アジア総合研究所、二〇〇九年）が翻訳され、そこに作者の来日講演（二〇〇六年）が加わり、日本での彼への関心はさらに高まった。たとえばその後、塩旗伸一郎の論文「「千年の不孤独」――劉震雲《一句頂一万句》を読む」、泉京鹿の批評「長編小説の衰えない力」がある。

中国国内では、二〇〇〇年以降の作品のたびかさなる受賞や、《ケータイ》をはじめとする一連の作品のテレビドラマ化、映画化により、彼の文壇での地位は確固たるものとなった。その深い洞察力から、彼はしばしば魯迅の後継者として論じられもする。以下、本論文の対象作品の先行研究のみ示すこととする。

①新谷秀明、「劉震雲試論―『単位』・『一地鶏毛』を中心に―」『西南学院大学国際文化論集』第八巻第二号、西南学院大学学術研究所、一九九四年

②李建軍、「尷尬的跟班与小説的末路――劉震雲及其《手機》批判」《小説評論》二〇〇四年第四期、陝西省作家協会、二〇〇四年

③李敬沢、「劉震雲新作《手機》研討会(2)」《新浪読書》、二〇〇四年一月十四日

④林蔚、「抬頭看《手機》低頭過一地鶏毛勉強興奮的日子」、《中国青年報》、二〇一〇年五月二五日

⑤陳暁明、「〈喊喪〉与当代郷土叙事的幸存経験――劉震雲《一句頂一万句》的〈去歴史化〉意義」、《文彙報》、二〇〇九年八月十六日

⑥張頤武、「書写生命和言語中的〈中国夢〉」《文芸争鳴》二〇〇九年第〇八期、吉林省文学芸術聯合会、二〇〇九年

⑦任民、「喧囂的《手機》沈黙的郷愁」《北方新報》、二〇一〇年六月七日

⑧塩旗伸一郎、「中国人の〈千年の不孤独〉――劉震雲『一句頂一万句』を読む」『季刊中国』一〇三号、「季刊中国」刊行委員会、二〇一〇年十二月

⑨泉京鹿、「長編小説の衰えない力」『朝日新聞グローブ』、朝日新聞社、二〇一一年十月十六号

⑩馬俊山、「劉震雲:『擰巴』世道的『擰巴』叙述」《中国現代、当代文学研究》第三期、中国人民大学書報資料中心、二〇一二年

⑪劉剣、「大雅大俗劉震雲」《中国作家》第二期、中国作家出版集団、二〇一二年

⑫劉静華、「『ケータイ』の構図における寓意を求めて―「拧巴」と「假話」をめぐって―」『九州地区国立大学間連携教育系・文系論文集』第五巻二号、九州地区国立大学間連携に係る企画委員会リポジトリ部会、二〇一二年

⑫劉静華、「『ケータイ』から『一句頂一万句』へ」『文学部論叢』第一〇三号、熊本大学文学部、二〇一二年

先行研究⑩の馬俊山論と②の李建軍論は対立している。ふたりは《ケータイ》における〈擰巴〉について、おのおの次のように論じている。

同時代の中国大陸は、道徳が破綻し、価値が失われ、ポストモダンにおける普遍的な道徳への困惑、価値への危機感となんらかの類似性を持っている。このような環境下で書き上げた小説には、あるいは小説によってこの社会を描写し、その社会の人情と世故を叙述するには、この〈擰巴〉手法以外に良い方法はないと私は思う。(馬俊山)

彼はなんとしても人を〈擰巴〉状態に描いてしまう傾向があり、人とも化けものともつかず、得体の知

れないものと思われるほどまで書いて、やっと気が済む。このような気ままなゲームは、ある程度の快楽が得られ、商業的成功も収められるのかも知れないが、高い代価も払わなければならないのだ。つまり、文学においてはなにも得られないのだ。（李建軍）

また、⑤の陳は、《一句頂一万句》の人物描写が魯迅と共通しており、その主題は賤民のサバイバル問題としている。⑪の劉も陳の観点を賞賛し、陳の考えを踏襲している。⑧の塩旗は、故郷を描いたこの作品は、〈尋根〉（ルーツを捜す）の系譜の上で、〈根〉喪失の物語として読み解いている。

2 不可解から解釈の道へ

劉は、韓国外国語大学で開催された国際学術討論会（二〇一〇年十一月十八日）に招聘され、「文学と私が従事した文学」の演題において次のように述べている。

創作という道を歩んだ直接の原因は、少年時の友人に導かれたからである。子どもの頃、作家になるとは一度も考えたことがなかった。その友人が殺人犯になる前に訪ねて行ったことがある。その時、〈お前も創作してくれ〉と勧められた。〈なぜ？〉と聞き返すと、〈この世界を解明してほしい〉という。こうして殺人犯の頼みを聞き入れて、私は創作の道を歩んだのだ（注1）。

この友人は劉が少年兵になり、故郷から甘粛省大戈壁灘の駐屯部隊に向かう列車の中で出あった同期の少年兵である。彼はその列車の片隅でひたすら詩を書いていた。そこで劉はその少年と知り合いになり、初めて詩に触れた。しかもその少年の存在に強く引きつけられていた。しかし、入隊三ヶ月後に少年は軍人を辞め、帰郷してしまった。劉は休暇で帰郷した際に彼を訪ねた。すると、彼はマルクスとエンゲルスの著作に埋もれ、その研究に打ち込んでいた。〈この世界を解明したい〉と少年は言うが、村の人々は〈気が狂った〉と言う。そのため交際していた娘が彼を見放し、別の人と付き合うようになった。それに対し少年はハンマーで娘の交際相手を殺害してしまう。マルクスとエンゲルスの理論が暴力を主張していると会得したからである。彼は聴取を受けた際に、警察の一質問に三十分も答え続け、その内容はすべて『資本論』に関する理論であった。彼は自分の行為の正当性を信じきっていたのだ。

この経験は、まだ少年だった劉に衝撃を与えた。〈マルクスとエンゲルスを信奉するこの国で、その著作を読む人が狂った〉(注2)こと、〈世界を解明したい〉人が殺人を犯してしまったことなどについて、理解不能な深淵に陥り、深い思考に迫られた。その後、劉は軍を辞め、大学、大学院で学び、文学の道を選んだ。いわば、彼の文学の原点は人間の不可解から出発し、この世界の矛盾との向き合い方を解明しようとすることにあったのである。

3　矛盾の代名詞〈擰巴〉

魯迅はかつて民衆の自省精神を喚起するために、医学の道から文学の道へと転身したが、劉は〈世界の解明〉を求めて、軍人から文学の道に踏みいった点において、じつに似通っている。文学の扉を開いてくれた友人が、ある日突然殺人犯となってしまったことは、多感な時期の少年にとって、心が強く揺さぶられたに違いない。ドイツの思想家の書物と出あい、この世界の解明に臨む人が法によって処刑された。この不可解な事実は少年の複雑な心象を生み出し、その後の人生行路を変えたのである。さらに、この艱難な心的道のりもまた、彼を人間社会の矛盾との向き合い方へ導き、独自の創作方法を確立させたのである。その方法とは、あらゆる作品に点在する〈擰巴〉描写の手法である。

〈擰巴〉については、劉が作中人物の屈折した諸相を論じる際に、何度も使った言葉であり、とりわけこの言葉は中国河南省周辺で用いられる。中国社会学院語言研究所字典編輯室が発行した《現代漢語詞典　第六版》（商務印書館、一九七八年）ではこの語は、次のように解説されている。

〈方言〉［形容詞］

❶ 洋服などにしわがよっている様子。袖の歪んだ様子。

❷ 気まずい、不調。～ている。

例　あの人は集団生活に打ち解けにくい。何をしてもうまくいかない。

しかし、ほかの現代漢語詞典には、この語はほとんど見当たらず、劉の故郷の方言と考えてよい。〈擰〉と〈巴〉の複合語で、ねじれ曲がること、屈折すること、不条理なこと、絡み合うことなどを表す。また、人間と社会における不調和ないし自家撞着を表すものである。

この手法について、香港の鳳凰テレビ局のインタビューを受けた際に、劉は次のように語っている。

私が〈擰巴〉なのか、それともこの世界が〈擰巴〉なのか。当然、この世界が〈擰巴〉だと私は思っている。そうであれば、自分がこの世界にある程度まで〈擰巴〉された時に、創作を通してその〈擰巴〉したものをもとに戻してみたいんだ。戻した後のものが新たに〈擰巴〉しているとしても、それはまた別の問題だ（注3）。

馬俊山と李建軍は、作品《ケータイ》研究において、それぞれ〈擰巴〉について次のように指摘している。

同時代の中国大陸は、道徳が破綻し、価値が失われ、ポストモダンにおける普遍的な道徳への困惑、価値への危機感となんらかの類似性をもっている。このような環境下で書き上げた小説には、あるいは小説によってこの社会を描写し、その社会の人情と世故を叙述するには、この〈擰巴〉手法以外に良い方法はないと私は思う（注4）。（馬俊山）

彼はなんとしても人を〈擰巴〉状態に描いてしまう傾向があり、人とも化けものともつかず、得体の知れないものと思われるほどまで書いて、やっと気が済む。このような気ままなゲームは、ある程度の快楽が得られ、商業的成功も収められるのかも知れないが、高い代価も払わなければならないのだ。つまり、文学においてはなにも得られないのだ（注5）。（李建軍）

馬は、今日の中国そのものが〈擰巴〉状態にあり、劉は的確にその有りようを捉えていると解析し、〈擰巴〉

手法はさまざまな象徴性をもち、現在の中国そのものを象徴すると考えている。一方、李は人間の正常な有りようがねじ曲げられたと拒絶し、《ケータイ》は商業性に満ちた作品だと批判し、その文学の価値を否定している。筆者は、〈擰巴〉の描写法のみを理解する場合、李の指摘に共感し、劉の文学の出発点から考察すれば、また馬の指摘に共鳴を覚える。だが、筆者の劉文学への視点は〈擰巴〉手法を追究するものではなく、この手法を明らかにする上で、作者が読者に伝えようとしているもの、およびその創作姿勢を読み解こうとするものである。なぜなら、二十一世紀以降に描かれた《ケータイ》と《一句頂一万句》は、彼の創作意図と姿勢を明確に示しているからである。たとえば、《ケータイ》の場合は、主人公の厳が大学教授の費にトーク番組への参与を乞い、視聴者に儒教の中庸思想を説く。《一句頂一万句》の場合は、主人公の楊が儒学者の汪と宣教師の詹に《論語》と『聖書』という東西の教典を学ぶことを通じて、人々の〈擰巴〉状態と向き合った。いわばこのふたつの作品には劉の〈創作をとおしてその〈擰巴〉したものをもとに戻してみたい〉という理念が見られ、殺人犯の友人の頼みを受け継いで〈この世界を解明〉しようとする姿勢が反映されている。

4　〈擰巴〉とリアリズム文学

朴宰雨は、劉震雲文学を三つのジャンルに分類している（注6）。

①　新写実主義文学
②　新歴史主義
③　実験文学

①は、初期の作品を指している。この時期の作品について、朴は次のように分析している。

劉震雲の小説は、彼にとって〈ソ連解体〉あるいは〈アメリカ軍がイラクに侵攻した〉ことなどは大事件ではあるが、〈子どもを幼稚園へ送る〉ことや〈妻の転職〉などのことが、さらに重要だということを表している。（同注６）

つまりこの時期の作品は、現代中国の一般人の暮らしの実態を凝視し、生存状態のリアリティーに迫るものがおおく、《塔舗》、《頭人》、《一地鶏毛》、《新兵連》などがその代表作である。いずれも社会低層の人々に視点を据え、その暮らしをありのままに描き、その日常の描写によって、その社会および庶民の現実を反映させようと試みるものである。この時期の文壇には、この手法が盛んに用いられている。たとえば、池莉の《煩悩人生》、方方の《風景》、劉恒の《菊豆》などが挙げられる。

②は中期の作品を指している。《温故一九四二》、《故郷天下黄花》、《故郷相処流伝》がこの時期の代表的作品である。既成の歴史の記載から当時の人々の暮らしを再現することによって、本来の事実を導き出し、その歴史に対するアンチテーゼをさけび、権威の固定化を阻もうとする手法である。莫言、余華、蘇童もこの手法を用いる作家である。

③は、《一腔廃話》と《故郷麺和花朶》のように、寓意性と幻想性を織り合わせた実験的作品である。

筆者は、朴の分析に賛同する。だが、この三つのジャンルよりもさらに注目したいのは、劉の作品がなぜ〈擰巴〉手法を貫いているかである。〈擰巴〉と言えば、誰もが高い視聴率を獲得したテレビドラマ《ケータイ》を思い起こすことだろう。李建軍はこの作品を強く批判しているが、裏を返せばその手法に無意識のうちに引き寄せられていた、という解釈もできるだろう。馬俊山が〈当代の中国大陸〉を表象するには〈擰巴〉手法以外に良い方法はない〉と指摘しているように、劉はこの作品に今日の〈擰巴〉状態の人間と社会を反映させようとしていたに違いない。《一句頂一万句》においても、主人公はつねに生存の窮境に立たされ、その時代の人々の生存状態のリアリティーを再現している。また、《塔鋪》の語り手である主人公僕と愛蓮、《一地鶏毛》の小林夫婦、《故郷天下黄花》の孫と李それぞれの一族の屈折した諸相、《温故一九四二》と《故郷相処流伝》の人物造形、《我叫劉躍進》の主人公が生きた不条理な時代などは、いずれも人間と社会の〈擰巴〉状態を浮き彫りにしている。いわば、劉文学は〈擰巴〉という手法によって確立された写実文学である。《一句頂一万句》が茅盾文学賞に輝いたのは、この手法に関係していると思われる。

茅盾（1898-1981）は、中国リアリズム文学の開拓者として知られている。その代表作といえば、《蝕》と《子夜》であり、激動の時代を生きる若い世代の文化人群像を描き、中国のリズリズム小説を開花させたと位置づけられている。一九二〇年代末期、中国社会は抗日戦争、国民党、共産党の革命に取り巻かれた厳しい現実を織りなしていた。《蝕》は三部作で「滅亡」（一九二七年）、「動揺」（一九二七年）、「追求」（一九二八年）の中篇から編輯されており、革命前夜の昂揚感と革命後の幻滅が描かれている。《子夜》（一九三三年）は、一九三〇年代の上海を舞台にアメリカ、イギリス、日本などがからむ資本家階級の没落を描いた長篇である。主人公呉蓀甫は、発電所を経営しているが軍閥の内戦による農民暴動で経営不振に陥る。世界恐慌の余波を受けながら、なんとか乗り切ろうと抗うも、やはり失敗し、自殺する物語である。

劉は茅盾のリアリズム文学を継承しているが、その創作姿勢は一般庶民に視点を据え、その日常に関心を寄せ、かれらの生存状態を凝視しながら作中人物の精神性を追い求めていく。二十一世紀以降に発表された

《ケータイ》と《一句頂一万句》は、まさにそのような作品である。

二 《ケータイ》と〈假話〉

1 作品とその観点

《ケータイ》(注7)は、二〇〇三年に発表された作品である。初版が発行されると、たちまちベストセラーとなり、二版(二〇〇七年)、三版(二〇一〇年)と重版し、テレビドラマ化、映画化と展開していった。物語は三章より構成されている。以下、各章の概要を述べる。

第一章

一九六八年、主人公厳守一は三歳の時に母親を亡くし、父親、祖母と辺鄙な山村で暮らしている。一九六九年に呂桂花が厳家荘に嫁ぎ、炭坑で働いている夫の牛三斤に電話を掛けるため、街へ出かけた。同行した厳は彼女に淡い恋心を抱く。二人は一日中奔走し、やっと手回し電話で伝言を伝えた。一九九六年、厳は北京のテレビ局で〈有一説一〉(ありのまま語ろう)というトーク番組の司会者となり、〈電話〉という番組を企画し、この思い出を回想する。

第二章

二〇〇〇年前後、厳は美貌の伍月と出あい、関係をもつ。しかし、そのことを隠すために妻を欺かなければならない。そんな状況のなか、伍のショートメールから二人の関係があからさまになり、妻に離縁される。だが、その後、彼は伍と結婚せず、沈と交際する。しかし、つきまとってくる伍のことが沈に打ち明けられず、虚言を言い続ける。さらに伍の脅迫によって司会の座も危うくなる。〈有一説一〉のプロデューサーを兼任する大学教授の費は、〈人生は儚くも苦しきもの、堕落する事なかれ〉と人々を諭すが、彼自身は女子学生と恋愛関係に陥る。そんな厳と費は、かつて魯迅もこの国の人々を〈救える妙薬はなし〉と断念した言説を〈有一説一〉で語る。厳と費は、この番組を通じて人々を自身の精神性に目覚めさせようと考えている。

第三章

一九二七年、厳の曾祖父厳老有には三人の息子がいる。長男厳白孩は厳の祖父である。一九二三年、十四歳の彼は父親の仕事を継ぐのを拒み家出する。四年後、厳老有は子ども達を独立させようと思い、知人に〈家に帰るように〉と厳白孩に言付ける。二年後、厳白孩は帰郷するが、嫁となるはずの娘はすでに弟の子どもの母親となっていた。電話のない時代であった。一九二九年、曾祖父は朱家の娘を厳白孩の嫁に迎えた。三十年後、その娘は厳の祖母となった。

このように各章は、異なる時代の物語が描かれ、それぞれ独立しているように見えるが、主人公厳守一を軸とする物語の時間と空間はひそかに繋がっており、図式で表せば、次の〈円環構造〉が反映される。

図式1　三つの時代

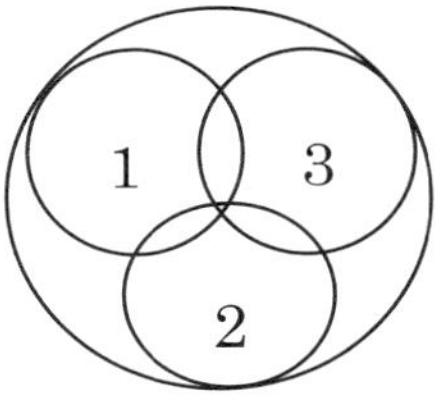

一　＝　第一章　＝　主人公の過去
二　＝　第二章　＝　主人公の現在
三　＝　第三章　＝　主人公の過去の過去

このような章立てからは、2を時間の座標軸としてクローズアップしながら、1と3を結んで作品の構造を示していることが読みとれる。つまり、1の主人公の父母の時代、2の主人公自身の時代、3の祖父母の時代はそれぞれの〈円環〉を形成しながら互いに影響し合っては、ひとつの大〈円環〉に拡大し、作品の〈内空間〉を開いている。

厳は、幼い時に母親を亡くし、父親、祖母とともに厳家荘という寒村で暮らしているが、父親とは意思の疎通がなく、祖母が母親代わりであった。成人後、彼は北京のテレビ局の司会を務めるが、携帯電話による〈假話〉（虚言）がまねいた女性問題に苦悩する。作中人物は祖母を除いて、すべての登場人物が〈擰巴〉状態に陥っている。トーク番組を通じて視聴者に儒教の中庸思想を広めようとするが、自分たちはその思想に背理している厳と費のように、釈然としない人物ばかりが造形されている。

《ケータイ》は文字通り、携帯電話の使用をめぐる物語である。作中人物の〈假話〉による〈擰巴〉描写と携帯電話の普及による社会問題に、人々の関心が寄せられ、さまざまな世論が巻き起こされた。

都会病を浮き彫りにしている（注8）。

言語によって孤独感を表現したが、作品の根底に潜んでいるのは拭いきれない郷愁である（注9）。

確かに私たちの生活およびその生存状態全体に脅威的な分析を打ち出している（注10）。

今日の暮らしのなか、携帯電話はもはや欠かせないものとなっている。同時にそうした現実による伝達問題も多様化され、さまざまな社会問題が噴出している。このような背景のもとで描かれたこの物語は、人々のライフスタイルに密接し、時代のリアリティーを反映している。そのため、批評と世論も盛んにおこなわれているが、〈都会病〉や〈孤独感〉などの視点より、筆者は〈私たちの生活およびその生存状態全体に脅威的な分析を打ち出している〉という観点に立ちたい。ただし、その〈脅威〉が如何なる脅威かは明確に示されていないゆえ、この見解のさらなる追求を試みることとする。

以下、〈擰巴〉と〈假話〉（虚言）のテクストをとおして、伝達問題の背後に暗示された今日の人々の精神性を読み取り、魯迅の批評精神を継承している作者の姿勢を明らかにするとともに、作品の構成に示されている〈円環構造〉を読み解いていく。

2 〈擰巴〉と〈假話〉

《ケータイ》は、携帯電話を使用する人々の〈假話〉と〈擰巴〉状態が重大な社会問題を引き起しているにもかかわらず、人々がそのことに気づかない世相が描かれている。まずは、作中人物の〈假話〉による〈擰巴〉状態から見ていこう。

その①

先生は孔子で、私は役者なんだ。

本来は費先生に視聴者の生き方を指導して頂きたいのだが、かれら自身が自分たちの〈擰巴〉状態をまったく気にしていないとは、気付かなかったなぁ。国民の資質はこんなもんだな。魯迅も当時匙を投げたのだからな。（二一八頁）

その②

費先生によると、生きることは簡単なことだが、我々がそれを複雑にしてしまったのだ。あるいは生きることは複雑だが、我々が簡単にしてしまったのだ。（一六〇頁）

その③

厳君、私が言うまでもないが、時間があれば落ち着いて本でも読みなさいよ。知識が足りんといずれ失敗するからな。（三一一頁）

その①は、厳が費を孔子に仕立て、今日の社会の〈假話〉による〈擰巴〉状態に向き合おうとするが、自分たちの〈擰巴〉状態を気に留めない視聴者たちになす術もなく、かつての民衆の精神性に苦悩していた魯迅に共鳴している。

その②は、厳がトーク番組で視聴者に費の論じる〈簡単〉と〈複雑〉の関係を語り、人々に儒教の中庸思想

〈不偏不倚〉（均衡のバランスを保つこと）（注11）を説き、現在の人々のアンバランスを語っている。

その③は、トーク番組の企画に参与し、国民の資質に失望し、厳を説教する費が見られる。つまり、二人は人々の資質の向上を図るために、儒教の中庸思想を唱え魯迅の〈批評精神〉を継承しようとしている。しかし、かれら自身もおおくの民衆となんら変わりなく、携帯電話の〈假話〉による〈擰巴〉状態に陥っていく。

厳の場合、

厳　誰だろう、こんな遅い時間に。誰であろうと、もう出ないよ。

妻　そう、私が代わりに出るわ。

費　やっと通じたね。また外で遊びやがったんだろうな。言っとくけど、二時間ほど前に奥さんから電話があったんだ。お前の居所を尋ねられたんだからな。

妻　今晩、費と一緒だと言わなかったかしら？（于）

伍　外は寒いから早く家に帰って。車の中で背中を噛んでしまったみたい。寝る時、下着を脱いじゃだめだよ。（六〇頁）

費の電話に続き、伍からのメールがあった。

常態化されていた〈假話〉による厳の言い逃れは、この時無用であった。彼は妻に手渡された電話を眺め、茫然自失するほかはなかった。国民の資質の向上を願うはずの人気司会者が、こうした事実の前でついに妻に離縁される。しかし、その後、彼は愛人伍とは結婚せず、大学教員の沈と交際する。当然ながら伍はこの事実を受け入れることが出来ず、彼の裏切りとして絶えず脅迫してくる。そして、厳が二人の関係を断ち切れないがために、後に彼女の復讐による悲惨な結末に追い込まれていく。儒教道徳、中庸思想の唱道者であったはずの厳は、いつの間にか自らの理念と背理していた。

費の場合は、現代の孔子と慕われ、つねに周囲の人々を指導する立場の存在であったにもかかわらず、ある日、不意に女子学生との異様な関係が明かされてしまう。その時、おそらく誰よりも彼自身がおのれの〈擰巴〉状態に気恥ずかしさのあまり、途方に暮れたに違いない。

だが、本来の厳と費は、良識を失い、故意に妻たちを欺瞞していたわけではない。かれらは社会をクリーンに、国民の資質を高めようという崇高な理念を抱き、必死に奔走してきたのだ。しかし、気づけば〈この世で最も卑劣な人〉（一七一頁）と自らが言うほど〈擰巴〉状態に陥ってしまった。そして、その〈擰巴〉状態はすべて〈假話〉からはじまり、この〈假話〉現象もまた、かれらだけではなく、社会全体に蔓延しているということに気づかされる。

3　〈假話〉と〈説話〉

〈假話〉とは、〈嘘を言う、虚言〉という意味であるが、作品のなかでは、ことの流れに身を委ねる、その場凌ぎ、言い逃れのような意味合いで使われているように読み取れる。

《ケータイ》では人々が携帯電話を通じて、永遠に〈説話〉（話す、しゃべる）を続け、そのうえ、憚ることなく〈假話〉を言い、人間と社会の〈擰巴〉状態を生み出したことが語られている。この〈説話〉と〈假話〉の問題はいわゆる伝達問題であり、主人公厳の中年期を描いた第二章となっている。この二章は作品の現在の時間として、一章と三章より倍以上の紙幅をさいて登場人物の〈擰巴〉状態をとことんまで表象している。いわば、携帯電話を媒介に虚言を意のままに使っている人々が大勢おり、その行為がすでに深刻な社会問題となっているのに、当事者たちは自覚していないのである。厳も〈假話〉を日常的に使用し、その結果、後の自身の内部（私生活）も外部（社会生活）もともに崩壊してしまう。はじめは誰もが深く考えず、軽い気持ちで〈假話〉を用いたものの、その結果、個人のみならず、巨大な社会までが蝕まれつつある。しかし、人々は危機感を抱くことなく延々とその行為を続けている。そのため、〈街を歩いていると90パーセントの人が病んでいる〉（一五九頁）ことに厳と費は気づいた。すなわち、このような深刻な社会問題と向き合わなければならない、伝達という行為を追究し、人々の自省精神を喚起しなければならない、という作者の狙いが込められている。なぜなら、〈假話〉は組織化されたウイルスの如く、強い感染力をもち、人間のメンタリティーを破壊するからである。

その具体的例として、費が主催するトーク番組の企画会議が挙げられる。会議中というのに、ほぼ全員の電話に着信があった。そのうえ、かれらは互いに電話の内容を揶揄し、笑い合った。会議が中断されても平然と談笑する人々の資質に、費は喪失感を抱き、激怒した。

君たちは、携帯電話でどれだけの無駄話と嘘偽りを言っているのだろう。中国語は本来簡潔な言語だ。今、皆が心にもないことを言う。携帯電話にどれだけ人に言えないことを隠しているのだろうか。このままでは携帯電話が何時か携帯爆弾と成りかねない。いっそケータイで話した秘密を公開してはどうだろう。（八五頁）

とりもなおさずこの時の費の視点は、作者の視点と自在に溶け合いながら、現実を凝視の対象として、読者が語り手に導かれていく。言語の膨張、虚言の乱用による〈説話〉行為に疑問を呈し、〈假話〉を媒介する携帯電話のあり方を問い質している。

携帯電話の出現が〈説話〉行為をこれまでより、はるかに増加させたことは否定できない。そのうえ、〈假話〉が常態化され、虚構の世界が築かれていくにしたがって、正常な伝達手段が異常化され、人間と社会ともによりいっそう〈擰巴〉状態に封じこめられてしまったのである。厳と費およびその家族はその具体像として浮き彫りにされている。

二人の家庭の様子を覗いてみよう。

妻于と厳の会話

今どこ？　夕飯は家で食べます？

帰れないなぁ。午後演劇学院の講義があったから、番組の企画会議が夜に変わったんだ。（五一頁）

しかし実際は、この時、厳は伍と車中で密会していた。

沈と厳の会話

あなた、なにしてるの？

トイレだよ。

トイレってズボンをはいたまま？

誰に電話しているの？　また伍？

いったいどれだけのことを隠しているの？（五一頁）

実際にはこの時、厳は子どものことで元妻の于の兄にメールをしていた。しかしながら、厳の〈假話〉は妻の于と婚約者の沈を傷つける目的で言っているのではない。むしろその場凌ぎ、お茶を濁すようなものであった。彼はもとより妻と離婚しようと思っていなかった。離婚後も、沈と同棲し、彼女を煩わせないために、子どものこと、伍との複雑な関係などを隠していたのだ。

費と妻の李の関係も同様である。女子学生との関係は内心の空虚を埋めるためであり、妻に傷を負わせるつもりはなかった。

厳と費は〈假話〉によって自らの虚構の世界を築きあげた。そしてやがてまたその〈虚構の世界〉によって破滅させられる。人々が〈假話〉の社会問題に気づこうとしないように、かれらも自分たちの結末に気づくことができない。だが、現実は否応なしに押し迫ってきた。于と沈は、厳と伍の関係を知ると、彼から去っていった。伍も厳とのベッドシーンを携帯のカメラで撮り、自分をトーク番組〈有一説一〉の司会者に採用しろと脅迫し、厳の周辺の要人を次々と買収した。費も女子学生との関係が妻に知られてしまった。二人はこうして家庭を崩壊させ、社会の信用をなくし、自らの居場所も失ったのである。

4　〈假話〉背後の孤独感

通信技術の発達にともない、〈説話〉手段が容易に得られる今日では、人と人との距離は縮まったかのように感じられるが、私たち人間がもつ孤独という問題は解決したわけではない。むしろその〈距離〉の近さゆえ、かえって〈假話〉を生ませてしまい〈説話〉行為も心理ゲームとして扱われ、孤独感をいっそう増してしまう。そして、その人間の内部に孤独感が向けられると、それがまた外部へと波及し、ある種の連鎖的な仕掛けとなってしまう現象が見られる。厳と費は、〈假話〉行為によって、自身の〈内部〉から〈外部〉までの崩壊を辿ったが、そのメカニズムは、ライフスタイルの転換期における社会的要因から生じたものの、家庭という内部要因も潜んでいた。厳と費の家庭からその要素を垣間見ることができる。

厳の家庭

今、あなたの話を聞くのは、テレビのものだけですわ。

妻の話を聞くと、厳ははっとしたが、ふたりの会話を考えると、いっそう緊張してしまう。幸いにふたりともそれに慣れてしまい、妻の于もあまり追究しなかった。もっとも際立つのは食事の時であった。二人が囲んだ食卓は、食べはじめてから終わるまでの間に、お碗とお箸の音しかしないのだ。（三四頁）

費の家庭も同じである。インターネットの出あい系サイトで夢中で話している妻の李を見て、〈くだらない〉と指摘すると、次のように反発される。

あなたは一日中私と話さないんだもの。ほかの人と話してもだめだというの？　私を窒息死させるつもりなの？（五五頁）

このような厳と費の家庭状況からすると、人間関係の基本的な場である家庭は、かれらの場合すでに正常性を失い、事実上解体している。ふたりは心身を慰藉する温もりが得られず、内心の孤独に絶望している。孤独を克服する問題に関して《一句頂一万句》では〈真話〉（本音）を暗喩する〈一句〉を探し求める旅を通じて語られているが、《ケータイ》では、〈假話〉の背後に見え隠れする、分かり合える交流を求めることと暗示されている。事実、厳と費の〈假話〉は、孤独の極限状態で行われていた。

厳夫婦の場合

その晩、厳は会食していた時、胃の具合が急に悪くなり、予定より早く帰宅した。于は彼の帰宅に気づかなかった。厳は寝室で少し休もうと思ったが、入り口まで行くと、于がベッドの上でぬいぐるみの犬を抱いてぶつぶつ話しかけていた。私、小さい頃、笑うのが嫌でよく泣いていたのよ。父さんは南京のラジオ工場で働いていたの。母さんは町内の給湯室の番をしていたけど、怒り出すとよく石炭の燃え殻を掘るシャベルで私を殴ったの。おじが一人いてね、色白で太っていて、私に下心をもっていたの。十五歳の時……厳に言わなかったおおくの昔話をぬいぐるみに語っていたのだった。それらの話を聞いて厳は、妻に同情するというより却って恐ろしく思えた。彼はまたこっそりと家を出て外で一時間ほど散歩し、それから家に戻った。（五五頁）

費夫婦の場合

お互いに疲れたからではない。もう長いけど、話がどうしても合わないいんだよ
やはり農耕時代がいいな

当時はすべてが徒歩であった
一度都へ科挙受験の旅に出れば、何年間も帰れない
帰郷すると何を言っても受け入れてもらえたんだ。（一五五 - 一五六頁）

厳と費は世間で持て囃される著名人ではあったが、うわべの満足感と幸福感とは裏腹に、不安、孤独、寂寞を抱えており、妻との交流が心身ともに断たれた時、〈假話〉行為にいたった。厳が伍とのベッドインについて〈乾きを癒す、消毒〉と言い、費は女子学生とは〈ベッドで手をつないだだけで、その後喫茶店で学問を語った〉（一五五頁）と言うように、かれらの〈假話〉のメカニズムは、心のぬくもりを求めるための本能的はたらきであり、孤独に苛まれていたからであった。

5 〈説話〉による内省

内心の空虚をあらわにするかのように、人々は日々〈説話〉に埋め尽くされている。作者は喧々囂々たるその光景を目の当たりにし、携帯電話を媒体に〈假話〉をめぐる社会現象を浮き彫りにし、その〈文化の生態〉(注12)を内省した。作者は、〈擰巴〉手法を語る際に、《〈ケータイ〉》にいたると、私は精神と物質の契合点を見つけた。それはいわゆる人間の〈説話〉行為だ〉(注13)と言っている。それはすなわち、〈説話〉行為は精神世界と物質世界に融合された人間の道徳観と倫理観を反映している、ということであろう。そのため、作者は〈有一説一〉（ありのまま語ろう）というトーク番組を構想し、〈説話〉と〈假話〉の問題を扱った。それをとおして、厳の司会者としての姿勢と夫としての姿勢とを、彼の〈外部〉と〈内部〉といった両極から捉え、そ

の〈擰巴〉状態を誘い出し、今日の人々の精神性の欠如を暴きだしている。

また、厳は伍によって着々と進められた復讐の前で、〈暗黒は果たしてすべてを征服できるのだ〉（一五一頁）と叫んだが、その〈暗黒〉を生む病理を追及するならば、当然ながらその文化とその社会を振り返らなければならない。作中人物のアイデンティティーを語る際に、作者は痛切な思いを語っている。

〈憐憫〉、それはなんと恥じるべき言葉だ。私にはただ、この民族に対して特別で、忘れようのない経験を受け止めたいだけだ。（注14）

その〈特別で忘れようのない経験〉とは、どのような経験であろうか。作品は三章で構成され、祖父と厳と曾祖父の三代の人々のくらしを再現している。〈有一説一〉の時代から遡っていくと、ちょうど厳一族が生きた百年間の歴史が浮かび上がるのだ。中国現代史においては、この百年間は、封建社会から近代社会への移行期であり、挫折をくり返す時代であった。辛亥革命、新文化運動、五・四運動、日中戦争、大躍進、文化大革命、天安門事件などは、作者の語る〈忘れようのない経験〉に違いあるまい。馬俊山が現在の中国は〈道徳が破綻し、価値が失われ、ポストモダンにおける普遍的な道徳への困惑、価値への危機感となんらかの類似性をもっている〉と指摘しているのも、恐らくこのもろもろの〈経験〉に関係している。その〈暗黒〉の病理と〈ポストモダン〉の〈類似性〉とは、共通のものとして受け止めることができよう。

そして、二十一世紀にいたると、物質文明が急速に発達し、インターネット、携帯電話による利便性の高い時代が訪れ、人々は理性と本能の間で揺さぶられ、社会倫理より快楽のみを求める傾向が見られた。作者はそうした背景のもと〈説話〉と〈假話〉をテーマに国民の精神性を追究し、そのアイデンティティーの欠落が歴史的負の遺産に関係していると、ほのめかしているように思われる。
また、劉は自身の創作についても次のように内省している。

第一段階では瑣事をもって瑣事を語り、第二段階では複雑さをもってこの世界を説明し、自分が感じたこの世界の感覚を表現しようとした。しかし、実際に今の段階となっては、自分の当時の創作は無駄話がおおいように思う。すべて無駄話なのだ。この世界では有用な言葉は、一日十句を超えないものだ（注15）。

劉の初期作品のテクストには、確かに煩雑な側面が見られる。しかし、《ケータイ》以降の作品からは表象方法が一変した。じつに簡潔な表現で〈無駄〉な修飾語はいっさい用いていない。また、〈この世界では、有用な言葉は一日十句を超えない〉とすれば、《ケータイ》の作中人物たちは、じつにしゃべり過ぎている。作者はこうした〈説話〉問題を通じて、社会問題、歴史問題、自身の創作も含めた総括的な内省をおこなっている。また、それと同時に魯迅の批評精神を受け継ぎ、今日の人々の精神性を痛烈に批判しているのである。

三　〈円環構造〉テクスト

《ケータイ》は携帯電話による〈説話〉問題を浮き彫りにした物語である。作品の構成は主人公を軸に三つの時代にそって設定されている。章立てに導かれた〈円環構造〉図式1のように、各章おのおのの〈円環〉をもちながら、個々独立しては拡散し、作品の内空間を次のような大〈円環〉に展開させている。

図式2　〈円環〉の展開

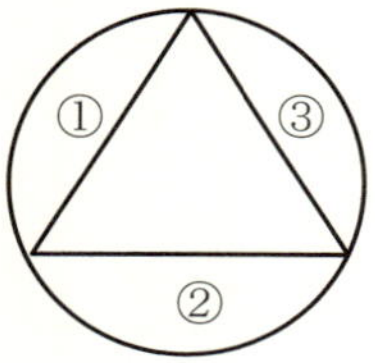

②＝第二章＝作品の座標軸
①＝第一章＝現在が繋ぐ過去
③＝第三章＝現在が繋ぐ過去の過去

つまり、②の時空を座標軸にしながら、①と③の時空を結び、〈○〉のような大時空を展開し、見えなかった百年近い歳月を見える時空として浮き上がらせたのである。

まずは、それぞれの〈内空間〉を見てみよう。

①　主人公の過去

この時期は、おおよそ一九五〇年代末から七〇年代初頭である。厳家荘には手回し電話しかなく、交通も発達していない。その頃の人々は単純かつ明快であり、虚言を言う社会問題もなかった。

②　主人公の現在

それから三十年が過ぎ、時は二十世紀末から二十一世紀の初頭となる。物質文明が発達し、生存手段も多様化すると同時に、インターネットと携帯電話も普及していた。そして、人々が虚言を言うことは常態化している。

③　主人公の過去の過去

時は①の時空の前に逆戻りし、一九二七年から始まる。電話が普及していない時代であり、この時期、厳家荘ではひとつの知らせを伝達するのに二年間もかかった。人々は気ままに暮らしていて、一章の時代よりもさらに単純明快であった。

この構成から、過去―現在―過去の過去で結んだ図式2の〈〇〉構図が明瞭になる。二章の〈現在〉を物語の座標軸としたため、現在の時空がクローズアップされている。しかしながら、この章の登場人物は全員破滅したり、死去したりし、悪の化身のみが生き残る。いわば、その結末は三つの時空を連鎖した〈円環構造〉において、〈現在〉の時間を意図的に消失させている。そして、時の流転にしたがって、〈〇〉の転回から一章と三章の〈過去〉の時空で見られた祖父母の姿が、生命の原風景として引き立てられ、そこに立ち返るよう導かれていくのである。すなわち、これまでの二章の言説を無化し、新たな出発の準備への期待をほのめかしている。言い換えれば、二章の〈現在〉が否定され、一章と三章の〈過去〉の穏やかな人間模様が生の営みとして浮かび上がり、そこに立ち返る作者の内省から回帰へ向かう、新たな未来を志向する思想が読みとれるのである。彼が求めるその思想とは、作中で再三訴え続けている厳の次の言説が裏付けてくれる。

この国のすべての人を代表して言う。我々はこれ以上、こんなにうやむやに活きてはならんのだ。（二六頁）

言うにおよばず、この時の厳の視点は作者の視点を溶かし込みながら、現在の〈擰巴〉状態から新たな生への志向を、読者に呼びかけているのである。事実、この作品に関するインタビューを受けた際に作者は次のように述べている。

現在を見れば過去を知ることができ、過去を見れば未来を知ることもできるのだ。（注16）

この〈現在、過去、未来〉こそ、作品の〈円環構造〉であり、現在を凝視し、過去に立ち返り、未来を志向するものである。だが、倫理や道徳、精神性などの欠如を指摘した厳と費も〈擰巴〉状態に陥って、未来の道を閉ざされる。作品中に希望がまだ残されているとすれば、祖母であろう。実際に厳の帰郷を念入りに描写したのも、祖母にスポットライトを当てるために違いない。なぜなら、祖母が作中唯一〈擰巴〉状態に陥っていない人物であるからだ。しかも、彼女は三つの〈時空〉ともに共有し、厳の良き理解者であり、未来に導く指南者でもあった。たとえば、厳が離婚を報告すると、お前が言わなくても分かるのよ。
この離婚は彼女はちっとも悪くない。
悪いのはうちの子なんだよ（七九頁）

と叱責することや、厳が祖母の膝に伏しておんおんと慟哭することなどから、厳の未来がまだわずかながら祖母によって灯されていることが窺えるのであろう。しかし、祖母は死去してしまう。彼女の死は作中で模索した未来が断たれたことを意味するものと考えられよう。

これまでの考察を振り返ると、作者は〈円環構造〉で示した一世紀という歳月をとおして、〈現在〉までさまよい続けている人々を凝視し、その困頓状態の打開策を模索したが、魯迅と同様国民の資質に絶望するほかはなかった。時は〈〇〉のようにくり返されてゆき、人類の生存形態も絶えず変化を遂げているが、国民の資質は改善されず、依然として〈魯迅が匙を投げた〉状態に停滞している。作品の三つの時空が示した〈〇〉の構図からは、単純明快な祖母の時代に立ち返って、未来を志向する作者の意図が読み取れるが、その具体的方策は呈示されていない。そのため、この作品のテーマは未完のままで終わったと言わざるを得ない。そしてその探索の続きは六年後の《一句頂一万句》で語り継がれている。それでは次に作者が如何に彼の探索を展開してきたかを考察する。

四　アンチテーゼの展開

1　《一句頂一万句》とその観点

《一句頂一万句》（《一万句に匹敵する一句》）（注17）が発行されると、六年前の話題作《ケータイ》を上回る論議が巻き起され、北京のベストセラー（注18）となった。さらにその二年後（二〇一一年）には、権威ある茅盾文学賞に輝いた。

本書は、上篇と下篇で構成され、各篇の主人公はそれぞれ独立しており、一見するとふたつの短篇を編輯したかのようである。上篇は楊百順が故郷延津から出て行く旅、下篇は楊と血のつながりのない孫、牛愛国が延津に向かう旅と設定されている。登場人物は数十人にのぼるが、すべて楊と牛の人間関係に連鎖している。

楊百順の父老楊は、延津で豆腐屋をかまえ、三人の息子をもっている。次男の楊百順は、〈喊喪〉を職業とする羅長礼に憧れるが、父親に豆腐作りの仕事を強いられる。彼は十五歳まで弟と汪の私塾で、学費不要で《論語》を学んだが、汪が延津を離れると、学校〈延津新学〉が設立され、学費が必要となった。楊の父は息子ふたりとも学校に行かせる余裕がないため、〈頭のいい子を行かせるとふたたび戻って来ないから頭の弱い子を行かせるべき〉という友人馬の助言を聞き入れ、弟を学校に通わせた。後にそのことが馬と反目した呂に暴露され、楊百順は激しい怒りに駆られ、家を飛び出した。物語はそこから始まる。

家を出た楊は、生計を立てるために幾度も改名し、後に憧れていた〈喊喪〉者の羅長礼と名乗る。放浪生活のなか、彼は宣教師の詹、呉香香、巧玲などおおくの人々と出あう。詹は彼を信者にし、楊摩西と改名させ、主の導きを教え仕事の世話をした。呉は楊と結婚したが、のちに近所の高と駆け落ちしたため、その共同生活は瞬く間に破綻した。呉の連れ子の巧玲は、楊の養女となったが、ある日突然人買いにさらわれてしまう。

一方、巧玲は曹家に売られ、成長してゆく。後にその息子の牛愛国は血縁をもたない外祖父の楊と同じ運命を辿る。妻の龐麗娜が義理の兄と逃げたため、牛は楊と同じように妻を捜さなければならない。果てしのない放浪生活のなか、彼は胸の内の苦悶を解きたいと思い、外祖父楊が母巧玲に伝えたい言葉を求めて、延津へ向かった。

この作品に対する評価は、当時の文壇では賛否両論であり、絶賛する者もいれば、やや不満に思う者もいた。前者は摩羅と張頤武が挙げられ、後者は雷達と劉剣が挙げられる。

洗練された表現をとことん追求し、物事の本質をありのままにえぐりだした。（略）これまでの作品のなかで、もっとも成熟した大らかな作品だ（注19）。（摩羅）

異なった時代のふたつの物語と血縁関係を持つ一般人の運命を通じて、人生の〈出奔〉および〈回帰〉という大きなテーマを語った（注20）。（張頤武）

書名は、林彪と毛沢東の語録を思い出させてしまい、内容とも乖離している（注21）。（雷達）

本書は歴史なきひとりの賤民の生活史である（略）。まるで過去の生きた歳月における苦難の生存状態

が主題ではなく、ねじれた情愛こそが主題であるかのようだ（注22）。（劉剣）

また、陳暁明は本書のテーマを賤民の〈幸存〉（サバイバル）問題とし、〈その〈幸存〉経験は〈喊喪〉により析出できる〉（注23）と論じた。筆者は摩羅と張頤武の観点に立って、汪の儒学からの離脱、宣教師の詹の死去、牛がくり返した楊の運命などの諸問題を考察するとともに、ふたりの主人公の楊と牛が求めた〈一句〉の真意を究明する。それによって、生存と存在の狭間で揺れ動く主人公の精神性が明らかになり、魯迅の批評精神を継承している作品のテーマも浮かびあがることだろう。

2　書名に関する波紋

書名《一句頂一万句》は、言語そのものの意味としては〈一万句に匹敵する一句〉となるのだが、この言葉は文化大革命期に、林彪（注24）が毛沢東を讃えたスローガンとして知られている。四十年以上も過ぎた今、著名作家の作品名として打ち出されると、中国国内に止まらず、国外にも波紋が広がった。

一九六六年初頭、《解放軍報》の〈毛沢東思想の偉大なる旗をさらに高く揚げ、引き続き政治を際立たせるため、断固として五項原則のために闘う〉という社説には、〝毛沢東の話は、レベルが最高、威信が最高、威力が最大、一句が一万句に匹敵する〟という言葉があった。それは林彪が毛沢東を神格化するために使ったものである。（略）作品が林彪と毛沢東とは些かも関連がないのであれば、この〈一句〉は何を意味するのであろう。

劉震云はこのように回答している。もちろん、私が用いたこの言葉の意味は、林先生が用いたものと違い、同語意不同だ。彼は政治を語り、私は生活を語っている。彼は毛沢東にお世辞を言い、（略）私はかれら（作中人物）に心の通う本音を言っているのだ。

作家の説明によりその非理性あるいは感性の面からすれば、〈打ち解けた一句は一万句の無駄話に匹敵する〉と解釈できよう（金栄哲、韓国）（注25）。

このように、書名はかつて歴史上の人物に使われたため、さきに述べた雷達の指摘も含め、その反響は大きい。劉の書名について、忘れ難い時代的用語を用いたものはほかにもある。二〇〇七年に出版された《我叫劉躍進》の〈躍進〉も一九六〇年代の大躍進キャンペーンを思い起こさせる。本書と合わせて書名には、作者の何らかの隠喩あるいは歴史的記憶をよびおこす意図があるのではないかと推測され、国内外の研究者の関心を集めた。こうした世論が飛び交うなか、孫隼為が書名についてインタビューをおこなった。作者は次のように解釈している。

私が使っているこの言葉は、深い哲理をもつものではない。それは、ただ日常的な暖かくて心の通う言葉として使っただけだ。この言葉はもともと知っていたにもかかわらず、慌しい歳月のなかで、とうの昔に忘れてしまった。突然友人が口にするのを聞いて思わず涙が込み上げた（注26）。

この釈明からすると、作者は政治的意図をもっておらず、孤独なモデルたちを描くなかで、そのモデルたちが渇望しているものを発見したように思える。その〈渇望〉とは、いわゆる人間間の心を通わすことのできる

〈一句〉である。つまり、林彪の〈一句頂一万句〉とは無関係なのだ。しかしながら、この句は成語でも熟語でもなく、そのうえ慣用句でもない。作者のオリジナル言語が四十年も前の政治的スローガンと偶然に合致したと考えるのは、むしろ不自然であろう。ここで文化大革命の隆盛期に林彪語録も臨時教材とし、学童期に暗唱させられた筆者の記憶が蘇る。当時の作者は十歳前後であり、この言葉に触れた可能性が高い。事実〈もともと知っていた〉と語っている。そうであれば、書名を考える際に林彪のスローガンを意識しなかったとしても、少年時の記憶に深い印象を残したこの言葉が、無意識的インスピレーションをはたらかせた可能性があり得るであろう。その結果、文化大革命を経験した人々の記憶が呼び戻され、アンチテーゼの役割が果たされたのである。

3　歴史性捨象の意図

《一句頂一万句》は、作品の背景となる辺境の人々の生存状況をカンバスに、楊と牛とその周囲の人々との関わり方および生活風景を浮き彫りにしており、歴史的背景の表象を回避している。物語の歴史性を度外視する点においては、《ケータイ》も同様である。

《ケータイ》の場合、第一章の舞台である一九五〇年代から七〇年代までは、歴史的事件の多発期である。周知のものを挙げると一九五八年の大躍進運動と一九六六年の文化大革命運動がある。厳の母親は〈六〇年に餓死〉したとあったが、その死が〈大躍進〉キャンペーンと関係があるのは間違いない。この時期に餓死者が多発したことは公認の事実である。そして、呂桂花が嫁いできた一九六九年と言えば、文化大革命の高潮期である。狂気に陥った毛沢東崇拝運動がこの国の隅々まで行われていた以上、厳家荘だけが免れることはなかろう。第二章に描かれる二十世紀末から二十一世紀初頭も急激な社会変貌を遂げた時代であった。改革開放政策の導入、インターネットと携帯電話の普及などによって、通信技術や生活手段などが多様化された。第三章の厳の祖父母と曾祖父母の時代は、前世紀二七年あたりに祖母が厳家に嫁いだのであれば、この時期は封建社会から近代社会への転換期であり、辛亥革命、五・四運動、日中戦争、国民党と共産党の内戦などが続き、中国内外においての激動期であった。だが、この間の歴史的事件が厳家荘とは無関係であるかのように、作者は自身の小説に没頭し、厳一族とその周囲の人々の生存状態を淡々と語るだけである。

《一句頂一万句》の時間も空間も、《ケータイ》とほぼ重なり合っている。ふたつの作品の主人公を時代別に組み合わせれば、次のようになるだろう。

楊　＝曾祖父母
巧玲＝祖母
牛　＝厳

つまり、この作品も百年近い三世代の人々の物語である。作者は乱世の角逐の描写を消去し、まっすぐに生命の本質に迫ったが、それについて陳暁明は次のように批判する。

その大歴史・元来の歴史が跡形なく消えてしまった。ただ賤民の歴史と蝿や犬のように狼狽えた賤民暮らしだけが残っている。賤民達は営々と自分の暮らしに執着している。自分の生活さえあれば、ほかのものを求めない。〈説得上話〉（話が合う、分かり合える）な人と〝喊喪〟の仕事を求める以外にほかに望むものもない（注27）。

だが、そのふたつの望みこそ、私達人間の精神性を表すものではなかろうか。〈説得上話〉な人を求めることは枯渇した精神を慰藉することであり、〈蠅や犬〉などにはそのような営為は必要ない。

〝喊喪〟とは、葬儀の進行を務める職業である。中国の伝統的な葬儀は七日間行われ、大勢の人々が集まって死者を追悼し、号泣する。〝喊喪〟者の采配に従いつつ、一同は白い喪服をまとい、死者の子孫とともに号泣しなければならない。楊は〈喊喪〉者に強い憧れを抱いていた。特定の仕事に憧れることは〈狼狽えた賤民暮らし〉への執着というより、生存維持の行為とは異なる自己の感情および行動パターンへの認識と思考であり、いわゆる自我の目覚めであろう。

歴史性の捨象は作者が意図的に駆使した手法である、と筆者は考える。すなわち、生命の原点に立って人間の生の営みを凝視することこそ、人間の本質を探求する根源的方法である。この作品は生命の強風と荒波を表象せず、穏やかで自由な辺境の人間模様を描いている。旅を通じて精神の漂泊を、人と人のかかわりをとおして人間の難しさと孤独感を表象した。生存状態の描写においては、黙々と働く人々の姿を人間の原風景としてデッサンするミレーの「野良仕事」を思わせる。だが、劉の描くモデルたちは、ミレーの描く畑を耕す人々の静なる画面と違い、自然界におけるさまざまな生を営むダイナミックな動的画面をくり広げている。浮世のあらゆる虚飾を払い落とし、多彩な生存状態を描くことで、辺境の人々の原風景が再現されるのである。その生々しい生命のかたちは生を営む人間の艱難として現れ、権勢へのアンチが反映されてくる。作者のその姿勢は、《温故一九四二》の場合、本書の方法と異なり、より明晰なテクストで示されている。

かれらは結果的に受難者であり、成功のための生け贄である。歴史はかれらとは無縁だ。歴史は華麗な宮殿にしか存在しないのだ（注28）。

死者が多発する災地を見て見ぬ振りをする蒋介石をこのように論難している。〈かれら〉とは、無論作者が描いた細民のことである。長い間、広大な中国の辺疆の民生は従来歴史などに黙殺されており、その過酷な生存状態はまるで未踏の氷山の一角であるかのように、人々の関心から目を背けられ、一部の都会人や知識人などに憐憫と同情を寄せるべき存在として見なされてきた。さすらいという高度な精神活動は、知識人の特権であるかのように思われてきたのだが、〈かれら〉は決して精神世界をもち得ないわけではないと作者は指摘している。

私は、同郷の老若男女が豆腐屋、床屋、屠殺場、ロバ飼い、〝喊喪〟、染物屋、食堂などを営んでいるから、高度な精神活動をもち得ないとは思わない。むしろそれと相反し、かれらが下等の職業に従事しているからこそ、その精神活動も活発で強烈、しかも高度なのだ。それから知識人の概念のボーダーラインは如何に定めるべきか、何冊の本を読んだからもう知識人なのだろうか。知識人は〝知〟だけではなく〝識〟も具えるべきだ。この世界に新たな発見をもたらさなければならない。

おおくの作家、特に中国の作家は知識人に成り済ましている。労働者を描く際にかれらの愚昧と無知に視点をおき、かれらの不幸を悲しみ、かれらに失望する態度を見せていた。一世紀来このような状況がつづき、つまり高い立場からかれらを見下ろす姿勢でいたのだ。

精神の流浪と漂泊を描いたのは、身分に対する憤怒と反動を示す以外に、また時間に対する反動も示したいためである。

私はこれらの知識人とは同類ではない（注29）。

長い引用となったが、上記の作者の釈明により以下の結論が導かれる。

①作者は意図的に歴史背景の描写を捨象した。なぜなら歴史の記載は偉人と知識人を中心とするものであり、社会の基盤を成している細民とは無縁であるからだ。長い歴史のなかでかれらはこの国の〈愚昧と無知〉の存在として見なされていたが、作者はそれにたいして異議をもっている。

②知識人や社会全体が細民を理解しようとせず、依然として封建思想の身分制度にとらわれている。〈かれら〉を下等な生き物と見なし、その存在の有りように無関心である。作者はその不公平で非文明的社会の是正を試みようとしている。

③魯迅と共通した創作魂が見られる。ともに知識人と対峙し、弱者を題材にその民族の精神性を探求している。

魯迅の一九三二年の詩作「自嘲」には周知の名句がある。

皆をさいて冷遇す千の夫子、首を伏して甘んじて孺子の牛とならん

（横眉冷対千夫子，俯首甘為孺子牛）（注30）

〈千の夫子を冷遇し、首を伏して孺子の牛に甘んじ〉る魯迅の精神には、知識人に異議を唱え、細民と同じ立場に立ち、かれらの苦難に深い理解を示す劉の投影が見られ、魯迅精神を継承していることが明らかである。以上の考察を顧みれば、陳の歴史性の捨象についての指摘には共鳴し難い。劉の作品における歴史性の捨象は、むしろ作者の意図的手法であり、歴史へのアンチテーゼであるように見受けられる。

五〈一句〉の真意

1　旅と〝找〟行為

①　楊の場合

〝找〟とは、〈捜す、求める〉という意味合いである。以下〈捜す〉とする。

家出した楊は仕事を探すために、子供の頃に助けてくれたことのある裴を訪ねた。床屋の裴は屠殺屋の曽に彼を紹介し弟子入りさせたが、若さゆえ、楊は世間の難しさを知らず、師匠曽の妻が笑顔とは裏腹に恐ろしい顔ももっていると賀に言ってしまい、その話が賀より人から人へと伝えられてしまう。そしてある日ついに曽の耳にも入ってしまい、子弟関係がこわれ師匠と別れるはめになった。

その後、楊は同じ間違いをくり返すことはなかったが、転々と仕事を探し、名前も換えた。彼は、染物、竹割り、水運び、野菜栽培、饅頭売りなどを経験するが、どの仕事も長続きはしなかった。それは彼が仕事に飽きてしまう、あるいは仕事ぶりが悪いためというわけではなく、いずれも知らぬ間に人間関係が拗れてしまうためである。たとえば、県知事の史は祭りの芝居見物の際に、閻魔王を演じた楊を気に入り、自分の野菜畑の栽培を託した。楊も史に応えようとして、こつこつ真面目に働いていたにもかかわらず、ある日男色にふけっている史を目撃してしまい、史を激怒させ、追い出されてしまう。このように、誠心誠意仕事を全うしようとしても、思いがけない出来事がつねに彼を困惑させるのである。

史の菜園で働いていた楊は、饅頭屋の呉香香と出あった。彼女は夫に死なれたため楊の婿入りを願った。楊は自分の世話をしている詹と相談し、葛藤した末、呉摩西とふたたび改名し、結婚の申し出を受け入れた。しかし結婚後、呉は饅頭屋を奪いにやって来た元夫の兄弟の殺害を楊にそそのかしたうえ、ふたりの間に意思の疎通はなく、口論がやまなかった。加えて、楊は饅頭売りの仕事も好まないため、呉との生活に終止符を打とうと考え、家を出ることにした。だが、呉の連れ子、五歳の巧玲が真っ暗闇のなかで彼を捜し出し、引き止める。

誰と来たんだい？
ひとりで来たの
お母さんが来させたのかい？
母さんは一生相手にするなって。一人でこっそり来たの。
夜道は怖かったろう、どうしてわざわざ遠いところから来たんだい？
巧玲は泣きじゃくりながら言った。
会いたかったの、明日白家庄へ小麦粉を買いに行くよね。（一六九頁）

楊は呉より巧玲との絆が強く、ふたりは本当の親子のようであった。幼い巧玲を思うと、楊は家に戻ることにした。しかし、妻の呉はある日、彼の信頼していた近所の高と駆け落ちしてしまう。楊は不本意にも村の風習に従わなければならない。その風習とは、妻がいなくなった場合、夫に捜索の義務が課せられるというものであった。そのため、楊は呉を捜す旅に出なければならない。彼は巧玲をほっておけず、自分に同行させた。ところが、その巧玲がある日、同じ宿に泊まっていた尤にさらわれてしまう。そこで、楊は狂わんばかりに鄭州駅で二ヵ月も彼女を捜し続けた。だが、巧玲は見つからず、捜すつもりのない呉と高に遭遇する。ふたりは駅で水売りと靴磨きで生計を立てていたが、これまでの生活環境と比べ、厳しい状況にあった。それにもかかわらず、ふたりは談笑を絶やさなかった。しかも呉はこれまでの彼女とはまるで別人のように微笑ましく見えた。楊はその光景を目にすると、殺意と憤怒の衝動に駆られ、焦燥感に押し潰されそうになる。それと同時に、別の想いにも気づかされる。

一人の女が夫以外の男と不倫にいたる前に、きっとその人のある〈一句〉に感動したに違いない。その〈一句〉とは、一体どんな言葉であったろうか。(二〇五頁)

そう考えると楊はふと我に返った。というのも、彼は自分が呉の心をつかむその言葉を知らなかったがために、彼女に見放されたと気づいたのである。そこで、この傷心の地に別れを告げようと決意するが、彼にはこれといった行く当てもなかった。辛うじて子どものころ《論語》を学んだ汪を思い出し、宝鶏に向かう汽車に乗った。車中で周囲の乗客に名前を尋ねられたが、その時、彼は自分が誰であるかおぼつかなくて、一瞬、幾つもの名前が走馬灯のように目の前を掠めるうち、思わず〈羅長礼と呼んでくれ〉と返事をするのであった。

主人公楊は、父親との確執により、家出して旅をはじめた。彼のひとり旅は絶えず〈捜す〉行為につきまとわれている。楊百順は仕事、妻、養女、汪、高が呉に捧げた〈一句〉などを探し続けるが、何ひとつ見つけることはなかった。彼は不安と孤独にさいなまれるがまま、汪を訪ねる新たな旅に向かった。上篇はこうして幕を閉じる。

② 牛の場合

引き続き、下篇では、巧玲が幸運にも善良な曹家に売られ、成人後、牛の家に嫁ぎ、息子の牛愛国が生まれるところからはじまる。物語のテーマである〈捜す〉行為は、その息子の牛愛国に引き継がれていく。彼は楊とは血縁をもたないが、子孫関係とされている。なぜなら、母巧玲は楊の養女であったからである。そんな牛は楊と同じ運命を辿る。彼は成人後、龐麗娜という女性と結婚したが、彼女は実の姉の夫と駆け落ちしてしまう。牛も楊と同様に不本意ながら妻を捜さなければならない。その道中、彼は章楚紅という女性と関係をもつ。

私を連れていく勇気があるのなら、貴方に告げたい〝一句〟があるわ

どんな〝一句〟？

それは後で教えるわ。（三〇七頁）

しかし、章の夫も自分のように章を捜さなければならないと思うと、牛は章の誘いに応じることはできなかったが、その後、章の〈一句〉を求めてふたたび彼女を訪ねた。しかし、章は離婚し北京の風俗界に入った

と聞く。牛は章がなぜ富豪の妻であるより、風俗界に入ることをよしとしたのだろうかと思い、彼女の願いを聞き入れなかったことを悔やむ。牛は名状し難い苦悩と孤独感に誘われ、意識が外祖父の母に伝えたい言葉、母が臨終の際に何かを言おうとして言えずに息を引き取ったことなどにおよぶ。ふたりの話が分かれば、内心の苦悶も解けるのだろうと考え、羅長礼と改名した楊の直系の孫、羅安江を訪ねて延津に向かった。だが、羅安江は八年前に亡くなっていた。彼は羅安江の家で楊の遺留品から巨大な教会が描かれた絵画を発見した。その端書きには〈悪魔の私語、殺人あるいは放火〉と書かれてあった。牛はとっさに当時の楊と今の自分の心境とを照らし合わせ、驚かずにはいられなかった。

楊から受け継いだ牛の〈捜す〉行為は、妻の龐、恋人の章、母と楊の〈一句〉を求めることであったが、それは孤独と徒労に過ぎず、彼も何ひとつ見いだせることはなかった。そうなると、作品を読み終えたのち、楊と牛の求める〈一句〉とは何か、ふたりの旅とは何か、という質疑が必然的に脳裏に広がり、読者の胸の内を騒がせるのだろう。

《霊山》と同様に、この作品でも探し求めるものを手にすることができなかった。さらに人称による〈円環構造〉に比して、次の〈円環構造〉に読み替えることができよう。

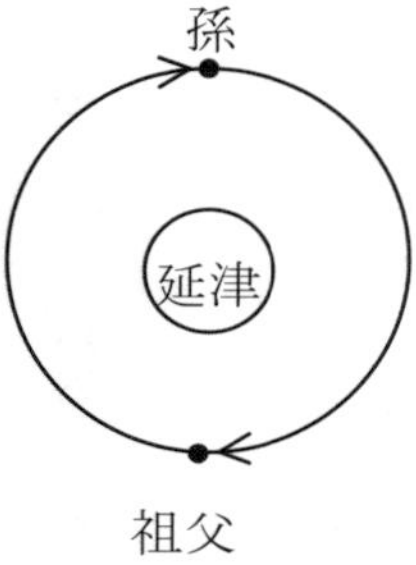

出奔の旅 ＝ 祖父 ＝ 上部 ＝ 出奔の旅

回帰の旅 ＝ 孫 ＝ 下部 ＝ 回帰の旅

つまり、楊は故郷から旅に出たが、帰還することなく消失した。しかし、長い歳月を経た後、牛が彼の直系孫を訪ねて故郷にやってきた。そこで、ふたりの〈出奔〉と〈回帰〉の旅がついに完成する。したがって、上部と下部からなる作品の〈円環構造〉もようやく可視化するのである。

2 〝找〟と〈一句〉

作品名が《一句頂一万句》である以上、その一万句に値する〈一句〉を究明しなければならないだろう。なぜなら、その〈一句〉こそ、作品を読み解くキーワードであるからだ。

それでは、その〈一句〉の解明をめぐって、牛と楊の旅の考察を試みよう。さきに述べたふたりの旅を整理すると、両者の間に三つの共通点が見てとれる。

その1

不本意ながら妻を捜す旅に出かけるが、捜したいのは別の人であり、旅をとおして、大切な〈一句〉に気づく。

その2

〈殺人あるいは放火〉をしてしまおうかという心境に陥るが、それは〈悪魔の私語〉と内省した。

その3

旅の終点で、ふたりは過去を葬り、新たな出発に向かった。

楊は、羅長礼と名乗り、宝鶏にいる汪を訪ねることにした。

牛は、死去した母の言葉を反芻し、楊の直系の孫である羅安江のいる延津へ向かった。

いわば、自分を取り巻く状況に打ちのめされたふたりは、苦痛な現実から無の状態の過去に回帰したのである。では、

〝找〟行為とは何か。

〈一句〉とは何か。

かれらは如何にして自己へ回帰したのか。


以下、これらの問題を掘り下げていく。

楊と牛はともに妻を捜したけれども、両者が本当に捜したかったのは妻ではなく巧玲と章であった。それは彼女たちと〈説得上話〉(話が合う、分かり合える)だからである。

楊と巧玲の場合

呉摩西は呉香香とは会話がないが、巧玲とは話が尽きない。
寝ちゃだめだよ、おしゃべりしようよ。(呉摩西)
寝ないわよ、話したいもの。(巧玲)(一六三頁)

楊と巧玲は、互いに話が尽きず、孤独な心が癒されていく。楊は呉と高の睦まじい様子を見て、ふたりが

〈説得上話〉と気づき、呉を感動させた高の〈一句〉を追求しながら、次のように内省する。

自分は呉を征服できなかったが高はできた。それならば、誰が誰かを殺せば済む問題ではない。（略）かれらは俺を騙したが、自分たちに忠実なのだ。だとすれば、かれらは間違っていないんだ。間違っていたのは、この俺なんだ。（二〇五頁）

楊はこの内省から呉と高を理解するにいたった。分かり合えた巧玲はもう見つからないし、呉とは分かり合えなかったと理解すると、傷心の地を離れ、羅長礼と改名した。この一連の心理活動は、楊の内的回帰を意味する。彼は人と人が分かり合えた時こそ、その孤独感が解決されると了解し得たのである。彼の言う〈説得上話〉とは、決して異性間の問題だけではなく、人と人の心の交流を代言するものである。

楊が高の呉に捧げた〈一句〉を知りたいように、牛も章の〈一句〉を求めて彼女を訪ねたのだが、章が〈風俗界に入った〉と聞かされた時、衝撃のあまり極度の無力感に襲われ、妻の龐を連れ去った尚を思い出して、次のように内省する。

尚だけが肝心な時に捨て身になれた。肉親も住み慣れた故郷もすべてを抛っても、彼女を見知らぬ天地へ連れ去った。彼は尚を憎めず、むしろ敬意を覚えた。（三三四頁）

楊と牛は、〈一句〉がどんな言葉かをとうとう知り得ることはなかったが、妻を捜す旅をとおして、高と章がその真意を心得ていることに気づいた。それはいわゆる、人と人の心を通わす真実の言葉である、とかれらは理解したのである。したがって、その〈一句〉を探す行為は、心の拠り所を求めたものであり、精神の帰趨を渇望するものと考えられよう。

楊と牛は、〈一句〉を見いだせなかったが、自己と向き合うことが出来た。それはかれら自身の内在的回帰であると同時に、かれらを取り巻く社会との和解でもあろう。しかし、ここで見落としてはならないのは、牛が求めた母と楊の〈一句〉は、高と章の〈一句〉よりもさらに深遠な課題をもつものであるということである。彼は内心の苦悶を解きたいがゆえ、母巧玲、外祖父楊の〈一句〉を求めたのだが、それについては羅安江の妻がこう答えた。

たとえ、その〝一句〟が分かったとしても、あなたの心の苦悶は解かれないのよ。(三五六頁)

すなわち、人と人が分かり合えたとしても、楊と牛が経験した孤独感と無力感は解決されない。私たち人間は苦悶から逃れることはできず、その苦悶との格闘こそ、人間存在における根源的課題なのである。

楊と牛の旅は、古今東西で語り継がれてきたロマンと冒険の旅ではない。だが、ふたりの旅には人間の生の営みや精神の漂泊などが鮮烈に映し出されている。ただし、真実の〈一句〉を獲得できなかったため、心の拠り所は得られないのだ。そのため、新たなる旅による新たな〈捜す〉行為も、またくり返すほかはないのである。

六　〈〇〉構図と魯迅精神

1　儒学者汪と宣教師詹

《論語》とキリスト教を伝授する汪と詹は、それぞれ精神の拠り所をもっているはずである。しかし、詹は一生神に仕え、清貧にして自らの人生を全うしたが、汪は儒学の伝道者として最後まで身を捧げることはなく、周囲に引き止められても、私塾に別れを告げ、旅の職人として生きることを選んだ。安定した生活と人々に信頼される聖職を放棄してまで、衣食住の保証なき旅職人となることを選択したその行為は、果たして何を物語るのであろうか。

汪は、十二歳で延津を離れ開封市で儒教を学んだ。廉家との争訴が不当にも敗訴となり、自身の無力さを思い知らされた父親は、将来息子に出世してもらい、この理不尽な出来事を清算しようと考えて、汪を儒学校へと送り出したのだが、その七年後、息子は人に殴られ、怪我を負って帰郷した。病床の父親は傷心ののち、三日後に他界した。汪はその後、延津で《論語》を教えることとなり、いつの間にか庄屋の范の家に落ち着いた。そして、あっという間に八年が過ぎ、妻子ももつようになっていた。

楊百順と弟も汪の私塾で《論語》の手解きを受けていた。彼は優秀な教師とは言えず口下手であった。ある

日〈朋有り遠方より来たる。亦た楽しからずや〉を説くと、子どもたちが遠方からの友の到来に喜んだ。すると、

何を喜ぶのかい？聖人が傷心した証拠ではないか。身近に友がいて、心中の思いを思うままに話せたならば、遠方の友が来ても足手纏いになるだけではないか。身近に友がいないから、この遠方の人を友にしたのだ。（二二六頁）

と汪は言った。彼のこの独白は《論語》を説くというより、彼自身の孤独感を吐露するものであろう。彼はつねに苦悩し、生徒達に口癖のように〈私が説いても君たちには理解できないだろう〉と言う。悪癖のおおい妻に対しても〈常識のある人なら、非があれば忠告できるが、正気でない人には忠告する必要があろうか〉と言って、悲しみ嘆きながら毎日を凌いでいた。さらに、月二回欠かさずにやり続ける慣例があった。それは旧暦の十五日と三十日の午後にひたすら荒野を歩き回ることである。庄屋の范が心配して止めようとしたが失敗した。ある端午の節句に范が彼を家に招き談笑しているうちに、〈荒野を歩く〉ことに触れた。すると飲み過ぎた汪は慟哭して言った。

その人をどうしても忘れられないんだ。半月も経てばふさぎ込んでしまってね、歩いて気晴らしするんだ。

生きてる人かい？それとも亡くなったのかね。お父さんじゃなかろうな。

お前を学校に出すのに結構苦労したからな。（略）もし生きている人なら、一度会いに行けばすむこと

ではないか。

会ってはならない、会ってはならない。あの時、会ってしまったから命を落としそうになったんだ。

（二七頁）

范との会話から汪が怪我を負って帰郷した由縁が明かされる。それは〈忘れられない〉人に会ったからである。ではこの人はどんな人であろうか。

汪が范庄屋で《論語》を教えはじめてから六年後、末娘の灯盞が水がめに落ちて溺死した。汪の苦しみはさらに深まり、〈心が火玉のように焚焼し気が狂いそうな〉（三〇頁）毎日に耐えきれず、旅に出ることを決めた。家族を連れて陝西省の宝鶏までゆくと、心が急に穏やかになった。そこでその場所で落ち着くことにしたが、彼は《論語》を教えず、水飴を吹いて花や小動物などを作る職人として生計を立てた。酒を飲み過ぎたある日、彼はなんと、絶世の美女を作り上げたではないか。すると、街の見物人たちが尋ねた。

汪さん、この人は、まだ生娘だろう。

いいや、若い嫁さんなんだ。

どこの？

開封市の人だよ。

この子、なぜ笑わないんだい、泣いているようで、縁起が悪いな。

この子は、泣くしかないんだよ。泣かなかったら、息が詰まって死んじまうだろう（三二頁）。

酒に酔った汪は、なぜ泣かずにいられない〈若い嫁さん〉を作り上げたのだろうか。読者はすぐさま〈会ってはならない。あの時、会ってしまったから命を落としそうになったんだ〉という汪の言葉を連想するに違いない。しかし、汪は幼い時から儒教を学び、長い間、子どもたちに《論語》を教えていた。彼は儒教における君臣、父子、夫婦の道や、仁、義、礼、智、信などの五常を誰よりも心得ているため、高と呉、尚と龐のように〈自分に忠実に生きる〉ことは許されない。そこで、汪の苦悶は儒教倫理に囚われ、自分に忠実に生きられないことに由来する、という事実が浮かび上がってくるのではあるまいか。

次に、詹を見てみよう。彼はイタリア人で二六歳にして、叔父とともに中国にやって来て、開封地域のキリスト教会である第三三県の宣教師として、延津県に配属された。延津県はアルカリ性地帯の土地柄、年がら年中食糧難の問題を抱えている。全県三十幾万の県民中、食に飢えない人は一割に満たず、人々はいつも腹五分で痩せこけていた。開封キリスト教教会の会長を務めていた詹の叔父は、延津の人々に同情し、その救済を甥に托した。彼は延津に資金を割り当て、カトリック教会の設立を促した。楊が詹に出あったのは、それから四十年もの歳月が過ぎたころである。七十歳に近い詹は、標準語と延津語を自由自在に話すうえ、高い鼻の上の青い目も黄色に変色し、歩く時も両手を後ろに組み、町の物売りのお爺さんと何ら変わりはない。

詹の教会は、三百人を収容できるが、四十年もの間、彼の信者は八人しかおらず、〈延津新学〉が創立されると、新任の県知事の韓が教会を校舎にし、後に知事が史に変わっても、教会を取り戻せない。詹は伝道師でありながら荒れ果てた寺院に寄宿していた。酒の席で魯が詹の話をした時、〈主の被害者だ。彼は宣教師でなければ、何をしてもとうに金持ちになっていただろう。少なくとも荒れ果てた寺に住むことはなかったろう〉と言う（一一四頁）。しかし、詹はイタリアの姪からの賞賛の手紙を読んだ時、誇りを感じずにいられず、日中の伝道を終えても引き続き夜明けまで、楊に主の教えを説いた。彼の心は主に満たされていたのである。

七三歳のある日、詹は風邪を引き漢方薬を服用したが効き目がなく、発熱がつづき、五日後に天命を全うした。一人のイタリア人が異国の地で神の使者として、〈主を信じれば、自分は誰なのか、何処から来たのか、また何処へ去っていくのかが分かるようになるから〉、〈人は罪を犯しているのに、自分では気付いていない。主がじつに困ってしまうんだ〉（一七六頁）などと五十年間にわたって敬虔に説き続けた。その彼の突然の死を聞くにつけ、楊をはじめ、八人の信者は感無量であった。生前に親交のあった人々を集め、葬儀をおこなったが、楊は詹の遺留品から八階建ての壮観な教会設計図を発見した。窮地に追い込まれていても信念を持ち続けていた詹を思うと、彼こそ世界中でもっとも偉大な宣教師だ、と楊は思わずにいられなかった。

2 儒教とキリスト教の破綻

作者は、汪と詹の表象を通じて《論語》と『聖書』、すなわち儒教とキリスト教の世界を読者に開示した。汪は人と人の世界を体現し、詹は人と神の世界を示した。儒教の世界は、汪と楊を漂泊の旅へといざない、人間の孤独感と無力感を浮き彫りにした。楊は絶えず友人に裏切られ、かれらの周辺の人々も互いに背信、反目するばかりであった。汪も儒学者でありながら儒教道徳に背理する苦悶を抱え、打ち明けられる人もおらず、絶望感のなか、ついに儒教から離脱した。彼の父親は〈あの時、学校に行かせるべきではなかったんだ。殺人や放火する強盗を学ばせれば、お前も人に殴られず、家の仇もとうに討ったはずだ〉（二四頁）と言う。つまり、儒教は汪個人の問題も家の問題もどちらとも解決できないのである。なおかつ、のちに汪が儒教から離脱し、旅職人となったことは、儒教道徳へのレジスタンスと見なすことができる。なぜなら、回復不能の傷を負った汪は、儒教の呪縛から解放されることこそ、自己を再生する方法だと気付いたからである。

一方、神の世界は、主を信じれば、懺悔と祈りが成立し、精神の慰藉が約束される。主はつねに信者とともに存在するため、何時でも、何処でも対話ができ、背信の心配もない。しかし、詹は五十年間の心労と奔走にもかかわらず、八人の信者しかもてなかった。しかも〈八人とも主を信じているかどうかははっきり分からない。一人だけが信じているのは確かである。その人は詹なのだ。彼の伝道は、他者に伝えられず自身に伝えただけだ〉（一七八頁）という。また、楊はついに信頼できる者を見つけたが、〈心に閃いたこの喜びは、主によるものではなく、詹という人間であった〉（一七八頁）とすれば、楊たちが信じたものは神ではなく、詹という人間ではないか。

このように儒教とキリスト教の思想は、いずれもこの文化の土壌に根づき難いことが明らかである。それゆえ、楊と汪のさすらいの旅が、儒教が破綻する象徴であれば、詹の死去と楊の信仰は、キリスト教の布教も徒労に過ぎないことを象徴している、と読み替えることができよう。楊は汪から《論語》を学び、詹から『聖書』を学んだ。彼はつねに思考を深め、高度な精神性をもつものの、汪と詹が伝授してくれた思想に対してはなぜか意に介さなかった。このことについて作者はこう語る。

楊百順は《論語》と《聖書》を学んだ。恐ろしいことに彼は私たちおおくの人間と同様に、ひとつの世界の解釈を意に介さないだけでなく、ふたつの世界の解釈もいっさい心にかけていないのだ。
中国人はおおい。集まれば勢いがあるが、分散してひとりひとりになると孤独である。宗教を抜きに、生存の面から見ても、これが我々の文化の生態なのだ。（注31）

右の作者の視座からみれば、楊と牛の孤独感はこの民族の〈文化の生態〉に由来する。かれらは〈ふたつの解釈〉を〈いっさい心にかけ〉ることがないため、儒教もキリスト教も受容することができない。それにもかかわらず、かれらはまた、孤独を甘受できず、心の拠り所を熾烈に渇望している。そのため、放浪の旅に出かけ、〈一句〉を探す。そこから、儒教、キリスト教、〈一句〉などの問題は、まさに作者の思念の対象とする試みであり、人々の精神性における探索であることが読みとれる。その結果、この〈文化の生態〉を窺うことができた。いわば、人々は楊と牛のように、儒学もキリスト教もどちらとも受容できず、絶望感を抱きながら〈一句〉を捜し続けるしかないのである。

3　受容と継承

摩羅と陳暁明は、劉の創作姿勢に魯迅思想の受容が見られるという。しかし、ふたりの視点はそれぞれ創作精神と方法論で分かれている。摩羅は、

　劉震雲はまさに魯迅のような作家だ。魯迅のような〝苦痛者〟であり、精神探求者である。また、魯迅のように、我々のもっとも日常的で、もっとも困惑するところから、生きていく過程の醜悪さと悲惨さを見いだしてくれる作家だ。（注32）

と劉を評価している。

この批評は、人間の精神性を探究する魯迅と重なり合う劉の創作精神を洞察するものであり、楊と厳の人物造形がその精神の表れと言える。楊は〝喊喪〟の職業に憧れ、〈一句〉を求め、絶えず自己を見つめていた。

厳もこの民族に〈匙を投げた〉魯迅に共鳴し、自身を〈世界中でもっとも卑劣な人〉と省察した。ふたりの形象から作者が受容した魯迅思想の〝苦痛者〟の道のりを垣間見ることができる。その〝苦痛者〟とは、どんなに悲惨であっても、敢えて自己の醜悪な内面を直視する勇気をもち、自己と向き合うことができる人物である。陳暁明はこの点のみならず、作品の人物造形においても共通していると指摘したが、果たしてそうであろうか。

楊百順にはかすかに、阿Qの性質が見られる。汪は明らかに、孔乙己に見えるのだ。そして、呉香香は祥林嫂のモデルとして、読みかえることができるのだ。（注33）

阿Q、孔乙己、祥林嫂とは、魯迅の作品「阿Q正伝」（一九二一年）、「孔乙己」（一九一九年）、「祝福」（一九二四年）の主人公である。魯迅が浮き彫りにした阿Qは、つねに〈まぁ、いいや〉と思い、あらゆる屈辱を〈精神勝利法〉に委ね、思考という行為をもてない。孔乙己も同じである。孔は科挙試験に失敗し職ももたず、人々の嘲弄を甘受していた。孔は知人の本を盗んだため、殴打されて足を骨折し、その後、ひそかに姿を消してしまう。祥林嫂の場合は種々の虐待を受けた後、ようやく平穏な日々を手に入れたが、子どもがオオカミに食べられてしまう。その衝撃による苦しみの果て、精神を患い人々に愚弄される、封建社会の従順な婦女として描かれている。つまり、魯迅は中国の因習的文化が培ってきた民族性を作品のモデルに託し、思考力と進取心に欠如するその民衆の精神性を痛烈に批判しているのである。

しかし、楊、汪、呉はいずれも、近代思想を獲得したモデルとして表象されている。楊はつねに内省し、しかも心の拠り所を探し求め続けていた。汪は私塾で《論語》を教え、人々に尊敬されていたが、儒教の呪縛から自らを解き放つためにあえて旅職人となることを選び取った。呉は我が子を見捨ててまでも恋仲の高と逃走し、個人の自由に固執していた。この三者は、いわゆる伝統文化の儒教思想から脱皮し、近代的自我に目覚めた進歩的なモデルである。これらの人物造形は魯迅と共通しているというより、むしろ魯迅の〈絶望した民衆性〉に希望をもたせたもののように思えてならない。

魯迅の《野草》や《吶喊》(注34)などに収められた作品のように、劉の作品も一般人の日常を描き、その精神性の有りようを凝視している。それらの作品の題材は二十世紀初期、中期ないし現在までにいたるが、おなじ一九二〇年代の庶民を描いても、劉の場合は魯迅の〈背をさいて冷遇す〉る闘争精神、あるいは自己のモデルへの絶望感などを抱くことはない。彼は一世紀のちの作家として、冷静で真摯な叙述手法を駆使している。しかも作品のモデルたちに現実との格闘を促し、近代思想を持ち合わせた人物造形に努めている。ふたりのこのような相違性は、時代的背景に関係があるが、その根本的要因はやはり創作の出発点に由来するものと思われる。

《野草》に収められた短編「求乞者」は、魯迅が一九二四年に書いたものであり、自身のモデルに絶望するプロットが見いだされる。

> 私はその声と態度を嫌悪する。悲しみもせず、まるで遊び半分のような態度を憎悪し、叫びながら人を追いかける行為も厭うのだ(注35)。

魯迅には、このような無力感と絶望感をあらわにした作品がおおい。それは彼自身がモデルたちと一緒になって、ともに苦しみ、ともにもがき、混沌とした時代とともに絶望していたからに違いない。しかし、劉の作品には、初期から現在にいたるまで、自己のモデルに絶望する心象は見当たらない。この姿勢は〈創作を通して〈擰巴〉された理由を見つけ、それをもとに戻したい〉(注36)という理念によるものに違いない。劉は現実における困頓状態を打破し、そこから新たな再生を志向している。彼は作品の外に立って、自己のモデルたちの混迷と苦悩を見極めながら、かれらを自分の理念の道へ向かわせようとしている。楊、牛、汪は、自滅する阿Q、孔乙己、祥林嫂とは異なり、自己の再生を獲得した。すなわち、劉は魯迅の思想にアプローチすると同時に、また新たなパラダイムの形成を模索していた、と筆者は考える。よって、摩羅に共鳴し、陳の指摘には異議を唱えざるを得ないのである。

では、劉の模索した新たなパラダイムとは、どのようなものであろうか。

おおよそ一世紀も前に、魯迅は鋭敏に不健全な民衆の精神性を洞察し、「阿Q正伝」を描いた。主人公阿Qは、祠に住みながら日雇いで働き、ぞんざいに日々をすり減らしている。自分が誰なのか、何処から来たのかも知らず、知ろうともしない。周囲の人々にどんなに辱められようと、彼は自分の都合の良いように心を入れ替え、己の特有の精神勝利法を押し通していた。さまざまな出来事に追いやられて、革命党に逃げ場を求めるが、革命党の意味も分からぬまま騒ぎ立てたため、革命派による趙家の略奪に加担させられ、無実の罪で銃殺されてしまう。そんな阿Qは、日々何事も意に介さず、ただうやむやに生き、しまいに死刑判決が下されても、〈人間にはこの世に生まれ、おそらく殺されることも、時には免れないものだろう〉と思っている(《魯迅全集》人民文学出版社、一九八一年版)。

魯迅が〈一切のことを意に介さない〉阿Q像を浮き彫りにしたのは、生命の尊厳をもち得ない当時のおおくの民衆の奴隷的な性質を暴くためである。劉が楊と牛の人物像を描いたのは、人々が分かり合える〈一句〉を見つけ、精神の拠り所を獲得するためであった。ふたつの作品は、決して同じテーマを表象したものではないのだ。たとえば、「阿Q正伝」の主人公阿Qが理由も分からず死去したのに対し、《一句頂一万句》の主人公楊と牛は、孤独な旅のなかで精神の空虚と人間の難しさを経験し、儒教とキリスト教の世界と出あったが、意に介さなかった。そのため、作者はそこで引き続きかれらに〈一句〉を探させた。つまり、ふたりは、阿Q以降の人々のモデルとして構想されているのだ。その人物造形には、魯迅の受容と継承が同時に見られるとともに、作者独自のパラダイムを克明に映し出しているのだ。

4 〈円環構造〉テクスト

楊は子どもの時から母親の愛情を知らず、父親とは確執が深まる一方であった。彼は十六歳にして家出し、茫々たる荒野をさまよう。

世界は広い。どこへ行けばいいのだろうか、楊はすぐには行けるところを思いつかなかった。そこで、羅長礼に〝喊喪〟を学びたかったことを思い出す。しかし、それでは生計が立てられない。畑仕事は苦手だ。麦畑で真っ昼間の太陽の下で、麦刈りしていては先が見えない。やはり職人になりたい。(四七頁)

家出したことや自分の就きたい仕事を求めることなどは楊の自我の確立を表している。さらに畑仕事が苦手な理由を述べてくると、生存と存在の狭間で揺れ動く彼の精神性が浮かび上がってくる。無限に広がる麦畑のように、先の見えない畑仕事では自身の存在を感じ得ない。自我を求めて〝喊喪〟の仕事に就きたいが、生存問題が立ちはだかって実現不可能である。それでも畑仕事を拒絶し、職人になろうと苦戦する。彼は、放浪の生活から、人との関わりから、人間という生き物の難しさを痛感する。職のない状況下で、信頼する人、分かり合える人にも出あえず、瓶につめられたバッタのようにひたすら悶え続け、絶望感に陥ってゆく。

楊の旅からは、こうした彼の苦境がうかがえる。だが、その苦しみの糸口をさぐると、さきに述べた〈一句〉や儒教、キリスト教、阿Q精神などの問題にいきつくことになる。楊は儒教とキリスト教を意に介さず、人間本位とする〈一句〉に傾倒する。しかし、それを手にすることはできない。彼のみならず、孫の牛も、彼と同様に〈一句〉を探し続ける。いわば、この国の人々は永遠に同じ運命をくり返している。そこには民衆の精神性に苦悩する作者がうかがえる。まさに魯迅の批評精神が継承されているのだ。作者は、そうした国民性の本質に向き合おうとし、楊と牛の共通の運命を浮き彫りにし、それらについて次のように語る。

七十年がすぎた後、楊と血縁関係のない外孫の牛愛国が、外祖父の運命を辿った。一個人、一家族、あるいは一民族にして、同じ運命をくり返すことは、我々の苦悩すべき難題だ。(注37)

この〈難題〉については、楊と牛に血のつながりがあれば、自然主義的手法による解釈ができるが、そうでないとなると、文化の循環として読み解くほかはないだろう。しかしながら、三世代の人々の人生、つまり一世紀以上にもおよぶ歳月において、同じ文化がくり返されては、進歩と発展の停滞を考えさせられる。このような〈停滞〉を内省し、その打開策を試みる手立てとして、運命をくり返す〈難題〉が表象されているのではないか。楊と牛が旅の終点で自省したように、我われは人としての原点に立ち返らなければならないのである。

循環と回帰の問題については、主人公の命名からも読みとることができる。上篇の主人公楊は、〈百順〉と名付けられたが、彼の人生は名前の寓意する〈万事順調〉とはほど遠く、ゆえに〈摩西〉と改名した。〈摩西〉とは、モーゼの中国語表記である。モーゼと言えば、虐げられたユダヤ人を率いて、エジプトから脱出する『出エジプト記』が連想される。なお〈摩西〉と対照的に、下篇の主人公の牛は〈愛国〉と命名されている。しかし両者は同一の運命を辿る。すなわち主人公が〈国より脱出する〉にしても〈国を愛する〉にしても、かれらを待ち受けている運命は同じである。重要なのは、かれら自身の内省と再生である。このように読み解いていくと、張頤武の指摘した人間の〈出奔〉および〈回帰〉というテーマとの接点がとれてくる。その構図を示せば、次のような〈円環構造〉が見えてくるのである。

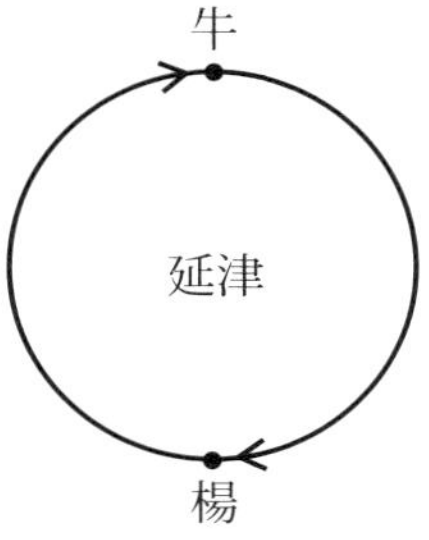

図1　出奔と回帰の旅

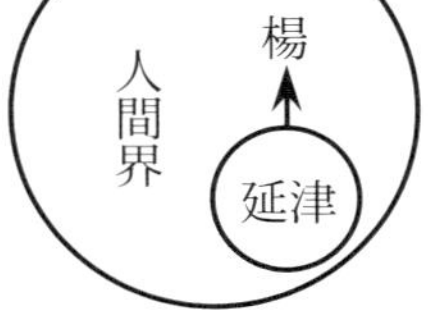

図2　楊の出奔の旅

図1についてはさきですでに触れたが、もう少し補説を加えよう。

旅とは、行きと帰りの往来を言うものであろう。しかし楊は、故郷から出発したが帰ることはなかった。長い歳月の後、孫の牛が彼を知るために延津に向かう。そこで、ふたりの個々の旅がじつはひとつの旅を完成しているということに、読者は気づかされるとともに、上・下二篇の作品の〈円環構造〉も、この時はじめて現れるのである。

旅と言えば《霊山》と同様に、主人公にまつわる現実の旅と内的旅、いわゆる見える旅と見えない旅が設定されているのであろう。楊の〈出奔〉の旅は、現実の旅の目的が達成されないまま、内的旅が終了してしまった。そのため、旅を続けられず、故郷に戻ることもできなかった。孫の牛は幾度も現実の旅をくり返したが、内的旅は完成されないため、祖父のルーツをもとめて、祖父の故郷延津へ向かう。こうした祖父と孫の見える旅と見えない旅を通じて、数おおくの〈円環〉が造り出され、作品の〈内空間〉を内包する大〈円環〉が形成されるのである。

図2では、その〈〇〉展開に見られるように、楊の〈出奔〉の旅は、生命のある種の象徴性をもっている。たとえば、彼は延津から脱出したが、艱難で孤独な運命は変わらなかった。それは彼が故郷を脱出できたが、人間存在から離脱できていないためだという象徴であれば、孤独感と無力感から脱出できないのは彼だけではなく、私たち人間は誰もがみな同様だということになる。つまり、作者は、生命の本質と向き合える可能性は、特定の環境から逃げ去ることにあるのではなく、楊と牛のように他者をとおして自己を内省することにあるのだと、示唆しているように思われる。すなわち、再生の道は内省と回帰によって開かれるものである。このような人間の根源的課題が作品の〈円環構造〉を通じて表象されたと考えられる。

以上の考察から、陳と劉の《一句頂一万句》のテーマは、〈幸存〉（サバイバル）問題と〈賤民の生活史〉であるとする観点には共鳴し難い。〈幸存〉と言えば、この広大で不可解な自然界に存在するすべての者が〈幸存〉であろう。楊と牛は、劉剣のいう〈賤民〉かも知れないが、作者は正負両面から探求し、思考という行為をかれらに付与したのは間違いない。ゆえに、この作品は魯迅の批評精神を継承し、内省と回帰の道を指し示していると、筆者は位置付けたい。

七　響き合う姉妹作

1　ヴァーナキュラーとアーバニズム

《ケータイ》と《一句頂一万句》は、劉の文壇での地位を確立し、これまでの作品の中でもっとも評価されている作品である。ふたつの作品は一見ヴァーナキュラー（土着主義）とアーバニズム（都市主義）であるかのように、対極的作品に見受けられるが、実際のところは、《ケータイ》の終章が《一句頂一万句》の序章として書き始められたという。

《ケータイ》と《一句頂一万句》の関連性については、まだ論じる者はいない。これはあなたが提起した視点の智慧と価値だ。私自身はただ《ケータイ》の三章の書き方は《一句頂一万句》の始まりと思っている（注38）。

この引用文は、ふたつの作品が姉妹作ではないかという筆者の観点を、確認したところ作者から受け取った回答である。《ケータイ》の終章の書き方が《一句頂一万句》の序章と相通していれば、前書で掘り下げられなかったテーマを引き続き語り継ごうという表れであろう。また、ふたつの作品には呼応している点がじつにおおい。たとえば、舞台は、都市と農村、主題の場合は、〈假話〉（虚言の話）と〈真話〉（真実の話）、思想の場合は、儒教とキリスト教、北京のテレビ局に対しては、荒涼とした延津の庶民生活となっている。その相対的響き合いから作品の構成にいたっては、作者が関連意識を強くもっていたことが明々白々であろう。また、ふたつの作品で語られている諸問題はいずれも主人公の精神性とその向き合い方である。以下、ふたつの作品における儒教とキリスト教、〈假話〉と〈真話〉、作品の構図などを響き合わせながら、姉妹作として解読すべき根拠を提示する。

2 儒教、キリスト教から〈一句〉へ

《ケータイ》では、厳と費の人物造形をとおして、儒教による視聴者の倫理観の向上は、実現不可能であることを呈示している。それは作者が儒教と現代社会の齟齬を洞察したためである。作中、費を孔子に仕立てることによって、儒教思想を番組に取り入れ、視聴者の倫理観の向上を図ろうとしたが、人々は自身の品行を〈意に介さない〉どころか、提唱者の厳と費もその規範と倫理に背理している。この時、未来を示す方策はふたりの〈假話〉行為によって成立不可能となった。そのため、作品は主人公が破滅したまま終結を迎え、困頓状態を乗り越える道しるべを人々に示すにはいたらなかった。そうであれば、《ケータイ》は不完全な作品と言える。だが、未来を模索する作品であれば、作者はそのテーマを完成すべく、引き続き構想するであろう。実際にこの作品のインタビューを受けた際に、この問題について、作者は次のように触れていた。

おそらく真実のものを私はまだ見つけていない。だが、その真実のある場所は知っている。ゆっくり近づきたいのだ。その真実とは、きっと私が感じるこの世界の感覚だ。それは新しい発見だ。その真実がおそらく人の心にもっとも即し、そのうえ、本質的だ。しかし、いつ、それが見つかるかは分からない。だが、求め続けるつもりだ（注39）。

このように、作者がその後に〈求め続けた〉結果、あるいは感じた〈この世界の感覚〉の表れとして、《一句頂一万句》が打ち出されたのであろう。この作品において、作者は引き続き儒教と向き合い、《論語》を教える汪を浮き彫りにした。このモデルを通じて、儒教道徳の諸問題を具体的に反映させたのである。汪は、君臣、父子、夫婦の道や、仁、義、礼、智、信などの五常に囚われていたが、自己の絶望感と格闘した末、ついに儒教の呪縛を解き放ち、再生を求めて、旅職人になることを選択した。つまり、作者は厳と費に続き、汪を表象し、《ケータイ》で開示した理念の成立が困難であることをより明確に示したのである。さらに汪が忘れられない人のために悶えたあげく、儒教と決別する描写は、儒教道徳が現代社会に即応せず、むしろ乖離していたことを示唆しているように思われる。

この作品には儒学者の汪の次に、宣教師の詹も登場させている。いわば、新たな模索として、人々にキリスト教を開示しようとしたのだが、詹は五十年間にもおよぶ宣教活動で八人の信者しか獲得できず、しかもかれらは詹を信じてはいるが、キリストを信じていないという。後に詹が死去するという設定も、この試みも失敗に終わったことを隠喩しているように思われる。そのため、作者が人々に〈もっとも即し、そのうえ、本質的〉なものを構想したのである。それはいわゆる、儒教とキリスト教を意に介さない人々に〈一句〉を求めさせ、漂泊の旅をくり返させたことである。

3　〈假話〉と〈真話〉

《ケータイ》では、携帯電話を媒介とした〈假話〉（虚言）が、深刻な社会問題を引き起こしたことを浮き彫りにしている。その社会問題を認識すべき暗示として、儒教の中庸思想が提唱された。厳は北京のテレビ局でトーク番組の司会を務め、大学教授の費に参与を求めた。厳は費を孔子の化身として、視聴者にたいして中庸思想を唱えさせたが、かれら自身がその思想に背反し、〈假話〉の世界を築いてしまい、やがて破滅を迎える。

厳と費の〈假話〉は、家庭内の偽の共同体より発生する。かれらはそれぞれ妻と分かり合える共同体を作るべきだが、現実はそのようにいかず、孤独の奈落に落ちていった。その反動として、分かり合える人を求めるために〈假話〉を用いたのである。しかし、その行為の背後には〈真話〉を求める本心を隠せない。つまり、この〈假話〉は孤独と対峙する手段として用いたものである。

一方、《一句頂一万句》の場合、楊は辺鄙な山村で父親との確執によって、放浪の旅に出て、職、人、〈真話〉（〝一句〟）を探し求める。人と人の関わりや、多様な仕事などをとおして、彼は人間という生きものの難しさを経験した。作者は、そんな楊を儒学者の汪と宣教師の詹と邂逅させ、心の拠り所に目覚めさせようとしたが、彼はそれを意に介することもなく、ひたすら孤独感と絶望感に陥っていく。そして、のちに孫の牛も、彼と同じ人生をくり返す。

楊と牛が求めた〈真話〉は、広義にわたって表象されている。高が呉に捧げた言葉、章が牛に伝えようとした言葉、楊と巧玲の言葉、死者巧玲と楊の言葉などは、いずれもふたりが知りたい真実を意味する〈真話〉であった。ふたりの妻たちは〈真話〉を獲得するため、分かり合える人と逃走し、偽の共同体から離脱した。その点において、厳と費が用いた〈假話〉と合わせ見れば、〈真話〉も〈假話〉も同じ役割を果たしていることが明らかである。すべては孤独と対峙し、孤独に抗うためのものであったのだ。

〈假話〉と〈真話〉は、いずれも人間の孤独感に由来している。《ケータイ》の〈假話〉が、厳と費の心を慰藉する手段とすれば、《一句頂一万句》の〈真話〉は、楊と牛が憧憬した人間同士の分かり合える〈一句〉であった。厳と費の破滅に対し、楊と牛は内的回帰において、新たな出発をめざすことができた。いわば、《ケータイ》で掘り下げられなかったテーマが《一句頂一万句》で引き続き語り継がれており、作者の未来への志向は、人々の内省と回帰に期待を寄せているという結論が導かれるのである。

4 内省と回帰

《ケータイ》の構図は、主人公の童年、中年と祖父母の時代が繋ぎ合わされて、三つの時空より〈円環構造〉の〈内空間〉を開いている。それに対し、《一句頂一万句》はふたつの短篇で編輯されたかのように上下二篇に設定されており、楊の延津脱出と牛の延津帰還を接点とするふたつの旅が、作品の〈円環構造〉を示している。また、このふたつの作品の結末はともに〈○〉構図の流転にしたがって、行き詰まった終末を迎えている。それはまさしくこれまでに語られた複雑な言説がすべて無化され、作中人物の内的回帰による、新たな出発を用意しているように思われる。

《ケータイ》と《一句頂一万句》は、〈假話〉と〈真話〉をめぐって、絶えずくり返されてゆく人間の生命体を凝視しながら、その精神の帰趨問題を探求している作品である。作者は、魯迅の批評精神を継承したうえで、同時代文学における新たなパラダイムを模索した。その具体的方法として、《ケータイ》では、儒教思想による人々への啓発が試みられたが、実現されず、厳をはじめ一同は敗北を喫した。《一句頂一万句》では、《ケータイ》を受け継ぎ、儒教とキリスト教とを合わせて、人々の精神性に向き合おうとするが、やはり失敗に終わる。だが、楊と牛は、孤独を甘受できず、分り合える〈一句〉を求め続けた。かれらは、その〈一句〉を得ることができなかったが、破滅した《ケータイ》の主人公厳、費とは異なり、内的旅をとおして、自己回帰に到達することができた。すなわち、このふたつの作品は、ともに〈円環構造〉を駆使して、三世代の人々が過ごした一世紀以上の歳月を問い質し、文化の牢獄に閉じ込められた人間の苦悩を描きながら、そこからの脱出を模索したものであり、姉妹作として解読するに相応しいと筆者は考える。

【注】

1 劉震雲、「文学和我従事的文学」『韓国外国語大学国際学術研討会論文集』、韓国外国語大学、二〇一〇年、二‐十三頁

2 前掲注1、十三頁

3 楊瀾、「楊瀾訪談録」、鳳凰電視台、二〇〇七年、十二月十二日

4 馬俊山、「劉震雲：〝擰巴〟世道的〝擰巴〟叙述」《中国現代、当代文学研究》、二〇一二年第三期、中国人民大学書報資料中心出版、二〇一二年

5 李建軍、「尷尬的跟班与小説的末路——劉震雲及其《手機》批判」《小説評論》、二〇〇四年第四期、陝西省作家協会、二〇〇四年

6 朴宰雨「重構中国小市民的生活與現代史　新写実主義與新歴史主義大家　劉震雲」前掲注1、八頁

7 作品の紹介、引用などは、長江文芸出版社が二〇〇三年に発行した《ケータイ》による。筆者訳。以下頁のみ記す。

8 林蔚、「抬頭看《手機》低頭過一地鶏毛勉強興奮的日子」《中国青年報》、二〇一〇年五月二五日

9 任民、「喧囂的《手機》沉默的郷愁」《北方新報》、二〇一〇年六月七日

10 李敬沢、「劉震雲新作《手機》研討会実録（二）」《新浪読書》、二〇〇四年一月十四日

11 楊天宇撰、《礼記訳注》、上海古籍出版社、一九九七年、八九八頁

12 孫聿為、「劉震雲：一万句頂一句 北京晩報専訪」《北京晩報》、二〇〇九年三月十六日

13 呉菲、「劉震雲談《手機》擰巴的世界変坦了的心」、新浪読書 、http://read.jd.com/5937/309292.html

最終アクセス：二〇一四年二月二十日
14 前掲注13
15 前掲注13
16 前掲注13
17 作品の紹介、引用などは、長江文芸出版社二〇〇九年に発行した第一版による。筆者訳。以下頁のみを記す。
18 泉京鹿、「Bestsellers/China」『朝日新聞グローブ』第七三号、二〇一一年十月十六日
19 摩羅、《一句頂一万句》第一版表紙批評、二〇〇九年三月
20 張頤武、「書写生命和言語中的〈中国夢〉」《文芸争鳴》二〇〇九年第〇八期、吉林省文学芸術界聯合会、二〇〇九年
21 雷達、「評《一句頂一万句》」、http://wenhua.youth.cn/wx/zjpl/201002/t20100221_1157981.htm
最終アクセス：二〇一三年十月一日
22 劉剣、「大雅大俗劉震雲」《中国作家》第二期、中国作家出版集団、二〇一二年
23 陳暁明、「〝喊喪〟与当代郷土叙事的幸存経験――劉震雲《一句頂一万句》的〝去歴史化〟意義」《文彙報》、二〇〇九年八月十六日
24 林彪（1907-71）、中国共産党中央委員会副主席、共産党中央軍事委員会第一副主席などを歴任。
25 金栄哲、「《一句頂一万句》初探」前掲注1、二二三・二二四頁
26 前掲注12
27 前掲注23
28 劉震雲、《温故一九四二》、長江文芸出版社、一九九五年、三〇三頁
29 前掲注12

30 魯迅、〈自嘲〉《魯迅全集》第七巻、人民文学出版社、一九八二版、一七四頁
31 前掲注12
32 摩羅、「恥辱者手記―一个民間思想者的生命体験」《摩羅文集》、華東師範大学出版社、二〇〇九年
33 前掲注23
34 「野草」、前掲注30、第二巻 「吶喊」、前掲注30、第一巻
35 「求起者」、前掲注30、第二巻、一六七頁
36 前掲注12
37 前掲注12
38 筆者への書簡、二〇一一年二月十六日
39 前掲注13

Ⅶ 終章

1 〈円環構造〉テクストを振り返って

第Ⅰ部では、ジョルジュ・プーレの『円環の変貌』と前田愛の『都市空間のなかの文学』をとおして、〈円環〉の生成、および〈円環〉テクストと〈円環構造〉テクストの違いを明らかにした。

第Ⅱ部では、〈円環構造〉の代表的物語をとり上げ、その人類的叙述の確認をおこなった。

第Ⅲ部では、黄、高、劉文学への導入部として、中国文学史を踏まえながら三人のおかれた時代的背景を考察し、かれらの同時代文学における位置付けを試みた。

第Ⅳ、Ⅴ、Ⅵ部では、黄の詩作、高の《霊山》、劉の《ケータイ》と《一句頂一万句》を読み解いた。作風を異にするシンボリズム詩人、モダニズム作家、リアリズム作家らの共通点を見いだすことによって、〈円環構造〉を剔抉することができた。また、三人の創作活動の軌跡を辿るとともに、代表作品を分析する視点を超えて、中国の伝統思想たる〈円環構造〉は東西文化の普遍性につながる内省と回帰の思想をもつものと指摘している。

これまでの考察において、〈円環構造〉いわゆる作品の構成である〈○〉の生成と展開を中心に、作品の〈内空間〉を論じてきたのだが、終章を迎えると、あらためて〈○〉とは何か、〈○〉構図とは何かという問いに迫られる。しかし、想像力をはたらかせれば、一瞥するだけで〈○〉の思想のひろがりに酔いしれそうになるだろう。老子のタオイズム、釈迦牟尼の〈輪廻転生〉、『旧約聖書』のノアの方舟、ハイデッガーの『存在と時間』などで語り継がれた循環思想は、今にもそこから溢れ出そうになるのではあるまいか。それらの諸説は、ともに〈○〉の流転を解きながら、東洋と西洋の間の循環思想を織りなしているものと言える。

黄、高、劉の作品は、そのような〈○〉構図をくり広げ、近現代文学の課題である人間の自我、および人類永遠の課題である人間の孤独感と向き合っているのである。長い間、かれらの作品は難解で晦渋と批評されてきたため、本書は敢えてそれらを読み解いた。以下は、これまでに中国語関係の新聞に掲載した三人の書評の翻訳を、終章の結びとしてまとめていく。その初出は以下の通りである。

①「可聴生命高処的回声—重読黄翔的詩歌」《黄翔詩歌解読》（現在刊行作業中、第一章）
②「関於〝円環〟結構的文学力量—再説高行健的《霊山》」《中文導報》第八七〇期、中文産業株式会社、二〇一一年九月八日
③「這〝一句〟来自心霊的荒漠—読劉震震的《一句頂一万句》」《中文導報》第九八三期、中文産業株式会社、二〇一四年二月二三日

ただし、第Ⅳ、Ⅴ、Ⅵ部と見合わせるため、一部の見直しを加えることとした。

また、その翻訳は現在熊本大学の中国語教育に従事している非常勤講師の渡邊朝美に依頼している。

2　黄翔と詩歌

先ごろ、黄翔より彼が九月にニューヨークで書いた即興の随筆が送られてきた。「東方文化をもって大海を読み解く—詩と哲学の中の孤絶とひとり旅」と題されたその随筆は、とても長く、三万字あまりある。そこに

は、彼が誘いを受けて船に乗り、はるかなる大海を見わたし思いをはせながら中国と西洋の情感の違いから得た悟りと人文精神を探索したことが書かれている。なにものにもとらわれず、自由奔放で力強い、その大らかな胸襟に、筆者はおもわず彼の早年の異なる作風の詩を思い出した。

詩人黄翔に関しては、劉燕子が十余年前に中日両言語の雑誌『藍・Blue』の中で彼の創作のあゆみを紹介し、さらには『黄翔の詩と詩想』（思潮社、二〇〇三年）を出版した。二〇〇二年十一月には黄翔夫妻が日本に訪れ、東京、京都、大阪を訪問し、「独唱」、「野獣」などの詩歌を友人に朗誦した。

亡命詩人黄翔は、一九九七年にアメリカにわたったのち、ハーバード大学などの学府で詩歌の朗誦や芸術活動をおこない、高い評価を得ている。さらに、アメリカ大陸やヨーロッパなどのおおくの国々で、様々な芸術活動を展開している。たとえば、書道、絵画、詩歌、散文、評論および朗読など。筆者はかつて黄翔詩歌の論文を何本か書いたが、懸命に生命の有りようを探索する詩歌に感銘を受けずにはいれなかった。いま、ここで彼の詩をいくつか紹介し、みなさんとともに学び、ともに吟味し、ともに享受したい。

1　「独唱」

僕は誰だ
僕は瀑布たる孤魂
永久に人の群れを離れた
孤独の詩
僕の漂泊する歌声は夢の
さすらう足跡

僕の唯一の聴衆は
静寂なのだ
（一九六二年）

この詩は詩人の処女作で、一九六二年に書かれたものである。当時詩人は二一歳。激情あふれる時期であったものの、孤独にも魂のよりどころを探し出せず、ひたすら〈静寂〉と対話するのであった。彼は自分を〈永久に人の群れを離れた孤独の詩〉と運命づけ、これよりさらに苦痛なる内的旅や人間の内面への追究が始まるのである。詩人の苦痛なる旅は常人が行き着けないところにまで広がり、〈僕〉は誰なのかと叫ぶが、それはつまり生命とは何かという探索であろう。

2 「予言」

僕の詩は
涙の糸をとおした真珠の輪
未来の人類の胸に掛け
古人の祝福を伝え
歴史の轟く嘆きを子孫に聞かせる
（一九六六年）

一九六六年という年は、私たちの記憶からどんどん薄れゆくが、文化大革命の火が轟々と燃え盛り、大陸全土を真っ赤に染めたのはこの年だ。真っ黒な瘴気で人びとが呼吸する空間さえなかったあの記憶を、まだ覚えている人もいることだろう。そんな情況のなかで、誰が〈未来の人類〉と〈歴史の轟く嘆き〉を顧みることが出来ただろうか。しかしながら、二五歳の詩人はあの窒息しそうな政治的ムードにおいて、未来の子孫のために〈涙の糸をとおした真珠の輪〉という詩歌を編んでいたのである。

3「野獣」

僕は捕らわれている一匹の野獣
僕はたった今捕らわれたばかりの野獣
僕は野獣に踏みにじられた野獣
僕は野獣を踏みにじる野獣

（略）

ひとつの時代が僕を押し倒した
斜視したひとみ
足で僕の鼻梁を踏みつけている
引き裂き
噛みつき
かじりつき
僕の骨しか残らなくなるまで噛みつく
例え一本の骨しか残らずとも
僕はその憎むべき時代の喉をむせさせてやる

（一九六八年）

苦難の詩人は重苦しい時代に遭遇した。彼は自分の感情を抑えることが出来ないうえ、権力に屈しようとしない。彼は〈僕は捕らわれている一匹の野獣〉、〈僕は野獣を踏みにじる野獣〉と詠う。この二句は私たちに、詩人とあの時代とは火と水のように相容れず、たがいに踏みつけ合い、たがいに打ち砕き合ったことを教えてくれる。しかしながら、ひとりの血肉をそなえた人間がどうして巨大な時代の打撃に耐えられるだろうか。だが、詩人は半世紀あまりの歳月にわたってこのような苦しい道を歩んできたのだ。なんと長い苦痛の日々だっただろうか。なんと痛ましい歳月だっただろうか。このため、作家の鄭義は次のように語っている。〈浩瀚無辺な中国詩歌において、すでに詩仙李白、詩聖杜甫、詩鬼李賀がいる。もちろんほかにも幾千幾万の詩人がいるが、振り返ってみれば〈人、鬼、神〉の三界が揃い、まだ現れていないのは獣だ。黄翔自身が認めるかは別として、貴方は一匹の詩獣だ。〉

4　「小河印象」

清涼な小河
花やかな緑色のまるい小石
透明な河の水面に映り込む
小橋　石塔　揺られ引っぱられている小さな銀杏の樹
（略）
雲に従い霧がさえぎる静寂のいにしえ
一匹の蛙が水に飛び込む音が聴こえてきた
人は以前河の中のあの老犬の痩せた影を想い起し

涙がふるえ喉元に流れる

（一九六九年）

小橋、石塔、銀杏などの投影を清涼な小河の水面に目にできれば、本来ならば悠然とした心地よいものだが、詩人は蛙が河に飛び込む音を耳にすると、河の中の老犬をかつて見たことを思い起こし、そして涙すると想像する。つまり二八歳の詩人はこの時、歴史の緯度に立ち、当時の時代を悲しんでいるということであろう。彼は現在に身を置きながら、過去と未来のあいだを行きかい、無限の時空をこの詩の境地としているのである。

5 「古松」

お前はじっと故郷の小山に立っている
お前は無尽蔵の時間のなかに放逐されたのだ

（一九六九年）

この詩はわずか二行であるが、私たちは物、景色、想念、および詩人の思考する時間を読みとることができる。故郷の連綿と連なる山と雲に、あのすっくとそびえ立つ古松は山のふもとの畑や畑のむこうに広がる家屋と街などを俯瞰している。明け方から夜まで長い時間の中で、守りぬくかのようにじっと凝視し、時間を忘却したかのように立ちつくしているのだ。

それでは、詩人はなぜこの古松を讃歌したのであろうか。当然のことながらそれに自分自身の姿を託しているに違いない。あの血なまぐさい時代に詩人は世間から排斥され、忘れ去られた。彼は古松と同じように、寄る辺なく、孤独にも〈人の群れを離れ〉、アウトサイダーとして生きるほかはなかった。彼は待つ。待ちわびる長い歳月のなか、時間を思考し、古松は無尽蔵の時間に放逐されたことを悟った。それはまさしく詩人自身の心象それ自体であろう。

6 「聴」

夜の帳が降りた時、故郷の風物が目の前に開いた、まるで筆跡が模糊となった本のようだ
小川は砕けた波を打ち　竹林は微かに音を立てる
かれらが未知なるとこしえの物事を、この本のなかで延々と議論しているのが僕に聞こえた

（一九六九年）

故郷の小川がこんこんと流れ、竹林がさやさやと音を立てる。大自然の声が詩人の魂を慰藉しているのである。そこで彼はこの自然という大著から生命の答えを探し求めようとする。故郷の草から木まですべて熟知していて、彼はそれらのものとたがいに寄りそいながら、慰め合っている。

この時期、詩人は「予言」、「野獣」などの地下詩歌を書きながら、大自然のなかで生命の本質を体得した。小川、流水、山、雲、古木などは、彼の内傷を癒し、社会に囚われた心を解き放ったのである。それと同時に、詩人は「独唱」で彼の〈聴衆は静寂〉であり、「聴」では、彼が〈未知なるとこしえの物事を、この本のなかで延々と議論している〉のが聴こえたと語る。この二首の詩はたった七年しか隔てていないものの、詩人と大自然の関係は、あなたが語るのを私が聞き、私が語るのをあなたが聞くというところにまで発展しているのである。つまり、彼は自然にとけこみ、大自然も彼を受け入れたのだ。かれらは互いに語り合うことができ、互いに傾聴し合うことができる知己となったのである。

7 「天空」

どんな色でお前を描けばいいのだろう
あぁ――天空よ
遥かなる場所よりお前を仰ぎ
朦朧とした漆黒の水面を仰ぐようだが
お前の青い色の奥義を知ることはできない
お前は森羅万象で広大な境地
生と死の間で開いている
僕が　まだ読めない一篇の詩を
収蔵しているのだ

（一九七二年）

詩人の境地はなんと広大であることか。彼は、天空は森羅万象で広大な境地であり、生と死の間で開いている彼がまだ読めない一篇の詩を収蔵しているという。この時の詩人は自身の詩魂に、すでにその後の「宇宙哲学」と「宇宙情緒」の思想を芽生えさせており、宇宙を語ることによって人と時間を解釈しようとしていることが分かるだろう。紙幅の関係上、今回はこの二篇の詩論については語らない。

以上のように、私たちは詩人が森羅万象の天空を自らの〈探求〉の源としていることを窺えるのであろう。いわば詩人は、はじめに絶望的な孤独と寂寞のなかで、〈僕〉とは誰だ、生命とは何かということを思考していた。その後、地上の草や木と対話し、続けて天空を仰ぎ見て、宇宙に感応する。東西文化においてこれまでおおくの偉人が時間と宇宙についてさまざまに語り、探究してきたのだが、誰もはっきりさせることができていない。しかしながら、このふたつの難題の前で詩人は泰然自若として、しぜんなことばでそれらの恒久性と広大さを解釈しようとしているのである。見てみよう、〈瀑布たる孤魂〉、〈漂泊する歌声〉、〈清涼な小河〉、〈故郷の小山〉、〈無尽蔵の時間〉、〈漆黒の水面〉、〈青い色の奥義〉、〈森羅万象で広大な境地〉、〈生と死の間で開いている一篇の詩〉……詩人のこれらの言語形式のなかには、人、水、風景、像、音、色が表現されていると同時に、果てしない境地も表れている。それらのものは生命と自然を象徴し、一字一句と読者の魂にしみこんではうるおしてくれる。

8 「思想者」

大浪の波頭に立つ人よ
風と水鳥が飛び交う
その感激の歌声を解き明かそう
血の散乱
だんだんと遠くへ広まり
痛みを振り返れば
憤怒の川を鎮める
逆流の川が流れてくる
太陽は静やかな額を撫でおおす

（一九九一年）

五十歳になった詩人は、ついに天命を知り得た。彼は、いわゆる〈大浪の波頭に立つ人〉であり、真実と邪悪に真っ向から向き合うことができるだけではなく、自然の声を聴くこともでき、万物を理解しようとする人であると言える。たとえば、風が吹いてきた、水鳥が飛び立ってゆく、それらの楽しげな歌声は何を表しているのだろうか。

いにしえの歳月は、風雨入りまじり、詩人にとってそれは鮮血の飛び散る日々である。それは振り返るに堪えず、ただ傷ついた心で記憶の奥深くに尽きることなく流れる憤怒の河を治めるしかない。太陽に新たに額を照らさせ、自身を新たにしずやかな余生に引き戻す。詩人のこの境地は深奥で達観したものであり、彼の心の道のりは、彼の生きた年輪をはるかに追い越し、一歩ごとに真紅の血痕をとどめていることと思わされるのであろう。しかし、彼は依然として生命を愛し、依然として穏やかな毎日と向き合っている。これこそ詩人が自身の内面へ向かって回帰していることを表しているのだろう。

9 「白日将尽」

ある空間が
新たな果てしない広さを持つ
ある天体が
新たな大きな蒼穹を持つ
我が身体に広がる細胞は
辿り着けない彼方にある
及ばない遥かなる星は
我が血肉の内に姿を隠匿する

拒絶することのできない死
ゆっくりと墜落していく中での上昇
拒絶することのできない生存
急ぎ後退する中での前進
浮世のまばゆい星空の下
私は日に日に老いていく
空間の外の空間の中で
私は独自の花のような少年

（二〇〇二年）

新世紀を迎えると、詩人の境地はさらなる昇華を遂げた。この境地は自然を解し、万物に帰属するに限らず、彼が初期に探索していた〈無尽蔵〉の時間の中から舞戻ってきたかのようである。この時の詩人の時間に対する感覚は、すでに「古松」の中の〈放逐された〉流失感ではなくなっていた。〈我が身体に広がる細胞は辿り着けない彼方にある〉という。これは、詩人の細胞はその身体の中にあるものの、また、きわめて遠いところにいたることができるということを言っている。次の句を見てみよう。及ばない遥かなる星は我が血肉の内に姿を隠匿する。これは、星は遥か高い空にあるものの、私の身体とたがいに反応し合っているということであろう。この詩に現れた時間性はハイデッガーの、時間というものは去っては戻り、無限の循環過程にあるという思想に似通っているのではあるまいか。

この十六行の詩の最後の二連は、我われに啓示と悟りを与えてくれる。〈浮世のまばゆい星空の下〉で、〈私は日に日に老いていく〉。〈空間の外の空間の中で〉は、私はまた〈花のような少年〉である。これはどのような境地なのであろうか。還暦を過ぎた詩人は老いと衰えを経験している。しかし、彼は目に見える時間のほかに、さらに見ることのできない永久の時間を体感している。そのため、若かったころに比べると、もう孤独で寄辺がないということはない。なぜなら、彼はもう自然の一部であるからである。このような大悟の時空のなかで、詩人は当然〈花のような少年〉となるのであろう。言うまでもなく、この境地は時間を読解する哲学的境地であろう。

10 「宇宙人体」

目を閉じると
全身に開いた目が広がる
地面に胡座をかいて瞑想し
自分で自分を内観する
体内に
四季の風と水が起伏する
その瞬間毎に
筋肉が
無形に移動する土石流の如く
骨格が密かに動き
体外の竹の如く
血もあり

脈絡もあり
人体の宇宙にのびていく
秘かな皺
肉体に星がすきまなく広がり
太陽と月は
ふたつの輪を描き飛び旋回する
白昼と黒い夜に
血管を姿なく流れゆく
軌跡の上に
大らかな自在に達し
また空無にも達する

（二〇〇六年）

詩人がこの詩を通じて語りたいことは、おおよそ最後の二行にあるだろう。〈大らかな自在〉の境地に達し、また空無に達する。それでは、〈大らかな自在〉とは何か、〈空無〉とは如何に解釈すべきだろうか。前者は、いわば、何の束縛も受けず、生き生きとしている生命の状態を言うものに違いない。後者は、すなわち自身を宇宙に空気のように、雲のようにとけこませ、そして、浮世の雑念から離れ、清らかな生命を保つことを言うものであろう。詩人のこの思想には濃厚な老子思想が感じられはしないだろうか。

次の句を見てみよう。

体内に四季の風と水が起伏し、その瞬間毎に、筋肉が無形に移動する土石流の如く。
体内に星が遍く、太陽と月がふたつの輪のように旋回し、昼夜は血脈の隠れた軌跡に滑走する。

もし、私たちの身体、私たちの筋肉が風と水と土と石と混じり合って一体となるならば、もし、星も太陽も月も私たちの体内に流れ込むことができるのならば、私たちはこの宇宙でもう孤独な生命ではなく、宇宙の一部であり、宇宙を収容することさえもできるのであろう。この詩には、当然ながら中国古代の伝統思想である〈天人合一〉思想が想起され、黄の志向する〈空無〉の境地も現れるであろう。

以上のように年代順にそって、みなさんと黄翔の詩歌十首を読んできた。感性がゆたかで広大な境地をもつこれらの詩歌に興味をもっていただけただろうか。

3 高行健と《霊山》

①《霊山》と〈円環構造〉

大学で学生たちと同時代文学を読んでいると、当然ながら二十一世紀以降のふたつのノーベル文学賞作品を避けることはできない。その作品とはいわゆる高行健の《霊山》と莫言の《蛙鳴》である。前者は幾度も学生を困惑させ、その難解さに戸惑った。じっさいには学生だけではなく中国語と中国文学を熟知しているおおくの日本の友人からも〈難しすぎてわからない〉とよく耳にしている。それゆえ、文学に携わっている者として、この小説を読み手が理解できるように解明しなければならないという義務感を感じた。

周知のとおり、《霊山》は高が一九八二年から八九年まで書き続け、九〇年に台湾聯経出版公司から出版され、二〇〇〇年度のノーベル文学賞を受賞した長編小説である。二〇〇三年に集英社によって日本語版も発行された（飯塚容訳）。以下、作品の手法およびその構成の仕方などについて読み解き、作品理解への試みをおこなう。

この作品は、作中人物に姓名はなく、〝我〟（私）、〝你〟（あなた）、〝他〟（彼）、〝她〟（彼女）という人称だけが用いられている。そのうえ、作品の主人公が第一人称なのか、それとも第二人称なのか、見分けることができないまま読み進めるほかはない。ふたりは〈霊山〉という山は煩悩を解くことができ、その山を見たものは解脱が得られると聞きつけ、そこを目指していく。小説中の〝我、你〟は互いに距離を置き、それぞれ自分の旅路につくが、章毎に入れ替わって各自の見聞を独白し、かれらが出あうべき人などに邂逅する。もちろん、かれらの旅路で遭遇するものはすべて作者の周到な思慮と采配によるものである。そこには、作者の文学と創作における実験が考慮されているだけではなく、彼の伝統的文化に対する内省もおこなわれている。全八一章と設定されている。

〝我、你〟は北京から出発し、西は陝西、四川へと下り、南は湖南へと下った後、また江西、江蘇、上海へと東上し、その後、ふたたび北京へ戻ってくる。この旅からは、かれらが北京を中心に大きな円を回っていることが容易に見てとれる。

〝我、你〟は、原始林、道観（道教の寺院）、寺や廟、博物館を探訪し、民謡を収集し、道士を訪ね、冥界、異境に足を踏み入れるとともに、神話と古人を語り、今日の世相を凝視する。しかし、その長編を読み終えると、作品に語られた過去と現在の時間からは、おぼろげな影と幻しか読みとれず、不明瞭でしかも不確実な印象しかもてないのだ。にもかかわらず、その曖昧模糊とした印象からは、また何かがうごめいてやまず、読者を困惑させる。そこで、ふたりの旅を振り返って整理すると、ようやくかれらのありとあらゆる奔走と独白は、すべて自己の心の世界をのぞき見ながら、文化という伝統を透視しているのだと気づかされるのである。いわば、この物語は人が如何に存在すべきか、また、如何にして自我を見いだせるかを思考していると考えてよいのだ。

② 〝我、你、他〟の分化と還元

彼らの旅におけるそれぞれの役割を見てみよう。

❶ 〝我〟の旅

私の悩みは自分がつねに自分でありたいとし、魂を探し求めるからである。(二〇四頁)

私が必要なものはただひとつの窓にすぎない。ひとつの明かりが灯った窓で、中は暖かく、私の愛する人がいて、その人も私を愛してくれていればそれで十分だ。このほかはすべて虚妄なのだ。しかし、あの窓もただの幻にすぎない。(二〇四頁)

〝我〟は肺癌と診断されたため、リュックサックを背負って旅に出た。四川では幾度も原始林を探訪し、森のなかで道に迷ってしまう。引き返してきた後、〝我〟の意識は絶え間なく自己を発見し、心の温もりを求める。すると、なんとすでに何年も前に他界した母親と外祖母らが自分を心配している談話が聞こえてくる。

彼女たちは、私はこのままではだめだ。私には正常な家庭が必要だ。私の生活の面倒を見、私のために家事を切り盛りする賢く優しい妻を探すべきだと言った。（略）だが、中年の私には、決まった生活スタイルがある。そのスタイルも私自身が選択したものだ。かれらが私のために作ったレールに乗ることはもうできないのだ。（二一二頁）

〝我〟は、聞き、考え、自己意識は恍惚と流れていく。原始林を離れ、彼は苗族のひとつの集落に辿り着き、そこでちょうど民間の龍船祭に出くわした。苗族の風習、若い男女の自由奔放さは〝我〟の意識を引き付ける。

人類の求愛というものは、もともとはこうであったのだ。後世のいわゆる文明というものが性の衝動と愛情を分割し、家柄、金銭、宗教、倫理の観念、いわゆる文化という負担を作り出した。これこそが人類の愚かさだ。（二二六頁）

しかし、ある苗族の娘が彼の前にやってきた時、〝我〟は狼狽し逃げ出した。彼はまた次のように意識する。

女性との関係には、そういう自然な情愛はとうの昔になくなってしまい、あるのは欲望だけだ。しかし、一時的な快楽を求めるにしてもやはりその責任に捕らわれてしまう。〈我〉はオオカミではない。オオカミになって自然に戻って逃げ回っていたいが、この人間の姿から逃れられない。〈我〉は人間の姿をして

いる怪物だ。どこにいようと落ち着けるところなどはないのだ。（二二七頁）

〝我〟の魂は人と獣の間を彷徨する。彼は原初の自己を取り戻すことができない。そのために困惑し、虚無感に襲われ、道観を訪問し、仏門の人に邂逅し、神農架を探訪する。しかし、最終的にはやはり〈この人間の世界を手放せない〉（二八四頁）。そのため、神農架への道すがら絶食して死んだ金糸猴の標本を見て感嘆する。〈野生の獣は自由を失ったら、飼いならされることを潔しとしない場合、この方法を取るしかないのだ。これにはしかし、十分な勇気が必要だがすべての人はそれを決してもっているわけではない〉。この勇気がない以上は生き続けるしかない。つまり、人は獣と比べより難しいものなのだ。〝我〟は絶えず人と自己を見つめ、武夷山を歩き歩いてふと気づく。〈樹の幹になんと牛の目があり、〝我〟を見つめている。〝我〟が再びあたりを見回すと、あたり一面の樹の幹すべてにひとつ、またひとつと巨大な目が見開いており、冷ややかに〝我〟を見下ろしている〉（四三四頁）。しかし、〝我〟は、〈これはただ一種の錯覚であり、〝我〟の内心の恐怖からくるものである。〝我〟の暗い魂が〝我〟自身を覗き見している。これらの目は〝我〟が自分自身を見つめているにすぎないのだ〉（四三四頁）と内心で理解している。

❷ 〝你〟の旅

君も霊山のために来たのかい？
一緒に行ってもいいかな？（三一頁）

〝你〟は〝我〟と距離をおいて、ひとり旅を続けていたが、道中〝她〟に出あう。ふたりは故事を語り、それぞれの見聞を話し、神話を講じ、自分自身を語る。晩秋のある夜、ふたりはついに孤独に耐えられず関係をもつ。事後、〝你〟は〝她〟にこう語る。

大水の大氾濫の後、天と地の間にはただ一艘の小船だけが残った。船の中には兄妹だけがいたが、寂しさに耐えられず、ふたり抱き合った。ただ相手の肉体だけが確かなもので、自分の存在を証明してくれたのだ。（一一八頁）

私を愛している。
女の子は蛇の誘惑を受けた。
蛇こそ私の兄。（五一頁）

〝你〟の短い故事の中にふたつの神話があることを見てほしい。ひとつは中国の女媧と伏羲で、もうひとつは『聖書』のなかのアダムとイヴである。いわば、東洋においても西洋においても男女の身体の交流こそ、存在を証明する方法である。なおかつ、ふたつの神話はともに改変されている。女媧と伏羲は寂しさのために成婚したのではないし、蛇もイヴの兄ではないのだ。

その後、〝你〟と〝她〟の別れの時に、〝她〟はこう語る。

もしただ欲望だけが残って愛情がなくなってしまったら、人は生きていて何の意味があるの？（一八〇頁）

〝你〟は言う。

これは女性の哲学だ。（一八〇頁）
ひとりの女とひとりの男が一緒になった時、
世界はもう存在するのだ。（四一九頁）
これは男性の世界だ。（一七九頁）

その通りだ。〈你〉は〈她〉を誘惑し、〈她〉も同じように〈你〉を誘惑した。女のやり口と男の貪欲さは、どちらにどれだけ責任があるかはっきりさせる必要があったろうか。（三一一頁）

ここでは〈男性の世界〉と〈女性の哲学〉について語るのを避けよう。〝我〟の旅で探究しているのが人の精神だとすれば、〝你〟の旅では人の身体について探究していることが理解されよう。〝你〟と〝她〟の独白と叙述をとおして男性と女性、ならびにかれらの関係を究明している。前述の対話はまるで、男性と女性の観念は異なり、かれらの間の疎通と理解は考えられず、はっきり語れない、と言うようである。また、男女の結びつきについての言説は、まぎれもなく人間存在のあり方を確認し、肯定するものである。そこには〈西洋から流入した頽廃的思想〉、〈モダニズムに汚染された作品〉という指摘に対する答弁が見られ、また長期にわたって、男女の性の描写を禁じてきた、社会主義リアリズム文学に対するアンチテーゼが窺えるのである。

❸〝他〟の旅

旅が終わろうとする頃、さらに三人称の〝他〟が登場する。（七二章）

〝他〟は言う。自分はまったく自分の考えをもたないために、このように虚無に陥ったのだが、虚無は無とは異なるのだ。

まるでこの小説中の〝我〟の映像である〝你〟。そして〝他〟はまた〝你〟の影であり、ある影の影。容貌はないものの、人称代名詞ではあるのだ。

〝他〟は少し漠然としており、このいわゆる小説の重要な点が故事を語るということにあるのか、それとも語りの方法にあるのか、それとも語りの方法ではなく、語る形式にあるのか考えさせられる。（略）（四七一頁）

〝他〟は読者に作品中の人称関係を解析してみせる。〝他〟は〝你〟の影であり、〝你〟は〝我〟の影であり、〝我〟は作者自身であり、作者は創作に対して困惑を感じていることを独白している。

第七八章になると、〝我、你〟はついに合流する。つまり、〝我、你、他〟の長い彷徨が終わったのだ。かれらは作者の設定した旅路に従い、現実の旅においても、内的旅においても大きな円を辿った。〝你、他〟は〝我〟から派生した以上、旅の終わりに、当然〝我〟へと回帰しなければならない。これは〝我〟が自己を多重に分化し、自身から出発し、また自身へと還元することを表している。

そこで、もし〝我〟が精神を表し、〝你〟が身体を表し、〝他〟が仕事を表しているとすれば、この種の自己省察は、じつに多元的であり、深いものであろう。人間存在は自己の存在環境に密接し、その環境もまたその社会と文化とを切り離すことができない。そのため、〝我〟と〝你〟は、自分たちの社会と文化を追求しようとしているのである。

③〈円環構造〉の方法について

前世紀六〇年代に作家、文学評論家ジョルジュ・プーレ（George Poulet　一九〇二年ベルギー生まれ）は、すでに『円環の変貌』（plon社出版、一九六一年）という書の中で透徹なる論述をしている。本書は十四世紀のイタリアのルネサンスから論じはじめ、十八世紀の浪漫主義、ひいては二十世紀初期の主要な文学者や詩人およびその作品について論じ、その時間と空間を語り、〈内空間〉論を打ち出している。具体的な作品をとおして、文体上の〈円環〉描写を明らかにしている。本書において、彼はさらに十七世紀のイギリスの思想家ピーター（Peter Sterry）の〈円環〉について紹介した。ピーターは、〈無限の〈円〉は数えきれないひとつまたひとつの美しい〈円〉を構成する。その無限の〈円〉こそ生命の源泉である。（略）制約を受けず、複合せず、中心円に帰一する円環は、魂の深いところの雄大で美しい〈円〉……その統一の統一、中心の中心を含んでいる〉という。いわゆる〈生命の源泉〉とは何か。それは私たちの精神世界であり、魂の深いところであることを言う。さらに〈帰一、中心、統一〉が私たちにある哲学的概念を与えくれる。すなわち、ひとつの始まりも終わりもない、絶えず循環する過程である。この過程は私たちに老子の道家思想、釈迦牟尼の輪廻転生、『聖書』の中の「ノアの方舟」、ハイデッガーの『存在と時間』を思い起こさせずにはいられない。これらの哲学思想はすべて私たちに万物と時間が絶えず運動し、絶えることなく循環する過程を伝えている。このように見ていくと、〈円環構造〉の手法は哲学思想を有しているだけではなく、グローバルな叙述であることが理解されるだろう。

《霊山》を読了後、出て行ってはまた戻ってくるという行為自体がひとりの人間の内的旅である、と筆者はすぐさま得心した。〝我〟の自己分化と自己還元を読んだ後、基本的にはこの手法の深遠性を理解することができた。先人の〈円環〉論を確認した後、難解な作品ではあるが、その価値も大きいと感じずにいられなかった。本書の〈円環構造〉の旅はまさに作品中の〈内空間〉であり、〝我、你、他〟の道すがらの独白も、作中人物の魂の世界の叙述である。ただし、《霊山》の〈円環〉は文体におけるものではなく、その構成にあるのだ。以上の考察より容易に作品の〈円環構造〉を理解することができるだろう。同時にまた、宇宙のブラックホールのような、底の見えない歴史と文化を見ることができるはずだ。端的に言えば、〝我〟の自己分化と自己回帰の過程に導かれるのは、読者の思考と想像、および自分たちの社会と文化への質疑であるに違いない。

④ 伝統文化の世界観

作品の手法に関しては、作者自身が〈意識の流れ〉手法を用いたと明言しているだけではなく、日本の漢学者たちによっておおくの研究がなされている。藤井省三、三浦雅士、飯塚容、橋本陽介等が詳細な論述をしているため、その問題について、ここでは語らないこととする。

〈意識の流れ〉はもともとアメリカの心理学者ウィリアム・ジェイムズ（1842-1910）の論文「内省心理学が看過するいくつかの問題を論じる」に由来し、一九一八年にメイ・シンクレア（1863-1946）がイギリスのドロシー・リチャードソンの小説『遍歴』を評論した際に、文学に受容した。それは内的独白、心理分析、自由な連想、主観的な思考、追憶、想像、幻覚等の手法を用いるものである。アイルランドの作家ジェイムズ・ジョイス（1882-1941）、イギリスの作家ヴァージニア・ウルフ（1882-1941）らは意識の流れ学派の先駆者である。中国では前世紀三〇年代に劉吶鴎（1900-39）、穆時英（1912-40）、施蟄存（1905-2003）らが〈意識の流れ〉文学について種々のアプローチをおこなった。劉吶鴎は植民地時代の台湾に生まれ育ち、大学は東京の青山学院大学と慶應義塾大学で学んだ。彼は横光利一と川端康成が主宰した『文芸時代』（一九二四年）の影響を受け、〈新感覚派〉の文学思潮に傾倒した。三〇年代半ば頃、劉、穆、施の三人は上海で《小説月報》と《現代》誌上で編集、翻訳、創作をおこない、〈意識の流れ〉文学について大いに語った。しかし、ほどなくして抗戦文学思潮に入り、引き続き、また社会主義文学思潮に入ったため、その探索は中断を余儀なくされた。

しかし、筆者は〈意識の流れ〉と〈円環構造〉という手法のほか、《霊山》には中国伝統文化の世界観が浸透していると考える。なぜなら、〈人称〉の構想には道家思想が顕著に表れているからだ。たとえば、作品の構成は八一章からなっているが、《道徳経》も八一章である。なぜ《道徳経》を思い浮かべるのかと言うと、作品全体をとおして道家思想が語られているためである。

第五一章を見てみよう。

　そのころは、人々は自己を危惧することを知らず、自我を意識するのも相手より感知し、占有すると占有されることから、あるいは征服すると征服されることからそれを確認するものだった。その〈我〉、〈你〉と直接的関与のない第三者〈他〉は、後になって徐々に分離していった。その後、〈我〉がまた新たな発見をした。つまりこの〈他〉はいたる所にあり、全て自己と異なる存在である。（三一五頁）

〈この〈他〉はいたる所にあり、全て自己と異なる存在である〉と言えば、《道徳経》第四二章の〈三生万物〉を思い出さずにいられないだろう。しかも、《霊山》第六三章でそれをとり上げている。

道は一を生み、一は二を生み、二は三を生み、三は万物を生む。
人は地に法り、地は天に法り、天は道に法り、道は自然に法る。（四一五頁）

すなわち、《霊山》の創作方法は東西文学の融合であり、グローバルな視野に立つものである。作者は母国の東洋文化と伝統思想を省察しながら〈円環構造〉と〈意識の流れ〉手法を用い、画期的な作品を私たちに提示したのだ。

文学の方法を探索することは今日では普遍的な文学現象に過ぎない。しかし、前世紀八〇年代半ばでは艱難な挑戦であった。なぜならば、あの時代は反〈人性論〉、反〈精神汚染〉の時代であったからである。そのため《霊山》の手法は継承と受容の役割を果たしている。この小説の出現は、同時代文学を発展させただけでなく、半世紀以来の文学形式を打ち破り、新たなパラダイムを開いたと言える。そのパラダイムとは、社会的イデオロギーを拒絶し、人間自身の内的世界を凝視するとともに、二十世紀初期の新文学体系を継承し、西欧文芸理論を受容するものである。

⑤〈円環構造〉の文学的はたらき

作品中、神話と伝説の改変がおおく見られる。そのため、読者は困惑する。また、〝你、我〟が〈霊山〉を探し出せないため、読者は作品の意図を容易に読み取れないに違いない。しかし、最終章の第八一章において〝我〟はこう語る。

あたりはひっそりと静まりかえっており、雪が落ちる音もしない。私は少しこの静けさを訝しんだ。天国はこんなにも静かなのか。喜びもない。喜びというものは憂慮に対して言うものだ。（略）私は自分がこの時、どこに身を置いているのか分からず、天国というこの地がどこからやってきたのかも分からなかった。（略）（五二六頁）

主人公が天国に到達し、解脱が得られた以上、霊山が見つからずとも構わないだろう。この作品はすでにその文学的意図を達成しているのである。すなわち《霊山》の意図は、次のようなことを表していると言えないだろうか。

この人生、もう歩んでいけないんだ。
旅に出よう、歩いてみよう。
生命の原初のあの暖かさ、あの活気を取り戻しに行こう。

そうでなければ、〝我〟はなぜ原始林を探訪し、霊山を探すのだろうか。道すがら、〝我〟は社会、民族、文化を回顧し、自身の内的世界を凝視しては、生命本来のよろこびを再び取り戻そうとする。しかしながら彼は、過去はすでに過ぎ去り、二度と取り戻せないと気づく。そのため、原始林で幾度もなくさまよい、引き返し、彼は苦しく跋渉しても〈霊山〉を探し出せないのだ。しかし、癌を患った〝我〟、行き詰まった〝我〟は、癌細胞が消えたではないか。突然、〈極楽〉の世界にやってきたではないか。いわば、過去の日々はすべてあの

〈円環〉のなかで消えうせたのである。分化された人称もみなそれぞれの心の旅路を歩み終わり、〝我〟に戻ってきた。終わりがあれば始まりもあり、始まりがあれば終わりもあるのだ。〈円環構造〉の文学的はたらきは、私たちに人間の内省と回帰にあると思われる。

4 劉震雲と《一句頂一万句》

二〇〇九年、劉震雲の《一句頂一万句》（長江文芸出版社）は世に問われるやいなや、たちまち文壇の世論を引き起こした。摩羅は、〈洗練された表現をとことん追求し、物事の本質をありのままにえぐりだそうとしている。（略）これまでの作品のなかで、もっとも成熟した大らかな作品だ〉と語った。また、張頤武は〈異なる時代のふたつの物語と血縁関係をもつ、異なる時代の一般人の命運をとおして、人生の〈出奔〉と〈回帰〉という大きな課題を語っている〉と述べている（第一版序文より）。

この作品は上下二篇で構成されている。上篇十四節、下篇十節となっている。この二篇を繋げば、祖父、母親、息子三代の物語となるのだ。

上篇の主人公楊百順は、父親が画策し、弟を〈延津新学〉で学習させ、自分には豆腐作りの手伝いをさせたことに激怒し、家を出て、彼の〈捜す〉旅をはじめる。仕事を探し、人を捜し、〈一句〉を探す。その孤独な漂泊と苦痛な旅の終点で、彼が見たものは人と人が互いに反目し合い、離反する姿であった。些細なことで、ちょっとした利益のために、あるいは一時の情緒が原因で。作中の数十人もの登場人物は誰ひとりとて知己がいない。〈捜す〉旅のなか、楊は世間の難しさ、人と人の関わり方の苦しみを知る。しかも分かり合えるということはもはや不可能であり、ただひたすら自分の寂しい旅を続けるほかないことを悟る。

楊の見てきた世間を見てみよう。

隣人の高は楊の妻の呉香香を連れ去り、楊の信頼を裏切った。

呉香香は自分の子ども巧玲を楊のもとに置き去りにした。

呉を捜す旅で同じ宿になった尤とは、何日も寝食をともにしたにもかかわらず、彼が人買いであることを知らず、旅館を去る前の晩に養女の巧玲がさらわれてしまう。

楊は熱せられた鍋の上の蟻のように、手当たり次第巧玲を捜し回るが、人がひしめき合う開封駅で彼が出あったのは巧玲ではなく、妻と高であった。

後に曹青娥となった巧玲の養父は、気のおけない友に騙され、愛する養女を遠い田舎の牛家のどら息子に嫁がせてしまう。

作中人物の屈折した心理、および生きることの複雑さを作者の故郷の方言では〈擰巴〉と言う。さまざまなことが絡み合って、混乱し、整理しようにも整理がつかない意味である。楊はまさにこのような状況に陥っている。そのため、絶えず仕事を変え、名前を変えるしかない。屠殺者から染物屋に、竹割り、水運び、野良仕事、饅頭売りに。楊百順から楊摩西、呉摩西、羅長礼に。楊は幼いころ私塾で汪について《論語》を学んだが、決して真剣ではなかった。というのも彼が心から学びたかったのは羅長礼の〝喊喪〟であったためである。


世界は広い。どこへ行けばいいのだろうか、楊はすぐには行けるところを思いつかなかった。そして、羅長礼に〝喊喪〟を学びたかったことを思い出すが、それでは生計が立てられない。畑仕事は苦手だ。麦畑で真っ昼間の太陽の下で、麦刈りしていては先が見えない。やはり職人になりたい。(四七頁)

十六歳の楊は生計を立てるために、凄涼な山を行き、今宵の食事と宿、そして心のざわめきに向き合い、〝喊喪〟を学ぶのを諦めるしかない。彼は生存と存在のはざまでさまよい、足掻かねばならない。しかし、それでも畑仕事をしたくはない、何かの技術を身につけたいと考える。

後に作者は主人公を宣教師の詹と知り合わせ、イエスを信じさせ、楊摩西と改名させる。しかし毎晩詹が語る『聖書』を聞くも、彼はいつも心ここにあらずという状態で、居眠りをしてしまう。詹はしきりに〈イエスを信じれば自分が誰なのか、どこから来てどこへ行くのか分かる。人は罪悪の中にいても気づかず、またイエスを困らせていることも分からない〉と教え諭す。しかし、彼の信者曾は言う。〈私はもとから知っていますぜ。私は屠殺者で、曾家庄から来て、いろんな村に屠殺に行くんでさぁ。〉

人々が《論語》や『聖書』を意に介さないことについて、作者は《北京晩報》(二〇〇九年三月十六日)のインタビューを受けた時にこう語っている。

楊百順は私塾の先生について《論語》を学び、詹に『聖書』も学んだ。恐ろしいことは、楊百順は我われおおくの人と同じように、彼はひとつの世界の解釈を気にかけないだけでなく、ふたつの解釈とも意に介さないのだ。

中国人はとてもおおい。みな集まって人がおおくなれば勢いも盛んになる。しかし、バラバラになると、おのおの非常に孤独に見える。宗教上の意義はともかくとして、生活の面から見ても、これこそが我われの文化の生態なのだ。

何に対しても〈いいや、気にしない〉という人物像と言えば、魯迅の描いた阿Qがその最たるものであろう。彼はどんな屈辱も受け入ることができ、独自の〈精神勝利法〉によってすべての物事に対処する。しかしもし、〈これこそが私たちの文化の生態〉であるのならば、この作品をとおして、この文化を生きる民衆の精神性を探究し、人々の自省を喚起しようとする、作者の意図が窺えるのではないか。

下篇は楊の養女巧玲の息子牛愛国を主人公としている。彼の人生は外祖父楊とほぼ重なっている。妻を義理の兄に奪われ、その妻を捜す旅に出て、昔の楊の〈一句〉、母親の〈一句〉、さらに恋仲の章楚紅の〈一句〉を探す。この血縁のない祖父と孫の同一運命はまさに、何十年もの月日が流れたが、〈我々の文化の生態〉はただ単にくり返しているだけである、私たちは進化もしていなければ昇華も得られていない、ということの表象ではないだろうか。

このような混沌とした状態を打開するため、作者は彼の主人公に《論語》と『聖書』を学ばせ、思考させ、探し求めさせる。無論、この〈捜す〉行為においては焦燥、苦痛、孤独など、さまざまな内的旅をおこなわなければならない。

さきに述べたように、楊の〈捜す〉行為は果てしない天涯で孤独におこなわれている。なぜだろうか。彼が豆腐作り、畑仕事を潔しとせず、特定の技術を身に付けたいからである。それは楊が個性と自我を追求していることを意味するものだろう。そして、〈一句〉は、生命の分かり合える真実であり、心の拠り所であるとしており、その〈一句〉があれば、〈説得上話〉〈話が合う〉な人となれる。楊と牛の妻は、かれらとは分かり合えなかったため、〈説得上話〉な人と逃走した。楊は養女巧玲と〈説得上話〉なために、自身を顧みず失った巧玲を捜し歩いた。しかしながら、楊は養女を捜し出すことはできず、捜すつもりもない妻と高に遭遇した。捜すものを見つけられないということは、心の拠り所を見いだせないということの表象となろう。作者は、〈一句〉を見いだせないのは、《論語》と『聖書』という〈ふたつの解釈を意に介さない〉からだと考えているように読みとれる。

無論、楊のすべての〈捜す〉行為は、人類がいまだに孤独を解決する方法を獲得していないことを意味すると思われる。なぜなら、楊の孫の羅安江の妻は牛に〈たとえ、その〈一句〉が分かったとしても、貴方の心の苦悶は解かれないのよ〉（三五六頁）と語るからである。確かに、近代文明の発達につれ、人類の生存形態は絶えず進化している。しかし、孤独との対峙は依然として続いている。浮世の娯楽活動は人間のある次元の孤独を解決できたとしても、高次元の孤独感は解決することができない。琴、碁、書、画、音楽などは人間の精神を錬磨することができても、人類の孤独という課題を解決した訳ではないのだ。

劉震雲の《一句頂一万句》は決して分厚い本ではない。しかし、作品の内包する奥義は深くて厚い。それは百年近い間の民衆の精神性を探究し、東西の経典《論語》と『聖書』をとおして、〈一句〉を見いだしたためである。作者は、人の精神の根本的な帰結は〈説得上話〉な人を見つけることとしている。すなわち、人と人の心の交流こそこころの拠りどころである。しかし、これが難しい。作者はかつて、〈心が通じ合う、分かり合えるよろこびは一瞬、一時的にしか存在せず、一生維持することは難しい〉（解放日報、二〇〇九年八月十四日）と語っている。これは、人はつねに変化し、揺れ動いており、永遠の交流を得るのは不可能である、ということを言っているように思われる。だが、たとえ一時的であっても、人はみな〈説得上話〉な友人に出あえる幸運をもっている。また、互いに理解し合い、尊重し合い、助け合える、人間本来のやさしさをもつものと信じていきたい。

5　むすび

文学テクストが造り出す虚の空間は、つねに読者の想像力を自由な世界に誘い出し、荒涼たる心を豊かにしてくれる。たとえそのテクストがどのようなジャンルのものであろうとも、最後のページを読み終えた瞬間、読者の心身が包み込まれるのは、おそらく作品の世界に没入した後の、多岐亡羊の思惟回路であろう。そして、そのもろもろの想念が飛び交うなか、思考のふるいにかけた論理的整理が終わると、新しい発見が飛び出してくるのである。黄、高、劉のテクストはまさにそのような文学であるように思われる。詩歌の魂、あるいは作中人物がそれぞれ語り手の視点をとおして、自己運動するかのように自分から出発し、また自分に帰ってくる。かれらの〈円環構造〉テクストは、物語の枠組みを超えて、東西融合型の思想を織り込んだストラクチャーとして拡大されてゆき、私たちに闊達な生の有りようを差し示すと同時に、また、普遍性をもつものであると誇示できるほどの、文学的役割を果たしているのである。

あとがき

本書は、ようやくあとがきの段を迎えることになりました。

振り返れば、その作成の道のりは決して平坦ではありませんでした。時にはつまずいたり、時には立ちどまったりして、幾度となく諦めかけたこともありました。その最たる障碍といえば、やはり日本語の拙さであります。ここ数年、母国語の執筆活動がおおかったものの、いざ日本語に切り替えると、主語や修飾語などの取捨選択がうまくできず、煩雑で読みづらい文章となってしまいました。そんな不器用で能力に欠けていた私に、おおくの先生方が叱咤激励してくださいました。森正人先生、倉橋健一先生、たかとう匡子先生、加藤三由紀先生、金堀則夫先生、張石先生、吉川榮一先生、劉燕子先生、大熊薫先生、植田均先生、朴美子先生、西槇偉先生、坂元昌樹先生、屋敷信晴先生、織田崇文先生、渡邊朝美先生、片山きよみ先生に一方ならぬお世話になりました。先生方のお力添えがなければ、とてもここまで辿りつくことはできませんでした。御礼申し上げます。

じつは大学院在学中、私は日本近代文学を専攻しておりました。島崎藤村と巴金の『家』の対比研究をテーマに、日本と中国の家族制度の問題やヨーロッパ文明の受容の仕方などの、同質性と異質性を明らかにしようと考えておりました。そこで一九八六年、日本の巴金研究を知るために東京大学文学部丸山昇研究室に在籍しました。丸山先生のやさしくも厳格なご指導を受けたうえ、一九八八年に熊本大学の外国人教師にも推薦して頂きました。当時、外国人が国立大学で教鞭を執ることは珍しい時代であったため、これに特別な熱意を覚えました。今思えば、その熱意とは先生の期待に背いてはならないという気概であることに気づきました。先生はすでにこの世にはいらっしゃらないのですが、私の心のなかでは永遠に生き続けています。なぜなら、先生はご自身の姿勢で私に師としての有りようを示してくださり、その後の私に影響を与え続けているからです。

熊本大学では、今日まで中国語と中国同時代文学の講義に携わって参りました。第Ⅲ部で述べたように八〇年代、九〇年代、そして今世紀に入った後の、おのおのの時期で展開された同時代文学には、建国後のプロパガンダ文学とは異にしたさまざまな課題が噴出しています。本書は同時代文学の各時期で活躍した黄翔、高行健、劉震雲の作品を通じて、〈円環構造〉を手がかりに内省と回帰の問題を扱いましたが、この読み解き方に不満や異論などを唱える方もいらっしゃることと思います。真摯にご批正を受けとめ、ご教示を賜るとともに、読みづらい日本語を読んでくださったことに感謝致します。

また、本書の構成については、昨年度に執筆した博士論文（「中国当代文学研究」）を本論としたほか、第Ⅰ部の序説と第Ⅶ部の終章を添え付けて編集したものとなっていますが、既成論文を編集するさいに本書の〈円環構造〉に統一性をもたせ、日本語の簡潔さを目指すための修正をおこないました。無論、基本的論旨は変えておりません。

なお、本書の出版にあたっては、熊本大学学術出版の助成を一部受けております。衷心より感謝の意を呈します。

最後になりましたが、本書の校正から製本までの諸段階で、松村信人編集長に大変お世話になりました。こころよりお礼を申し上げます。

そして、末筆ながら家族に陳謝の意を示したいと思います。ここ数年来、一家の母親として、多くの義務を果たしていないことを自覚しております。家族の理解と支援があってこそ、私の研究が続けられたのです。ありがとうございます。

本書の初出は以下のとおりです。

① 「『霊山』における自我と無我の間及びその相克―人称表象を手がかりとして―」『文学部論叢』一〇一号、熊本大学文学部、二〇一〇年

② 「黄翔詩歌におけるコスモポリタニズムについて―〈〇〉の世界を中心として―」『文学部論叢』一〇二号、熊本大学文学部、二〇一一年

③ 「『ケータイ』の構図における寓意を求めて―「擰巴」と「假話」をめぐって―」『九州地区国立大学間連携教育系・文系論文集』、九州地区国立大学間連携に係る企画委員会リポジトリ部会、二〇一二年

④ 「『ケータイ』から『一句頂一万句』へ」、『文学部論叢』一〇三号、熊本大学文学部、二〇一二年

⑤ 「「真実」探索としての旅およびその永遠性―『一句頂一万句』の場合―」『日本中国当代文学研究会会報』第二六号、日本中国当代文学研究会、二〇一二年

⑥ 「「独唱」の底流にある黄翔詩想に関する考察―詩論「宇宙情緒」を中心として―」『交野が原』第七五号、交野が原発行所、二〇一三年九月号

⑦ 「関於〝円環〟結構的文学力量―再説高行健的《霊山》」《中文導報》第八七〇期、中文産業株式会社、二〇一一年九月八日

⑧ 「這〝一句〟来自心霊的荒漠―読劉震震的《一句頂一万句》」《中文導報》第九八三期、中文産業株式会社、二〇一四年二月二三日

二〇一五年一月　筆者

主要参考文献

日本語書（翻訳書を含む）

平野謙、『昭和文学史　筑摩叢書15』、筑摩書房、一九六三年
『少年少女世界の名作文学』-38、北欧編-1」、小学館、一九六四年
邱永漢、『西遊記』1-8巻、中央公論、一九七七年
臼井吉見、『大正文学史　筑摩叢書七』、筑摩書房、一九七九年
和辻哲郎、『風土』、岩波文庫、一九七九年版
中村光夫、『明治文学史　筑摩叢書9』、筑摩書房、一九八二年
鷲見八重子ほか著、『現代イギリスの女性作家』、勁草書房、一九八六年
山田利明ほか編輯、『道教の歴史と文化』、雄山閣出版、一九八九年
ジョルジュ・プーレ著、岡三郎訳、『円環の変貌』上・下、国文社、一九九〇年
ポール・ジョンソン著、別宮貞徳訳、『現代史』上・下、共同通信社、一九九二年
有馬学ほか著、『近代日本の政治構造』、吉川弘文館、一九九三年
袁珂著、鈴木博訳、『中国の神話伝説』上・下、青土社、一九九三年
許抗生著、徐海訳、『老子・東洋思想の大河』、地湧社、一九九三年
福井康順ほか著『道教』1-3巻、平河出版社、一九九三年

宮田登ほか著、『日本「神話・伝説」総覧』、新人物往来社、一九九三年
高田淳、『中国の近代と儒教』、紀伊国屋書店、一九九四年
カレン・アームストロング著、高尾利数訳、『神の歴史』、柏書房、一九九五年
四日谷敬子、『ハイデッガーの思惟と芸術』、世界思想社、一九九六年
浅野裕一著、『孔子神話』、岩波書店、一九九七年
ウィリアム・スタイグ著、瀬田貞二訳、『ロバのシルベスターとまほうのこいし』、評論社、一九九七年
デイヴィッド・ロッジ著、柴田元幸ほか訳、『小説の技巧』、白水社、一九九七年
ホイットマン著、長沼重隆訳、『草の葉―ホイットマン詩集』、角川文庫、一九九九年版
瀬戸宏、『中国演劇の二十世紀―中国話劇史概況』、東方書店、一九九九年
小山三郎、『文学現象から見た中国』、晃洋書房、二〇〇〇年
牧陽一ほか著、『中国のプロパガンダ芸術』、岩波書店、二〇〇〇年
中央大学人文科学研究所編、『近代劇の変貌』、中央大学出版部、二〇〇一年
鄭万鵬著、中山時子ほか訳、『中国当代文学史』、白帝社、二〇〇二年
沼野充義、『亡命文学論』、作品社、二〇〇二年
宇野木洋ほか著、『中国二〇世紀文学を学ぶ人のために』、世界思想社、二〇〇三年
劉燕子、『黄翔の詩と詩想』、思潮社、二〇〇三年
リチャード・モーリス・バック著、尾本憲昭訳、『宇宙意識』、株式会社ナチュラルスピリット出版、二〇〇四年
坂井洋史、『懺悔と越境』、汲古書院、二〇〇五年
尾崎文昭編輯、『「規範」からの離脱』、山川出版社、二〇〇六年
吉田富夫、『中国現代文学史』、朋友書店、二〇〇七年

リービ英雄、『越境の声』、岩波書店、二〇〇七年
久保亨ほか著、『現代中国の歴史』、東京大学出版会、二〇〇八年
ハイデッガー著、原佑渡辺二郎訳、『存在と時間』、中央公論新社、二〇〇八年版
謝冕著・岩佐昌暲編訳、『中国現代詩の歩み』、中国書店、二〇一一年
翰光、『亡命』、岩波書店、二〇一一年
中村士ほか著、『宇宙観5000年史』、東京大学出版会、二〇一一年
福江翼、『生命は、どこで生まれたのか』、詳伝社、二〇一一年
前田愛、『都市空間のなかの文学』、ちくま学芸文庫、二〇一一年
鈴木将久、『上海モダニズム』、中国文庫株式会社、二〇一二年
湯浅邦宏、『中国の思想家』、ミネルヴァ書房、二〇一二年

中国語書（翻訳書を含む）

劉夢渓等編輯、《中国現代学術経典　厳復 巻》、河北教育出版社、一九六九年
魯迅、《魯迅全集》、人民文学出版社、一九八一年版
魏王弼注、唐陸徳明撰音義、《老子（二十二子）》上海古籍出版社、一九八六年版
任訪秋等著、《中国近代文学史》、河南大学出版社、一九八六年
楊天宇撰、《礼記訳注》、上海古籍出版社、一九九七年版
洪子誠、《中国当代文学史》、北京大学出版社、一九九九年
鄭万鵬、《中国当代文学史》、北京語言文化大学出版社、一九九九年
江曾培等編輯、《中国留学生文学大系》、上海文芸出版社、二〇〇〇年

黄曼君、《中国20世紀文学理論批評史》上・下、中国文聯出版社、二〇〇〇年
呉炫、《中国当代文学批判》、学林出版社、二〇〇一年
陳思和、《中国当代文学史教程》、復旦大学出版社、二〇〇一年
謝冕等編輯、《詩探索》、天津社会科学院出版社、二〇〇二年版
曹文軒、《20世紀末中国文学現象研究》、北京大学出版社、二〇〇二年
秋瀟雨蘭、《荊棘桂冠》、柯捷出版社（美国）、二〇〇三年
傅正明、《暗黒詩人》、Cozy House Publisher. New York、二〇〇三年
張炯編輯、《中国当代文学研究》、文化芸術出版社、二〇〇五年
王嘉良、《現代中国》、中国社会科学院出版社、二〇〇八年
洪子誠、《大陸当代文学史》上・下、台湾秀威資訊科技股份有限会社、二〇〇八年
摩羅、《摩羅文集》、華東師範大学出版社、二〇〇九年
王風、白井重範編輯、《左翼文学的時代》、北京大学出版社、二〇一一年
張健等編輯、《中国当代文学編年史》、山東文芸出版社、二〇一二年
周非、《中国知識分子淪亡史》、上海三聯書店、二〇一二年
袁進等編輯、《中国近代文学編年史》、北京大学出版社、二〇一三年
銭理群等編輯、《中国現代文学編年史》、北京大学出版社、二〇一三年

雑誌・新聞（日本語）

藤井省三、「言語を盗んで逃亡する極北の作家」『朝日新聞』夕刊、二〇〇〇年十月十三日
西永良成、「独自の話法、不思議の明るさ高行健『ある男の聖書』」『すばる』二四巻一号、集英社、二〇〇二年

三浦雅士、「中国四千年発酵する時空に酔う」『毎日新聞』、二〇〇三年十一月二日
山口守、「霊山を探す〝私〟の旅」『読書人』第二五一四号、籍出版協会、二〇〇三年
劉燕子、『藍・BLUE』総第二〇号、《藍・BLUE》文学会、二〇〇五年
『季刊中国』、二〇一〇年冬期号、日本中国友好協会、二〇一〇年
泉京鹿、「長編小説の衰えない力」『朝日新聞グローブ』、二〇一一年十月十六日

雑誌・新聞（中国語）

張嘉諺、「焚焼的教堂―〈自由之血〉或〝人〟的自由解読」《自由之血》、柯捷出版社（美国）、二〇〇三年
《北京青年報》、二〇〇三年十二月九日
《小説評論》、二〇〇四年第四期、陝西省作家協会、二〇〇四年
《文芸争鳴》、二〇〇九年第八期、吉林省文学芸術界聯合会、二〇〇九年
《中国現代、当代文学研究》、二〇〇九年第四期、中国人民大学書報資料中心出版、二〇〇九年
《北京晩報》、二〇〇九年三月十六日
《文彙報》、二〇〇九年八月十六日
《中国青年報》、二〇一〇年五月二五日
《中国作家》二〇一二年第二期、中国作家協会、二〇一二年
《中国現代、当代文学研究》、二〇一二年第三期、中国人民大学書報資料中心出版、二〇一二年

黄翔著作

《黄翔―狂飲不醉的獸形》、天下華人出版社　一九九八年

《黄翔禁毀詩選》、明鏡出版社、一九九九年
《鋒芒畢露的傷口》、台湾桂冠図書股份有限公司、二〇〇二年
《総是寂寞》、台湾桂冠図書股份有限公司、二〇〇二年
《自由之血》上・下、Cozy House Publisher. New York、二〇〇三年
《黄翔詩歌総集》上・下、(Cozy House Publisher. New York、二〇〇七年
《刀尖上的天空》、新世紀出版社、二〇〇七年
《星辰起滅》上・下、柯捷出版社(美国)、二〇〇八年
《地球──生前的原郷与身後的遺址》、柯捷出版社(美国)、二〇〇九年

高行健著作

《現代小説技巧初探》、花城出版社、一九八一年
《一個男人的聖経》、台湾聯経出版公司、一九九〇年
《中国現代戯曲集》第二集、晩成書房、一九九五年
《霊山》、台湾聯経出版公司、一九九八年
《没有主義》香港図書有限公司、二〇〇〇年
《八月雪》台湾聯経出版事業公司、二〇〇〇年
《創作論》、香港明報出版社、新加坡青年書局聯合出版、二〇〇八年
(翻訳)
飯塚容ほか訳、『高行健戯曲集』2、晩成書房、一九九五年
飯塚容ほか訳、『高行健戯曲集』、晩成書房、二〇〇三年

飯塚容訳、『母』、集英社、二〇〇三年

劉震雲著作

《温故一九四二》、江蘇文芸出版社、一九九五年
《黄花土塬》、江蘇文芸出版社、一九九六年
《向往羞愧》、江蘇文芸出版社、一九九六年
《温故流伝》、江蘇文芸出版社、一九九六年
《一地鶏毛》、江蘇文芸出版社、一九九六年
《手機》、長江文芸出版社、二〇〇三年
《我叫劉躍進》、長江文芸出版社、二〇〇三年
《劉震雲精選集》、北京燕山出版社、二〇〇六年
《一句頂一万句》、長江文芸出版社、二〇〇九年
《我不是藩金蓮》、長江文芸出版社、二〇一二年

索引

あ行

か行

た行

ま行

や行

ら行

わ行

中国語

劉　静華

1959年　中国生まれ

1978年　華中科技大学外国語学部入学

1981年　同校卒業、同校、同学部助教授

1982年　来日
早稲田大学、東京大学、東京学芸大学にて、
日本近代文学を学ぶ

1988年　熊本大学教養部外国人教師を経て、
現在文学部教授、文学博士

著書　『ポプラの街から』共同通信社、1989年（筆名「劉芊」）

共著　『茶禅東傳寧波縁』中国農業出版社、2010年

ほか　論文、評論、翻訳、詩歌、エッセイ、多数

円環構造の作品論
——高行健・黄翔・劉震雲の場合

二〇一五年一月十五日発行

著　者　劉静華

発行者　松村信人

発行所　澪標《みおつくし》

大阪市中央区内平野町二-三-十一-二〇三

TEL　〇六-六九四四-〇八六九

FAX　〇六-六九四四-〇六〇〇

振替　〇〇九七〇-三-七二五〇六

DTP　山響堂 pro.

印刷製本　モリモト印刷株式会社